JN223688

派遣者たち

キム・チョヨプ
カン・バンファ訳

早川書房

파견자들
김초엽

派遣者たち

파견자들
by
Kim Choyeop

Translated by
Kang Banghwa
First published 2024 in Japan by
Hayakawa Publishing, Inc.
Original Korean edition published by Publion.
This book is published in Japan by
arrangement with
Publion through CUON Inc.

This book is published with the support of
the Literature Translation Institute of Korea (LTI Korea).

装画／カシワイ
装幀／早川書房デザイン室

目次

日本語版への序文

長い小説を読むとき、自分が見知らぬ惑星を旅しているような気になります。楽しむつもりが、不快さが上回ることもあります。舌先に感じる奇妙な味、よどんだ空気、足下がボコボコと沈む感覚、押し寄せてくる虫の大群。長い小説を書くとき、自分は見知らぬ惑星のツアーガイドなのだと想像します。その世界を頭のなかで旅してみます。空気や土のにおいを嗅ぎ、植物の葉を触って表面の質感を確かめます。それはじめじめとして肌寒い不思議な世界で、決していいことばかりではないはずだけれど、どこか好奇心をくすぐられるその場所へ、誰かを招待するために。

『派遣者たち』を書いているあいだ、しょっちゅう足下を見ていました。その下の世界を想像しました。世界を認知したり考えたりする代わりに、感覚しようと試みました。音とにおいと味と触感に集中しました。もちろん、簡単ではありません。でも、そんな想像をしていると、不快な旅に出ているかのようにぞっとしながらも、楽しいのです。自分が体の外へと伸びていき、繋がる感覚。

そして、そんな存在になるとはいったいどういうことなのか、じっくり考えてみました。

地球に暮らした人々のなかで、人間以外のなにかになったことのある人はいません。人間以外のなにかのように考えたり感じ取ったりする感覚を知っている人もいません。データ、数字、あるいは不確かな比喩や擬人化に頼って世界を見つめることしかできないことは、人間にとっての悲しい限界です。けれど、それを残念に思いながらも、同時に、その限界の向こうをなんとか想像しようとする。その喜びこそが、わたしの愛おしむSFというジャンルの根幹にあるように思えます。どうしてそんな想像をしなきゃならないの？　と訊かれたなら、そんなふうに想像できることがわたしたちの特権だから、と答えるのではないでしょうか。

わたしの二冊目の長篇小説『派遣者たち』をすばらしい翻訳家の手によって日本の読者の方々にお届けできることを嬉しく思います。わたしの作品はこれまで、その多くが真っ先に日本で翻訳出版されています。これもよき出版社とよき読者のみなさまのおかげです。

感謝をこめて

キム・チョヨプ

二〇二四年十月

プロローグ

あの子は、冬の招かれざる客だった。

半年前、あの子がここに預けられるという知らせを聞いたときはまだ、ソノの心は浮かれ気味だった。デルマおばあさんから「心配といえば心配だねえ。その女の子もおまえと同じところから来るそうだよ」と聞いたときも。デルマはあの子がここに適応できるか案じているようだったけれど、ソノからすればついに「同じ経験」を共有できる友人が現れるということだった。地下で感じられる不気味な感覚について話したり、壁を伝ってくる音の聞き方を分かち合ったり、あるいは、秘密の近道をたどって都市の謎めいた場所を一緒に訪れる友人ができるのだと。うまくやれる自信はあった。初めのうちは慣れないことばかりだろうから、心を開いてくれるまで待つつもりだった。ところが、いざやって来たあの子は、ソノとなにひとつ分かち合う気などなさそうだった。

ソノは、今日も部屋をめちゃくちゃに荒らした挙句に疲れて寝入ってしまったその子を見つめた。どうしてデルマおばあさんもジャスワンおじさんも、やりたい放題にさせておくんだろう。もはや、うまくやろうなんて気は失せていた。うまくやるもなにも、相手が取り合ってくれなければ話にならない。ありがたがるつもりもない相手に、一方的に押しつけたところでなにも生まれないじゃないか。

最初からそうだったけれど、あの子は二カ月前からいっそう神経質になった。ジャスワンいわく、「施術」の適応障害に悩まされているのだという。ベヌアの人の大半が受けるという、頭に補助装置を埋めこむ施術。通常なら七歳で終えているはずのところを十二歳を過ぎて受けたのだから、それも当然だった。だれに言われたわけでもなく、あの子みずから、ジャスワンの反対を押し切って決行したのだ。

成功率も低い、そんな危険な施術をあえてする理由は？　それはやっぱり……あの人のためだろう。

初めて会ったとき、なにか大切なものを失くしたかのような痛ましい目をしていたあの子。午前零時になろうとしていたときだった。チャイムの音に玄関を開けると、分厚い服をがっちり着込んだ小さな女の子が、痩せ細った男の隣に立っていた。男はジャスワンと短い会話を交えるや、始末に困ったゴミを捨てていくかのごとくそそくさと立ち去った。あの子はジャスワンやソノの質問にまともに答えようとしないまま、部屋の隅にうずくまって何日も動こうとしなかった。デルマは困り顔で「やれやれ、どうしたもんかねえ。ほら、あの子もおまえと似たような目に遭ったっていうから、なにかしら通じ合う部分があるんじゃないかい？」とソノに囁いた。

通じ合う部分などなかった。あの子はあらゆる種類の対話を拒否した。ジャスワンがあの子を慰めようと部屋に入ったときもそうだった。すぐにイゼフが迎えに来るはずだと言ったきり口をつぐんだ。デルマの耳に届いた噂によると、イゼフという女は少し前に地上へ発った派遣者で、地下都市へ戻るのは数年後のことだという。つまり、あの子は捨てられたのだ。ソノはそう理解した。

それからは日がな一日、ひたすらベッドですすり泣くか窓辺でだれかを待っているようだった。あの子になにかおもしろいことを教えてやりたい、ソノはそう思った。なにより、あの子が本当に自分の「同族」なのか知りたかった。そうして一週間がたったとき、ソノは部屋の扉を開け放って、うつろな目でうずくまっている相手の前に立った。

——ねえ。一緒に外へ行かない？

相手は冷ややかな目でソノを見上げた。話しかけられることそのものを嫌がっているようだった。ソノは負けずに続けた。

——行こうよ。ベヌアとは違うだろうけど、ここも楽しいよ。壁の音と、床の音の聞き方を教えてあげる。整備通路の探し方も。それを知ってたらね、どんなに遠くへ出かけたって道を見つけられるんだ……

あの子は、そんな馬鹿な話があるわけがないというように顔をしかめると、肩を落として背を向けた。

——行きたくない？

——どうでもいい。イゼフが来たら、すぐに出ていくから。

ソノは眉根を寄せた。

――あのさ、それは難しいんじゃない？　その人、迎えに来られないよ。

――……どうして？

――派遣者は子どもを育てられないから。当然、養子にもできないし。

――嘘。そんなの嘘だよ！

間髪入れない返事に、ソノはちょっぴり驚いた。

――約束したもん。迎えに来てくれるって！

――わたしは本当のことを言っただけ。

――じゃあ、ジャスワンさんは？　あの人も派遣者だって、だからわたしを預かってくれるんだってイゼフに聞いたもの！

――ジャスワンはもう派遣者じゃないよ。それに、そのことは口にしないほうがいい。ジャスワンは自分が派遣者だってこと、言いたがらないから。

ソノが落ち着いた態度で答えると、相手は肩を怒らせたまま、なにか言い返したそうな顔でソノをにらんだ。ソノは肩をすくめて見せると、部屋を出て扉を閉めた。

その後もずっとそんな調子だった。いったい、いつになったらここに適応できるんだろう。あの子は、決して長居するつもりのない人のようにこの町に関心を示さず、返事も届かないのに手紙を書きつづけた。そうして突如、派遣者になる、とジャスワンとデルマの前で宣言した。

二カ月前、あの子が無理をしてニューロブリック施術を受けたのも、アカデミー基礎課程に入学するためだった。イゼフなる人物と一緒に住めないという事実を受け入れられず、みずから派遣者になろうと決めたようだった。もちろんジャスワンは反対した。機を逸した施術が危険だということもあったが、なにより、派遣者という職業を軽蔑していたからだ。詳しい事情までは知らなくても、ジャスワンがそこまで忌み嫌うということは、派遣者なる者がどんなものなのかは火を見るより明らかだ。

それでも、なにかあるんだろう。ソノにはよくわからない、この身に起きたことがないからわからないなにかが、あの子に派遣者になりたいと言わしめるのだろう。わずかに開いた扉の隙間からすやすや眠るその子を見ていたソノは、ふいに居間の向こうから聞こえてきた声に気づき、壁の陰に隠れた。

「ジャスワン、ちょっとこれを読んでみてくれない？」

デルマが懐からなにかを取り出し、ジャスワンのほうへ差し出した。カサコソと紙が擦れる音がした。

「これは？」

「あの子が書いたものだよ。部屋の掃除をしてるときに見つけたんだけど、なんだかおかしな内容でね。あんなに小さな子どもが悩みでも抱えてるんじゃないかと読んでみたんだけど……」

ソノは好奇心に耳をそばだてた。ジャスワンが、当惑するようにウゥム、と唸るのが聞こえた。

「これはまた、なんのことやらさっぱりですなあ」

「本当に。古い時代の童話でも読んだのかねえ。あんな小さな女の子が、こんなに大人びた難しい言葉を使うなんて。いったい、ここに来るまでにどんな目に遭ったのやら」

「古い時代の童話って、こんなにおっかない内容なんですか?」

「そんな時期もあったようだね。今に残ってるものは違うようだけど。でも、子どもってのはむしろ、頭の固い大人たちより世の中をよくわかってるから……」

ソノは息を殺して続きを待ったが、ジャスワンはなにか考えこんでいるのか口をつぐんでしまった。

デルマが店に出ると言って下階へおりていってからも、ジャスワンはしばらく居間に立ちつくしてメモに見入っていた。それからつと、あの子が眠っている部屋へ入っていった。引き出しを開ける音がし、部屋から出てきた彼の手は空っぽだった。ソノはジャスワンが店に下りていくのを待ってから、さっと部屋に忍びこんだ。

ぐっすり眠りこんでいるのを起こさないよう気をつけながら、ソノは引き出しを順番に開けてみた。三つめの引き出しにメモがあった。ソノはすばやくメモを取り出し、居間に戻って明かりに照らしてみた。そこには明らかにあの子のものであろう、斜めに傾いた文字でこう書かれていた。


ボクはきみの一部になる。一部の記憶は脳でなく体に刻まれる。きみはボクを記憶するのではなく、感覚することになる。

大好きだよ。さあ、すべてを一緒に忘れよう。


じつに奇妙な内容だった。デルマとジャスワンがこれを読んで複雑な顔をしたのも納得できた。

ソノはメモをひっくり返してみた。インクがにじんで広がっている。すべてを一緒に忘れよう?

これはどういう意味で、だれに向けた言葉なのか。まったく見当がつかなかった。

ぼんやりとメモに見入っていると、階段を上ってくる足音が聞こえてきた。その音だけで、ソノにはジャスワンだとわかった。なにか忘れ物をしたのか、家に戻ってきたようだ。

ソノはなんとなく、そこにある文字をこすってみた。インクはすっかり乾いている。そして、ジャスワンに見つかる前にメモを引き出しに投げ入れると、部屋をあとにした。

第一部

1

――ラララ、ラララ、ラブバワのおしゃべりルーバックス！　みなさんこんにちは、〈午後のおしゃべりルーバックス〉が、今日も不定期のゲリラ放送をお届けします。リスナーのみなさんは今日一日、どんな日を過ごされましたか？　どんなに忙しくても忘れないでくださいね、わたしたちはルーバックスではなく、ルーとバックスだってこと！　今日も黴臭くてじめじめした地下都市について爽やかにリポートします。ではでは、まずはルーから本日ひとつめの情報をお伝えしますよ……

いったいどこのどいつがこんな朝っぱらから、あんな大音量でラジオを聞いてるんだろう。テリンは眉間に深いしわをつくって、包丁を思い切りまな板に打ちつけた。干からびた野菜が力なく細切れになった。ラジオに合わせてトントン、トトン。おしゃべりルーバックスは次から次へと地下都市の西側で起こった小さな事件を伝えつづけ、テリンは下ごしらえの終わった野菜を鍋に放りこんだ。テリン本人はもちろん、どんな人の食欲もそそりそうにない正体不明のおかゆが鍋のなかでぐつぐつ煮えていた。

——クニット市場で出回っていたホウレンソウから錯乱症を誘発する芽胞が検出され、研究員が調査に乗り出したそうです。都市ではごく微量なら摂取しても問題ないと発表していますが、市民がそんな言葉を鵜呑みにするとでも思ってるんでしょうか。ねえ、バックス？

まだ一度も会ったことのない人の顔を、初めて見たいと思った。少し前からこんな調子だった。正確には思い出せないけれど、十日前、いや、ひと月前にも似たようなことがあったような。なんにせよ、隣室のラジオの音が、テリンの一日を台無しにしていた。毎日のように都市のくだらない事件事故を聞きながら食事の支度をするのは、さほど愉快な気分じゃない。

汚染されたホウレンソウの話が終わると、謎の失踪者についてのニュースが続いた。ラブバワでもっとも立ち遅れたこの地区がよりによって希望という意味の「ハラパン」と名づけられたのは、以前の文明でもよくあったジョークの類なのだろう。とはいえ、失踪事件がこんなに頻発するのはやはりおかしい。

——煩雑な日常にも安らぎの時間をつくってあげることが大事ですね。さて次は、リスナーさんからのお便りです！　本日お伝えするのは、クズがゆを食べて死にかけた赤蘭草通りの少女についてのお話です。まことに残念なニュースですね。都市の普及政策がお粗末なせいでハラパンの多くの市民が苦しんでいますが、どんなに空腹でもクズがゆを食べるのは危険すぎます。

テリンが去年、寮を追い出されたとき、ジャスワンとソノは当然テリンが赤蘭草通りに帰ってくるものと予想していた。でも、そうなれば派遣者試験の準備がまともにできなくなるのは目に見えていたから、テリンはなけなしの金をはたいてこの小さな部屋を借りた。最小の費用では最小の喜びしか得られないのだという世情をつきつけるかのように、防音は最低だった。四方から、老夫婦が取っ組み合いのけんかをする音、杖で床をゴンゴン突く音、ドアを叩きつけるように閉める音などが輪唱のごとく聞こえてきた。

いくらなんでも、これはひどい。この町ではニューロブリック施術を受けていない人のほうが多く、古い時代の電子音楽を聴いたり、爆弾が次々にはじける映画を見たりする際には、だれもがスピーカーを利用している。でも、こんなふうに一文一文がはっきりと聞き取れるほどの大音量は初めてだった。

ちょうど鍋に冷や飯やニセ卵、しおれた野菜を放りこんでおかゆらしきものを作ろうとしていたところへ、ラジオからクズがゆがどうこういう話が流れてきたのだから、おもしろくない気分だ。今から食べようとしてるのに、クズがゆだなんて！　食べたくて食べてるわけでもないのに。テリンはひと匙すくって味見をし、結論を下した。

「正直、クズがゆってレベルじゃないわね」

上出来とは言えなくても、ジャスワンのお店を手伝いながら学んだ甲斐あって、最低限の料理くらいはできる。それに、なんだかんだおかゆめいたものを朝食にできるのだから、いまのところはツイている。アカデミー生たちの告げ口のせいで食堂の残飯を掠め取れなくなって以来、テリンの食卓は貧しくなる一方だった。採光窓の清掃アルバイトでもあればまだいいのだが、地上に一カ月連続で大雨が降りつづいたこのあいだの雨季なんかは本当に……

「ああもう、やだやだ。ええっと、キノコはどこだっけ？」

寂しいおかゆに追加するものはないかと頭を巡らすうち、昨日、デリバリーのおつかいをしてひと握りのキノコをもらったことを思い出した。冷蔵庫からすでにしおれかけているキノコを出し、鍋に投下しようとしたそのとき、またもやラジオの声が耳に飛びこんできた。

――〈午後のおしゃべりルーバックス〉がキノコを摂取する際の注意事項をお届けします！　キノコは必ずセンダワン地域の認証マークが入ったものを購入しましょう。不法に栽培されたキノコは食中毒を引き起こしたり、錯乱症の芽胞に汚染されていたりする可能性があります。疑わしい材料は最初から摂取しないのがいちばんのようです。認証マークがないキノコは食べないよう……

「ホウレンソウもキノコも駄目ってわけ？　じゃあなにを食べろってのよ」

テリンはぼやきながら、お玉でおかゆを混ぜた。地下都市においてキノコはきわめて重要な栄養供給源だ。それがどんなふうに育てられるかを考えると食欲が失せるものの、そのあたりを気にしていてはここで食べられるものなどほとんどない。それはそうと、一介のラジオ放送がこんなにも人の神経を逆撫でするなんて。じつはいま、極限の緊張状態にあるとか？　そりゃまあ、大切な試験が目前に迫っているとなれば、だれでもそうだろうけど……

――おおっと、いけない！　お願いだから食べないで！

煮えたかどうか確かめようとキノコを口に運んでいたそのとき、鋭い声が割って入った。まるで、古典映画の俳優がセリフめいたトーンで叫んだかのような。この声はどこから？　テレビもスピーカーも電源は入っていないのに。

テリンはベッドの掛け布団をめくってみた。なにもない。

クローゼットを開け、流しの上の戸棚も開けてみた。飛び出してきたのは、いつもの黴臭さと埃のにおいだけ。水垢のついた浴室のタイルと、外がぼんやりとしか見えない曇った窓。すべていつもどおりだ。きしむ玄関扉を開け放ってみても、そこにはなにもなかった。

「空耳？」

テリンはもう一度、目を見開いて室内を見回した。なにもないに決まっている。この部屋は、せいぜいテリンひとりが横たわれるほどの広さしかない。どうやら本当に、試験に向けて気が立っているらしい。

そんなことをしているうちに食欲は失せてしまったが、ひとまずおかゆを器に盛った。味はどうあれ、六時間のシミュレーションをやり抜くには、なにかお腹に入れておかねばならない。

そのとき、またもや隣の部屋からラジオが聞こえはじめた。

——今日はリスナーのおひとり、ドーラさんからのお便りをお届けします。ドーラさんは最近、ハラパンの青実通りでなんとも奇妙な場面に出くわしたそうです。近くの居酒屋に勤めているドーラさんが朝方、自宅へ帰っていると、泥酔状態の男性が路地裏にひっくり返っていたそうです。そこへとつぜん、監視マシンがわらわらと近づいてきたかと思うと……錯乱症発現アラームをこれでもかと鳴らしたとか！

立ったままおかゆをひとくち含んだテリンは、いつの間にかラジオに集中していた。

——ドーラさんはすぐに駆け寄って監視マシンに抗議したそうです。この人は昨夜からうちの店で飲んでいた、たんに酔っぱらっているだけだと……。ところが監視マシンは聞こうともせず、その男性を抱え上げて去っていったそうです！　みなさん、これだけではありません……このところハラパンでは、監視マシンが道行く人にいきなり採血針を突き刺す光景も見られますよね。まったく、われわれ住民を見くびるにもほどがあるってもんです！

「……変だな」

いつだったかニュースで聞いたことがある。「ドーラ」という忘れがたい名前の通報者、そして、錯乱症を発現していないのに連れ去られた男。その後、彼が戻ってくることはなかった。そしてこの出来事があって以来、監視マシンによる監視はひときわ厳しくなった。

でも……それは三年前の事件だったはず。隣人はどうして三年前の放送をいまごろ聞いてるんだろう？

テリンは今日の日付を確認した。当然だが、時間が三年前に戻っていたりはしない。日付はテリンが記憶するとおりだった。いっそ三年前に戻っていれば、アカデミーの授業をもっとまじめに聞くこともできたのに。なにか思い違いをしているのだろうか。最近また似たような事件が起きたのかも……

テリンは首を振った。とっとと外へ出て頭のなかを換気したほうがいい。理論の試験勉強で狭い部屋に何日も閉じこもっていたせいで、頭がどうかしているのだ。テリンは食器や鍋、調理器具などを流しに放りこみ、戸棚からチョコレートバーをひとつ取り出してくわえた。それから、最後に部屋をぐるりと見回し、もう一度だれもいないのを確かめてから玄関を出た。どこからか吹き寄せた風で、ドアがバタンと音を立てて閉まった。

廊下のつきあたりに立っていた老人が驚いて怒鳴った。

「ほいこら、まただよ！　住人は自分ひとりだとでも思っとるんかね！」

その後もよくわからない方言でとがめつづける老人をあとに、テリンは廊下を反対方向へと走った。あのおばあさんが、隣室の大音量のラジオについてもヒステリックになってくれればいいのに。

通りには地下都市ラブバワならではのじめじめした黴臭い空気が漂っていた。古びた不格好な建物が並ぶなか、やつれた顔の人々が荷物を運んでいる。ひとすじの陽光さえも差し込まないぼやけた町に、せわしく行き交う人々の足音やシャトルトレインの警笛が重なる。老人の罵倒も、おかしなラジオも、もう聞こえない。テリンは大きく深呼吸した。

ぐずぐずしてはいられない。テリンは通りを駆け抜けていった。

＊

「だからね……その信号には、ドンドン、ドン、っていうパターンがあるんだけど、ベヌアの暗号学専門家に尋ねても、このパターンにはなんの意味もないって言うわけ。でも、わたしの耳にはどうしても、なにかを伝えてるように聞こえたのよ。一種のＳＯＳみたいな？　ふつうの地盤振動ならあんなパターンをもつはずないし、あの振動は、いま都市で行われてる拡張工事や掘削エリアとは関係ない方向から来てる。これは絶対になにかあるよ。わたしが思うに、センダワンからバトゥマス地域を横切っていってる気がする。ときどき、虫が振動に沿って動いてるんだよね。だからさ……」

混雑したテーブルの合間を行き来しながら、一度聞いただけではとうてい理解できない話を一方的にぶつけてくるソノの背中に向かって、テリンが大声で言った。

「頼むからその皿、全部置いてからにしてよ！　タワーが崩れそう」

ソノはテリンのほうを振り向くと、片手でオーケーサインをつくってから前に向き直った。つまり、ソノはいま、片手で二十枚の皿を支えている。そしてもう片方の手で、各テーブルのビールグラスをてきぱきと回収し、トレーの空いたところに載せるという荒業を披露していた。ぐらつく皿タワーを巧みに運ぶソノを見ながら、客たちが愉快そうに笑った。小柄な女の子がほとんど動物的なバランス感覚で幾層もの皿を運ぶ姿はいい見ものので、ソノが店に出ていると客はひそかにこの妙技を期待する。とはいえ、いまはあえてそれを披露するほど忙しい時間帯ではない。おそらくショーマンシップみたいなものなのだろう。

眉をひそめてソノの背中を見送っていたテリンは、ため息をついてテーブルに突っ伏した。古い木製テーブルにしみついた食べ物のにおいが鼻を掠めた。

ひととおり給仕の波が過ぎてようやく、ソノはテリンの前に戻ってきた。ついさっき、通りかかったジャスワンに見つかって「おやおやうちのお姫様、こんなにげっそりしちゃって！」と頭を撫で回されたせいで、テリンの髪はぼさぼさになっていた。そんな姿でぽつねんとグラーシュにがっついているのだから、はたから見れば物乞いと勘違いされてもおかしくない。ジャスワンが「愛情こめて」作ったと言うけれど、相も変わらず不思議な味のするグラーシュだ。受験生のやる気を削いで不合格にさせる腹積もりではないかと思うほどに。

向かいの椅子を引っぱってきて座りながら、ソノが話の続きを始めた。

「そういうわけで、テリンも一緒に行ってよ」

テリンは木製の匙を間違って嚙みそうになった。それからようやく答えた。

「は？　どこに？」

「わたしと一緒に、調査に」

図々しい態度に、テリンは呆れて言った。

「派遣者試験がもうすぐなのは知ってるよね」

「うん、まあね。それがどうかした？」

「忙しくてそんなことやってる暇ない。一世一代の大事な試験が目の前に迫ってるんだってば。わたしの人生を変える試験が！」

「だけどさ、こっちも興味ない？」

テリンは眉根を寄せたままソノをにらんだ。ソノはいまもテリンのことを、ラブバワ一帯をほっつき回りながら探偵ごっこをしていた子どものままだと信じているらしい。

「十四歳のころのわたしならね」

「いまは違う？」

「いまも……うん、正直言うと興味はある。わたしもその振動、感じたからさ。調査するのはいいと思う。でも、今回は勘弁してくれないかな。わたしの興味はいま、自分の人生をかけた試験のほうに向いてるから」

テリンが答えると、ソノが鼻で笑うように言った。

「派遣者みたいなつまんない仕事より、こっちのほうがおもしろいよ」

以前のテリンなら腹を立てていたはずだが、ソノのやり口には慣れていた。

「うん、まあ、だとしてもわたしは、そのつまんない仕事をやりたいんだ。止めても無駄だよ」

「派遣者になんかならなくたって地上に行けるのに」

「へえ、どうやって？　頭がおかしくなったら？」

テリンがあてこすっても、ソノは黙って笑うだけだった。ふと、この会話をジャスワンに聞かれはしなかったかと、テリンは厨房のほうをこっそり振り向いた。幸いというべきか、この間に新しい客がぞろぞろ入ってきていて、ジャスワンは酒を注ぐのに忙しそうだ。

ホールスタッフたちの仕事ぶりはソノのそれには及ばず、いまこそソノを必要としていた。だがこうして席を立たないでいるところを見ると、真剣にテリンを調査に同行させたいようだ。試験を妨害しようという魂胆だろうか。いつものこととはいえ、理解できなかった。どうしてソノまでもが派遣者に対してこうまで否定的なのだろう。ジャスワンならいざ知らず。

テリンの法的保護者、そして、幼いテリンとソノをひとりで育て上げた「父親」であるジャスワンは、もともと有能な派遣者だったという。弟に関する上部の命令に猛反発して罷免されるまでは。弟の死も、派遣本部と関連していた。それらの情報はどれも、テリンがソノと連れ立ってハラパン一帯を巡りながら集めたものだ。ジャスワンは派遣者時代の話を絶対に口にしなかったから。その後、ジャスワンは派遣者に与えられる富と名誉をすべて剝奪され、ラブバワでもっとも落ちぶれたこの場所、ハラパン地区へやって来た。料理の腕は当時からひどかったが、それでも食べていけるぐらいの客は入った。この食堂に「氾濫化」した食材がまぎれこむことは決してないからだ。ジャスワンは派遣者として、氾濫体の選別については都市でもトップレベルの訓練を受けていた。

ジャスワンはときおり、居間の飾り棚の上に置かれた写真に見入った。弟と写っている唯一の写真は、派遣者時代のものらしい。穏やかな琥珀色の瞳はうりふたつで、だれが見てもすぐに兄弟だとわかるだろう。写真のなかの弟はだれかに強制されたようにぎこちなく笑い、若かりしころのジャスワンはその隣で弟の肩に手をかけて晴れやかに笑っている。テリンの想像にすぎないかもしれないが、その写真の前に立つときのジャスワンはなにかを胸に刻んでいるように見えた。二度と派遣者にはならないと、あるいは、絶対にあのことを忘れないと。食堂がなぜかラブバワの取締班に踏みこまれ廃業の危機に追いこまれたときも、監視マシンによって赤蘭草通りに一カ月間閑古鳥が鳴いていたときも、ジャスワンはその写真を見ていた。

だから、テリンにはジャスワンの態度が理解できた。いずれにせよ、テリンを大事に思うジャスワンにとって、派遣者という職業は娘に勧めたい職業ではないということ。でも、ソノは？

あなただって地上に行きたいでしょ？　テリンは目の前のソノに言いたい言葉をぐっと飲みこんだ。ソノもまた、地上に行きたがっていた。そういう点で、ふたりは同じ部類だった。ところがソノのほうは派遣者になろうとはせず、地上への抜け道を探し回った。きっと、ラブバワでもっとも多く地上に出たことのある人間だろう。四方を頑丈な壁で囲われた採光窓の上で動物の死体を片付けたり、壁を這いあがってその向こうを見下ろしたりするのがせいぜいで、地上を自由に歩き回るというわけではないけれど。

おそらくは、数カ月前から夢中になっている振動とやらも、そういった抜け道の延長線上にあるのではないか。それは地上から届くものなのだから。

まだ期待の色を浮かべたまま座っているソノに、テリンが訊いた。

「それで、ひとりでも調査に行くつもり?」

「ふたりで行くつもりだけど?」

「だれが一緒に行くって?」

テリンが呆れて返すと、ソノがいたずらっぽく笑った。そして、顎先すれすれのところで短く切りそろえた薄茶色の髪の毛を耳にかけながら、再び地上からの信号について熱弁しはじめた。テリンはしかめっ面で聞いた。普段なら毎度のことだと受け流せるのに、いまは自分のことがあるせいか、黙って聞いているのがつらかった。

とうとうテリンは、ソノの話を切って話題を変えた。

「訊きたいことがあるんだけど」

「うん、なに?」

「ソノも〈午後のおしゃべりルーバックス〉聴いてるよね?」

「うん、そりゃあ……」

ソノが目を細めて天井のスピーカーを指した。

「聴いてるっていうか、聞こえてくるよね」

たしかに、ハラパンでは嫌でもルーバックスを聞くことになる。どこに行っても流れているからだ。でも、それがどうしたの、と言いたげなソノに、テリンは言った。

「三年前の放送とかって、憶えてる?」

「三年前?」

ソノがオウム返しに訊いた。テリンはわけもなく辺りをうかがった。幸いふたりが座っているテーブルは倉庫のすぐ前で、だれの視線を浴びているわけでもなかった。店内は、テリンの言葉がかき消されそうなほどうるさかった。

「隣の部屋から大音量のラジオが聞こえてくるのよ。ところが、それがよりによって三年前の放送で。ルーバックスはいまでも毎日やってるのに、わざわざ昔のやつを聞くなんて、ちょっと変じゃない?」

「昔の放送だってのはどうしてわかったの?」

テリンはドーラという名の情報提供者、そして、それ以降ハラパンで急増した失踪事件について話した。調べてみると、クニット市場で錯乱症の芽胞に汚染されたホウレンソウが流通したのは二年前のことだったとも。なにより、おかゆにキノコを入れようとした瞬間、まるでテリンを監視していたかのごとく、キノコを摂取する際の注意事項が流れてきたのはおかしいと。このあたりで関心を示すか不気味がるかと思いきや、意外にもソノは平然としていた。

「ふむ……それって本当にラジオ放送だった？」

「じゃなきゃなによ」

「幻聴とか」

「試験勉強のしすぎでわたしの頭がおかしくなったって言いたいの？」

「幻聴が聞こえるのは頭のおかしい人だけじゃないよ。わたしだって聞こえるし」

テリンは呆れてソノをにらんだ。ソノは普段どおりの、いたって真面目な表情だ。冗談とも本気ともつかない。

「ソノの頭がまともじゃないのはわたしも知ってるけど、問題は幻聴の内容。あんたも幻聴でラジオを聞くわけ？」

「違うけど、そういう人もいるんじゃない？」

「ハイハイ、貴重なご意見どうも」

そもそも、常日頃から頭のねじが一本ゆるんでいそうなソノに意見を求めたのが間違いだった。

テリンが頭を振りながら再びグラーシュを食べるのに専念しようとすると、ソノが肩をすくめた。

「原因をつきとめればいいじゃない」

「どうやって？」

「今日帰ったら、お隣さんの玄関を叩くのよ。人が出てきたらこう訊く。どうして三年前のラジオを聴いてるのって」

「はいはい、なによりの方法だわね」

テリンはつっけんどんに返した。そうしなかったのは当然ながら、テリンの住む家が治安の悪い地域にあるからだ。それに気づいたのは、ジャスワンとソノに内緒で引っ越し先を見つけたあとのこと。同じハラパンにあるのだからと甘く見ていたが、驚愕するような事件が毎日のように起きていた。

「原因をつきとめたら、ついでに事件事故の一部になっちゃったりして。運がよければ〈午後のおしゃべりルーバックス〉にだれかが届けて、これまた三年後に隣の部屋のラジオから聞こえてくるかもね。疑惑の隣人殺害！　いまだ残る謎！」

テリンが皮肉っていることに気づいたのか、ソノが再び口を開きかけたときだった。とつぜん店の外から悲鳴が聞こえた。テリンの視線が真っ先にそちらへ向かい、続いてソノも振り返った。

店内の客たちがわらわらと腰を上げたせいで、よく見えなかった。テリンが人混みをかきわけて出てみると、目立つ白金髪の中年女性が監視マシンと格闘していた。そばには、血の気の引いた顔をした老人が立っている。ジャスワンの店の常連、クザイだった。中年女性はクザイの娘のようだ。

「なにがあったの？」

テリンが隣の男に尋ねた。

「監視マシンに引っかかったみたいだな。かわいそうに、見た目はふつうなんだがなあ。ふた月前に娘のアイサを治療所に連れてかれたらしい。それ以来、心ここにあらずというか、本当に錯乱症になっちまったのか、ちょいちょいマシンに捕まってたよ」

アイサとは、まだ年端もいかないのに手が器用で、この町の壊れた機器をよく直してくれていた闊達な女の子だ。その子が治療所に連行されたことはすでに町じゅうの噂になっていた。この中年女性まで連れていかれたら、クザイは孫に続いて娘まで失うことになる。

クザイが監視マシンを引っぱったり行く手をふさいだりしてみたものの、力不足だった。店の客たちは憐れむように舌を鳴らしたりしていたが、通行人のなかにはこんなふうに叫ぶ青年もいた。

「おかしくなっちまったんなら、とっとと連れてけ！」

客のひとりが、なんてやつだ、とフォークを投げつけると、相手はたちまち逃げていった。

しかしながら、クザイのほかに割って入ろうという者はいなかった。目の前で起こっていることの意味を知っていたからだ。錯乱症が発現した者をかばえば処罰の対象になる。この町のだれもが、知人を監視マシンに連行されるという経験をしていた。抵抗したり逃げたりすれば、翌日さらに多くのマシンに取り囲まれる。

いつの間にか近くに来ていたソノがテリンの肩をぽんと叩いた。マシンについていこうというのだ。気が進まなかった。派遣者試験を前に、言いがかりをつけられて資格を失うなどのつまらないことに巻きこまれたくなかった。なにより、派遣者には義務がある。錯乱症発現者を通報して隔離収容に協力し、未発現者を保護すること。

とはいえ、泣き叫んでいるクザイを見て見ぬふりすることなどできなかった。それに、テリンはまだ派遣者ではない。そう、いまはまだ。

ソノが小声で訊いた。

「やるよね？」

返事をする代わりに、テリンは前に出た。同時に、ソノが監視マシンの背後へ回った。テリンはマシンに密着し、カメラの前でひらひらと手を振って注意を引いた。

「ちょっと、これって営業妨害よ。取り締まりなら人のいないところでやってくれないと。今日一日商売にならなかったら、おたくが責任取ってくれるわけ？　ほら、入り口をふさいでくれちゃってるの。お客さんの邪魔になってるの、わかるでしょ？　まったく、よりによって今日なんだから。しばらく食材が入らなくて営業できなかったのに、ようやく入ったと思ったらとんだ邪魔してくれちゃって。こちとら生計がかかってるの。ほら、あっち！」

マシンがカメラを動かしてそちらを見ているあいだに、テリンはマシンの腕を針金でつつき、捕えられていた女の服の裾を放させた。早く逃げるようにと囁いても、女は呆然としたまま動こうとしない。テリンは彼女をそっと脇へ押しやった。そのとき、マシンのそばに積み上げられていた酒樽の山がガラガラと崩れ、野次馬たちが悲鳴を上げながら後ずさった。

ジャスワンの店の前は喧噪に包まれた。テリンは女の手首をつかんで脇道へ駆けこみ、フェンスを引っぱり下ろして進入路をふさいだ。あとはソノがどうにかしてくれるだろう。監視マシンをまくのはお手のものだから。

テリンは女の手首とてのひらを確かめた。幸いまだスキャンされた痕跡はないものの、監視マシンは彼女の特徴をとらえているはずだ。

「その髪、ぜんぶ剃っちゃったほうがいいかも。できれば」

テリンは女の白金髪を見やりながら言った。女は目の焦点が合っておらず、うなずきもしなかった。テリンの目には、すでに錯乱症が発現しているように見えた。自我が崩壊し、自分がこの現実にいるということをすっかり忘れてしまう、夢とうつつの区別もつかない状態。そうしてついには発狂し、凶暴になり、ときにはとんでもない事件を起こすのだろう。彼女はいつまでマシンの追跡から逃れられるだろう？　周囲の人間を傷つけないとだれが言いきれるだろう？　たとえ逃げきれたとして、その先は？

湧き起こる疑問を必死で振り払いながら、テリンは女を脇道の先へと押しやった。たとえ錯乱症だとしても、いまマシンに連れ去られてはいけない。それは、最後の挨拶さえ告げられない悲惨な別れを意味するのだから。

女が消え去るのを見届けてから、テリンは店へ戻った。ソノが地面に転がる空の酒樽を積み上げていた。店内はさっきの出来事が嘘のように、もとの活況を取り戻している。辺りを見回したが、クザイの姿は消えていた。

手伝おうと腕まくりをすると、ソノがにんまり笑って言った。

「マシンを二台、パニック状態にしてやったよ。二日はまともに機能しないだろうね」

「そのうち警察にしょっぴかれるよ」

「もうすぐ派遣者になろうって妹がいるんだから、このくらいは見逃してくれるでしょ」

「わたしが妹？　よしてよ。それに、見逃してくれるどころかいまより厳しくなるかも……」

ぶつくさつぶやいていたテリンは、そのときふと、ソノの顔から笑みが消えていることに気づいた。

「なにかあったの?」

「クザイも発現してた。瞳が鉛色に変わってたよ」

ソノが声を潜めて言った。テリンは口をつぐんだ。ラブバワの都市は錯乱症から護られているはずが、ここハラパンの住民は異常なほど頻繁にその危険にさらされていた。町から人がどんどん消えていった。家族単位で一気に消えてしまうことも珍しくない。不思議なのは、錯乱症がはっきりと見てとれるようになる前に、彼らが忽然と姿を消してしまうことだ。まるで、そんな脅威などはなからこの町に存在していなかったかのように……

とつぜん、大きく分厚い手がテリンの頭に覆いかぶさった。驚いて振り向くと、ジャスワンが大きな手でテリンの頭を撫でまわしていた。

「げっ、ジャスワンおじさん!」

「おまえたち、なんでまだいるんだ。子どもは帰る時間だぞ」

成人してどれだけたつと思っているのだ、いまだに子ども扱いなんて、とぼやいているうちに、胸のざわつきも治まった。新しい客がちらほら入りはじめていた。客を迎えるスタッフたちの声が店の外まで響いてきた。

太陽を模した中央ライトが照度を落とし、夕方が夜へと移りゆく時間。ハラパンの町に並ぶ街灯に明かりがともり、通りにミステリアスな活気を添える。ひとりの人間が永遠に消えようとしていたことなど、嘘のように。不可思議な賑わいのなかで、テリンは一瞬、ソノと目を合わせた。そしてすぐに視線を離した。

2

アカデミーのロビーには緊張感が満ちていた。互いに軽い挨拶を交わしていた教習生たちも、その場の空気を察するとたちまち笑顔を引っこめた。そんななか、テリンはじっと座って名前が呼ばれるのを待っていた。チクチクするような周囲の視線を感じながら。

「チョン・テリン、こちらへ」

とうとう係員に呼び出されたときには、嬉しくさえあった。錯乱症の抵抗性検査場まで移動するあいだ、同期の冷たい視線がテリンに集まり、再び散っていった。軽蔑と不満、妬みの入り混じった視線。

派遣者資格試験は相対評価で行われる。ここに至るまでのアカデミー課程も過酷だった。未成年のうちに基礎課程を終え、二十歳になると合計三年間の本課程を履修することができるが、修了できる者はわずかだ。半期ごとの試験で多数の教習生が脱落し、留年者には二度とチャンスが与えられない。資格試験も一度のみ。むろん、派遣者試験に落ちた者は別の分野に鞍替えできる。望めば研究なり行政なり、道はいくらでもあった。だが、派遣者を夢見る者たちは、もっぱら派遣者にのみ与えられる恩恵を渇望した。富や名誉、引退後の安定した暮らしであれ、地上を踏みしめる特権そのものであれ。派遣者になると決心した者たちにとって、それ以外のものが目に入るはずもなかった。

そういうわけだから、アカデミーにいるあいだ、テリンが終始厳しい視線にさらされたのも無理はない。テリンはニューロブリック不適応者には珍しく、アカデミー課程に入学した。何度か留年の危機もあったものの、かろうじて踏ん張った。それがひとえに自分の実力によるものだったかと訊かれれば、正直言って確信はない。イゼフが後ろ盾になってくれたという話は、たんなる噂にすぎないのだろうか？　テリン自身は、もちろん根も葉もない噂だと思っていた。イゼフは公私混同を許さない人だから。それでも、情況からして色眼鏡で見られるのは仕方なかった。デマだと知らしめるには、この機に証明するしかない。

「目を閉じてスキャナーの前に立ってください」

係員の声とともに、ブースのドアが閉まった。

テリンは暗闇に閉じこめられた。不気味な機械音がかすかに響いてくる。次の瞬間、耳をつんざくような鋭い音に襲われた。ぎゅっと目をつぶると、今度はカナヅチで叩くような大きな振動が頭に響いた。錯乱症を来した人なら、最初の段階で耐えられずに暴れだすだろう。錯乱症因子に弱い者たちもまた、レベルが上がるにつれて耐えがたそうな様子を見せた。そんななか、テリンは一度も……

——あっ、ボクを食べないで！

目の前を閃光が走った。頭を殴られたような衝撃。心臓がバクバクと躍りはじめ、テリンは必死でまっすぐに立とうと努めた。違う。お願い、これは……なんでもない。

永遠かと思われる時間が過ぎ、ガチャリ、とブースの扉が開いた。

係員は冷や汗を流しているテリンを訝しげに見やった。それからスクリーンの点数をチェックすると、テリンの書類にそれを書き入れてハンコを押した。

テリンは点数を確認した。最高点だった。これまでのように。

「次の検査場へ移動してください」

平静を装って書類を受け取り、テリンはまた歩きはじめた。

ニューロブリック不適応者であるテリンがそんなハンデをよそにアカデミー本課程を修了できたのは、とびぬけた抵抗性のおかげだった。テリンはこれまで、自分の抵抗性がなぜそんなに高いのか、その数字が事実なのか疑ったことはない。だがいまこの瞬間、初めて不思議に思った。なぜ自分は正常な精神でいられるのか？　いや、本当に正常なのか？　だれかの声がくっきりと聞こえているのに。

——さっきのはなに？

はっと振り返ったが、そこにはなにもなかった。テリンはぎゅっと目をつぶり、開いた。しっかりしなければ。歩みを速めた。考え事をする暇もなく、次の検査室からテリンの名を呼ぶ声が聞こえた。懸垂に走り高跳び、ボルダリング、短距離走、上半身と下半身の筋力測定などを順に受けた。

普段はしないミスを二度も出した。

「中央講堂へ移動してください。試験のオリエンテーションがあります」

講堂は受験生たちでごったがえしていた。テリンはいまだ、さっき聞こえた奇妙な声に気を取られていた。あれはなにかの間違い、なんでもない、そう自分に言い聞かせてみたものの、不安はなかなか消えなかった。

だが、壇上横のドアが開いて、ある人物が姿を現すと、頭のなかの霧が一気に晴れた。さりげなくも端正な身だしなみ、赤い長髪をざっくりひとつ結びにして背中に垂らした女が壇上を横切ってくる。どこからかホウッと嘆声が上がった。

「教官だわ!」

テリンはさっと目線を落とした。よりによってなぜ、イゼフがここに。係員がイゼフ・ファロディンの紹介を始めた。だが、そんなもの必要なかった。ここに集まっている教習生のなかでイゼフを知らない者はいないはずだから。

「みなさん、こんにちは」

喧噪の引いた講堂にやや低めの声がゆったりと響き渡った。

「本部からの要請で、みなさんに励ましの言葉を贈ってほしいとのことです」

イゼフは講堂をじっくりと見回しながら、教習生ひとりひとりと目を合わせていった。息を殺してイゼフを見守る教習生たちの目に浮かんでいるのは、憧れ以外のなにものでもなかった。テリンは苛立ちを感じたものの、自分でもその理由がわからずよけいにむしゃくしゃした。そして、再び視線を膝上に落とした。

「いまみなさんに必要なのは励ましなどではなく、最終警告ではないかと思いますが。だとしても、ありふれた言葉ではつまらないでしょう」

イゼフは気だるそうな口調で続けた。講堂の前に立つイゼフからは、この状況をひどく面倒がっている様子がありありと見てとれた。威厳に満ちた姿とはいえなかった。とはいえ、ここにいる者たちなら知っているはずだ。イゼフの派遣者としての業績と、研究者としての成果を。イゼフはここにいる全員の憧れの的だった。だから、イゼフが今日、受験生を励ましにこの場を訪れたこと、そしてみなが目を輝かせながらその話を聞いているのは当然のことだった。

なのにどうしていま、この瞬間が耐えがたく思われるのだろう。テリンはちらちらとイゼフをのぞき見てから、再び目を背けた。なにも耳に入ってこなかった。派遣者に伴うさまざまな困難について は、すでにイゼフの口から何度となく聞いていた。

いまはただ、早くここから抜け出したいと思った。トイレを言い訳に出ていこうかと後方のドアを盗み見たものの、とうてい言い出せる雰囲気ではなかった。壇上のイゼフに視線を戻すと、説明しがたい感情に襲われた。テリンは席を立つのをあきらめ、まっすぐにイゼフを見た。今度はあえて目を合わせようと努めた。

「派遣者は、魅惑と憎悪の感情を同時に抱く必要があります。対象をことごとく愛しながらも、一方で、焼き尽くしてしまいたいほどに憎む気持ち。これに耐えられる人だけが派遣者になれるのです」

そのとき、テリンはイゼフと目が合った気がした。イゼフが一瞬たじろくのがわかった。いや、目の錯覚だろうか？　イゼフはテリンを無視するようにさっと別方向を向いた。それがテリンを無性に腹立たしくさせた。

「ベストを尽くしてください。優れた仲間ならいくらでも、大歓迎です。駄目ならほかの道を模索してみましょう」

次の瞬間、イゼフがふいにテリンを見て眉をひそめた気がしたのは、これまた気のせいだろうか？

「……以上」

イゼフは会釈をし、教習生がなにか反応する隙も与えないまま、きびきびとした動作で講堂を出ていった。イゼフのあとを追うようにひとしきり拍手が起こった。

——でも、なんだって憎悪を抱かなきゃならないの？

またもあの声だった。今度は後ろを振り向くことも、周囲をキョロキョロすることもなかった。声は外から聞こえてくるのではなく、テリンの頭のなかで聞こえていた。両目のあいだ、後頭部の辺り。少年とも少女ともつかないその声に、不思議にも聞き覚えがあった。ずっと昔に聞いたことがありそうな気がした。

本当に大丈夫なんだろうか？　こんな幻聴が聞こえてるのに？

前方に視線を戻すと、係員がホログラムスクリーンで試験の流れを説明していた。理論の試験に、実験室での同定、生存シミュレーション……話に集中しようとしたが、頭はどうしても別のことを考えてしまう。イゼフへのとらえがたい気持ちと、またもや聞こえはじめた奇妙な声。

どうして憎悪を抱く必要があるのか？　これまで一度も、氾濫体を憎むべき理由を問うたことはない。それはあたかも、人間を絶滅に至らせた巨大な地震や津波をなぜ憎むのかと訊いているようなものだ。理由を説明する必要のない、当然のこと。それが人々を殺したから。文明を滅ぼしたから。自由を奪ったから。わたしたちを地下世界に閉じこめたから。それから……

「試験の流れは以上です。なにか質問は？」

係員が講堂を見回した。だれかが試験の規則について尋ねると、われもわれもと手が上がりはじめ、講堂は小さなミスも犯すまいとする受験生たちの質問で埋めつくされた。だが、テリンはそれらの会話に集中できなかった。なんだって憎悪を抱かなきゃならないの？

その午後、帰宅したテリンは、老人が宙に向かってぶつぶつぼやいている場面に出くわした。一度はそっと通り過ぎようとしたものの、思い直して老人の前に立ったテリンは、可能な限り丁寧な口調で尋ねた。

「あの、おばあさん、わたしの部屋の隣に住んでる方をご存じですか？」

老人の視線がテリンを上から下へとなぞった。なんとも不快そうだ。テリンにからかわれていると誤解しているかのような態度だった。

「ふざけてるのかい？　そこはだれも住んじゃいないよ！」

扉を開けて部屋に入るなり、テリンは壁に耳をくっつけて、隣室からなにか聞こえてこないか耳を澄ませた。

あるのは静寂だけだった。

3

しきりに浮かんでは消えていく風景がある。そのおぼろげな場面のなかで、テリンは古びた真鍮色の地球儀を回している。ゴロゴロと音を立てながらてのひらをすべっていく、確かな重みと柔らかな質感をもった小さな地球。顔を上げると、イゼフがテリンを見下ろしている。あのときイゼフはほほ笑みを浮かべていただろうか、それとも、どこか悲しげなまなざしを……

不思議なことにその記憶の前後は、だれかにこすり落とされたかのように霞んでいる。ただひとつ、鮮明に思い出せるのは、あの空間のにおいと空気、触感といったものだけ。テリンはしょっちゅう授業を抜け出した。そして、唯一の逃げ場としている部屋へ走った。

こっそりドアを開けて入った先の、本の合間の埃のにおい、踏み出すたびにきしむ床板。そして、目が合うと困ったように根元を寄せ合う眉と、一度固く閉じられてから開く唇。

——こら、また来たのか。

その言葉じりに掠める、あきらめともなんともつかない薄い笑み。

――本来は相談のときにしか来ちゃダメなんだけどな。

最初は授業をサボりたくてその場所を訪れた。そこへ、だんだんと別の理由が加わった。手垢のついた本が好きで。月日とともにすり減った家具がすてきで。いや、もしかすると、イゼフのそんな表情、困ったような笑みを見たくて……。迷惑そうにしながらも、イゼフはテリンを追い払わなかった。テリンが本棚を見学しているあいだ、イゼフは書類の山に埋もれていたり、紙になにか書きつけてはペンを指の上で滑らせた。そうしてときにはテリンを向かいに座らせて、テリンがいちばん聞きたい話を語ってくれた。

地上の話。ほかの先生は絶対に教えてくれない、この都市の上にあるもうひとつの世界について。そこは空に向かって開かれていた。風が吹き、光が降り注ぎ、水が循環し、太陽と月がともに楕円を描きながら季節を彩る場所。苔が地面に張り付くようにして育ち、のっぽの木々がその上で屋根を成すところ。

地表面という基盤のもとに、人間は気の向くままにどこへでも行くことができた。船で海を横断して。ときには空を横切って。当時の地球は、地球儀のように小さいけれど満ち足りた惑星だった。人々はそんな地球を「われらが星」と呼んだ。空を見上げれば、視線の端から端まで星が広がっていた。一部の人々は、はるか彼方の天体に行きたがった。われらが星を足掛かりに、自分たちとは異なる存在たちの星へ向かいたがった。

地球の表面は人間にとっては広くて平らに思われるが、少し高みから見れば丸いカーブを感じられ、さらに遠くから振り返ればほとんど気づきもしないかすかな点になるのだという。ところが、その小さな青い点はいま、人間にとって錯乱症に覆いつくされた未知の世界。人間は故郷を奪われ地下へ潜った。

——先生はそこへ行けるんでしょ？

——そう。わたしは派遣者だから。

——派遣者になれば、わたしも行ける？

そう尋ねるとイゼフは決まって微笑をたたえながら、腕を伸ばしてテリンの頭を撫でてくれた。

——地上は美しい場所じゃない。危険な場所。みんながそこに行く必要はないよ。

あのとき自分はなにを考えていたのだろう。危険であっても地上を見たいと、未知の世界へ行ってみたいと思ったのだろうか。

いや、そうではない。あのときの自分はイゼフだけを見ていた。知りえない地上と同様、本心をはかりえない不思議な人。先生と呼んでいたけれど、じつは先生でさえなかった人。それにもかかわらずテリンの胸をときめかせ、目をそらすことができなかった人……

保護施設が閉鎖された日、テリンはイゼフの部屋にある地球儀をもらった。ひとつだけこっそり持ち出したのだった。ジャスワンと一緒に暮らしていたときも、そこを出て部屋を借りたときも、テリンはいつだってその地球儀を目につくところに置いておいた。いつだったかテリンの一人住まいの部屋に立ち寄ったイゼフは、その地球儀を前にしてもかすかに笑うだけだった。

理由のわからない渇きに鋭い爪でえぐられるたび、テリンは地球儀に手を伸ばした。ゴロゴロという音を聞きながら、その渇きの出どころを考えた。地球儀の絵が徐々にぼやけていき、中心軸がぐらついた。とうとう表面が剝がれて中身が現れた。時がたつにつれ、そもそも自分がなにを求めていたのかさえあやふやになっていった。

求めれば求めるほど、地表面は手のなかですり減っていく。テリンは絶えず考えつづけた。わたしは地上へ行きたいのだろうか。地上をこの手にしたいのだろうか。それとも、地上を追いかけるあの人を求めているのだろうか。

行ったことのない、けれどいま、この手のなかにある惑星。説明のつかない感情が押し寄せるたび、テリンは地球儀を回した。でも、本当は知っていた。地上にも、だれかの心にもそう簡単には近づけないことを。

*

試験初日まで、時間は飛ぶように過ぎていった。テリンは狭苦しい部屋に閉じこもって理論の勉強をした。ニューロブリックを埋めこんだ場合に比べ、テリンが暗記した知識は時の流れとともに薄れていく。そのため、どうしても人より多くの時間をかけなければならない。またあの声が聞こえてくるのではないかと不安だったが、テリンはできるだけテキストだけに集中しようとした。幸い、だれかの声も、ラジオも聞こえてくることはなかった。

理論試験当日、テリンは早めに家を出た。控え室で係員からの呼び出しを待ち、ブースの場所が告げられると、深呼吸をしてからそこに入った。

椅子に座ってホログラムスクリーンと向き合う。この試験は派遣者資格試験の第一関門にすぎない。パスするのは当然で、そのために必死で準備してきた。ニューロブリックの記憶補助に頼れないぶん大幅に不利ではあったが、そんなことにとらわれながら派遣者を目指すつもりはなかった。

よし、よけいなことはすべて忘れよう。試験にだけ集中しよう。

テリンが自分に言い聞かせているあいだに、スクリーンの表示が変わった。

［試験は不適応者に対応した内容で行われます。了解しましたか？］

「了解しました」

［回答はすべて録画され自動採点されます。制限時間を超えた場合、ただちに次の質問へ移ります。了解しましたか？］

「了解しました」

［試験を始めます］

心の準備をする間もなく、第一部がすぐにスタートした。

派遣者の役割と任務全般についての一般問題、地下都市行政構造の特徴についての問いが提示された。アカデミー基礎課程で頭に刷りこまれていたため楽勝だった。テリンは派遣者宣言文を一文字も間違えることなく暗唱し、行政組織と派遣組織の構造をスクリーンに描いて見せ、スタッドハードの四要素と派遣本部の歴史、地下都市の設立過程と行政構造について口述で答えた。

短い休止時間が与えられ、画面右下に自動採点された点数が浮かんだ。細部に若干洩れがあったものの、点数が追加された回答もあり、トータルでは満点に近かった。テリンは、安心するのはまだ早いと自分を戒めた。

試験は続いた。

第二部は自然科学について。地球上の生物と氾濫化した生物の分子単位、細胞単位での差異と、氾濫化以後の地球の生態学的特性を口述し、必要な部分は図表を描いて説明した。アフラトキシン発見の背景、マクロトポス実験による代謝物質分析、真菌類と地衣類についての回答を長々と書き入れた。

［第三部は現場研究方法論についての質問です］

これまでの点数を確認した。幸いほとんどが満点だが、道は半ば。高難度の問題は後半に集中するはずだから、ここからが本番だ。

現場研究方法論はイゼフが担当していた生存シミュレーションの授業とも関連していたため、つねに丸暗記を心掛けていた。胞子紋採取プロトコルとサブルフォレント原則、真菌類の活動代謝分析法についてよどみなく答えていった。

と、テリンはふと妙な感覚を覚えた。なにかが頭のなかをかき乱していた。

「うぅ、ちょっとすみま……」

そんな言葉が口をついて出たが、試験が待ってくれるわけもなく、時間は刻々と進んでいく。なにかに頭のなかをツンツンつつかれているような感じがした。ふだん意識していなかったニューロンの存在を感知すると同時に、なにか鋭利なものが神経細胞の合間をかきわけながら、テリンのもつあらゆる知識をひっかきまわしているような。

ピィッ。

制限時間の終了を知らせる警告音が響いた。胸がひやりとし、慌てて採点表を見た。ささいな洩れがあったが、大きなミスではない。テリンは両手で頬を包んだ。火照りを感じた。集中しなければならない。ほかのことに気を取られている場合ではないのだ。

次は再び自然科学分野だった。このパートには高難度の計算が含まれており、テリンは緊張しながら問題を読んだ。汎濫化した野ウサギの細胞‐タンパク質分子間の相互作用を推論する生物物理学の問題は複雑な計算を要し、スクリーンにペンで計算過程を残す必要があった。ニューロブリックのサポートなくしてあらゆる数式を覚えるのに苦労してきたものの、いざ自分の手で書き進めると体に刻まれた記憶がよみがえってきた。テリンは、たびたび別の方向へそれそうになる意識を引き戻しながら、答えを書いていった。

二ページ目に移ろうとしたときだった。

どうしてボクを忘れちゃったの？

またあの声だ。

「頼むから邪魔しないで」

テリンがつぶやいた。いまこの声の正体などどうでもよかった。テリン自身の狂気だろうと幻聴だろうと、いまは黙っていてほしい。

この過程になんの意味があるのかな？

声を無視しながらなんとか数式を完成し、最後にまとめた答えをスクリーンの下方に書き入れた。

この過程になんの意味があるのかって訊いてるんだけど。テリンはぎゅっと目をつぶり、開いた。

スクリーン上の文字がとつぜん四方に散らばりはじめた。文字と文字が絡まり合う。文字という文字がふにゃふにゃと踊りながらばらけだした。

「ダメ……やめてよ」

テリンが書いた答えがひしゃげ、裂け、散り散りになっていく。小さく引き裂かれた文字が、死んだアリのように床に積み重なった。

「こんなのって……すみません、試験をストップしてください」

テリンは急いでブースのドアを叩いた。スクリーン脇の緊急ボタンを叩くように押した。

「システムエラーです！　すみません、だれかいませんか！」

[次の質問です]

絶望が押し寄せた。スクリーンに文字が浮かんだが、意味をつかみかねた。質問がわからないから、答えることもできない。目の前でばらばらと崩れ落ちていく文字が本当にシステムエラーのせいなのか、それとも自分がおかしくなってしまったせいなのかわからなかった。またもや声が聞こえてきた。今度は、壁越しに聞こえてきていたラジオの音声だった。

ラララ、ラララ、ラブバワのおしゃべりルーバックス！

文字が砕けてスクリーンの下へ流れ落ちていく。テリンは手を伸ばしてそれが虚像にすぎないことを自分に知らしめようとしたが、驚いたことに指先から文字の物理的な感覚が伝わってきた。べとべとした冷たい感触。テリンは驚愕しながら手を引っこめた。

ホログラムスクリーンが崩壊しようとしていた。テリンはドアを開けて外へ出ようとしたが、いっこうに開く気配がない。お願い、お願いだから開いて。ガチャガチャという音がするだけで、ドアは外から鍵がかけられている。これはどういうこと？　試験を受けに来ただけなのに、なんだって目の前のものが崩れ落ちていくの？

「チョン・テリンさん？」

外からテリンを呼ぶ声が聞こえた。

「お願い！」

テリンは悲鳴を上げながらブースのドアを揺すった。それでもドアは開かない。

「どうかしましたか？　ドアが開かないんです！　内側から開けてください」

そう叫ぼうとしたのに声が出なかった。さっきまで頭のなかでしゃべりつづけていたそれに、いまは声帯を押さえつけられているかのように……

次の瞬間、テリンは崩壊するブースを見た。天井が頭上からなだれ落ちてきて、ほどなく全身を覆った。しっとりと暖かい感触。まぶたが閉じていく。どこからか子どもたちの泣きだす声が聞こえてきた。彼らを遠い昔から知っているような気がした。

さあ、すべてを共に忘れよう。

だれが言ったのか、どういう意味なのか考える間もなく、テリンの意識はぷつりと暗闇に落ちていった。

4

「なにがあったのか話してください」

事務的に話すカウンセラーの前で、テリンは口を引き結んでいた。真っ白い壁と床。カウンセラーはテリンと目を合わせることなく、スクリーンだけを見ながらなにかを記入している。カウンセリングではなく、まるで取り調べだ。もちろん、試験中に受験生が倒れ、それも大声でなにか喚きながらというのだから、これも当然の手順かもしれない。だがいま、テリンはこのカウンセラーにただのひとことも正直に話したいとは思わなかった。下手なことを言えば錯乱症治療所に引き渡されるかもしれないから。

「ただ、すごく頭が痛くて。ふらついてましたし。それで倒れちゃったんですけど、それ以外はとくになにも」

目覚めたのは、気絶してから二時間後のことだった。意識もすっかり回復した。あの幻覚はどこへやら、視界もはっきりしている。理論の試験に落ちたのではないかと半ば諦め気味にデバイスをオンにすると、ぎりぎりの点数で合格していた。「例の現象」がほぼ終盤で起きたからだ。だからといっていつまた同じことが起こるかもしれず、安心はできなかった。

「変なものが見えると叫んでいたという報告がありましたが」

カウンセラーは依然、事務的な語調で尋ねた。

「本当に、いま話したのが全部です。頭が痛すぎて、一瞬視界がちらついた気がしたんです。それをなにかと錯覚して……」

素早くなにか書き留めるカウンセラーを見ながら、まずいことを口走ったと思った。半透明のスクリーンの裏面に次々と文字が浮き上がったが、内容まではわからなかった。目の前になにかがちらつくだなんて、受け取り方によっては錯乱症の前兆と思われてもしかたない。

「次の試験に進むべきか判断するために、いくつか確認事項があります」

「試験は受けられます。睡眠不足のせいなんですってば」

「ですが理論の試験中に倒れたとなれば、次の試験で……」

そのとき、いきなりドアが開いた。

反射的に眉をひそめたカウンセラーは、ドアの向こうにその顔を認めると、訝しげな表情を浮かべた。カウンセラー同様、その人物に気づいたテリンはなおさら逃げ出したい気持ちになった。いまいちばん会いたくない人、それはほかでもない、目の前のイゼフ・ファロディンだったから。

「ちょっとお借りします」

半ば開いたドアのあいだから、少しだけ体をのぞかせたイゼフが言った。そして、有無を言わせずテリンの腕をくいと引っぱった。取られた物を取り返すような手荒な態度にムカついたが、自分を治療所送りにするかもしれないカウンセラーの前に延々と座っているわけにもいかない。テリンは無言でイゼフに身を任せた。椅子が引きずられる騒々しい音が響いた。半分は他意、残り半分はどっちつかずな自意で引っぱられていたテリンは、廊下でぴたりと足を止めた。

イゼフが振り返って眉根を寄せた。テリンは思わず言い訳するように口火を切った。

「なにも問題ないんです。心配は要りません」

口をついて出た言葉にわれながら驚いたものの、テリンはそれを顔に出すことなくイゼフを見た。イゼフは呆れたように苦笑いを浮かべた。

「それで納得するとでも？」

「……」

「こっちへ」

テリンはやむなくあとに従った。なんだってこんなに速足なんだか。いつものことだが、今日に限ってついていくのもやっとだった。イゼフはなにしにここへ来たのだろう。おそらくは、テリンの担当教官として。担当の教習生が試験中に倒れたから。それだけのことなのに、どうしてこんなにムカムカするのか自分でもわからなかったが、いまは黙って歩いた。

着いた先はイゼフの研究室。ガチャリ、とドアが閉まってようやく、テリンは乱れた息を整えた。

イゼフは振り向くと、ソファを指した。テリンはその前まで行きはしても、立ったままでいた。イゼフは呆れたように頭を振ると、自分から先にテリンの向かいに座った。テリンもようやく腰を下ろした。

「どういうことか説明を」

これなら、さっきのカウンセラーの事務的な質問となんら変わらない。なにがあったのかと唐突に問いただすだけなら、なぜ自分を連れ出したのか。あの場に同席してカウンセラーと同じ質問をしていれば済んだのに。どのみち大方の事情は伝え聞いているはずだった。テリンは短く答えた。

「本当に、大したことじゃないんです」

「そうは思えないけど」

「……テストはパスしました。直前まではいい調子で、減点はほんの少しだったから」

「テストの話をしてるんじゃない」

「いまいちばん大事なことでしょう？　この調子で頑張ればいい。もう二度とこんなことはないはずだから」

嘘だった。二度とないとは断言できなかった。それでもいま、テリンはイゼフに本当のことを言いたくなかった。以前ならまっさきにイゼフに伝えただろう。意識を取り戻すなり連絡しただろう。でもいまは違った。少なくとも、明らかにテリンを故意に避けたり遠ざけたりする、最近のイゼフには。

イゼフがテリンの顔をのぞきこみながら言った。

「今日に限って閉鎖的ね」

「わたしが？」

「そう。ささいなことでも一から十までベラベラまくしたてたくせに、いまはどう?」

「でも、それは……」

テリンはふと泣き出しそうになって口をつぐんだ。今日に限って閉鎖的だなんて。いまのイゼフにそう言われるのは心外だ。

「最近わたしのこと、避けてましたよね」

「え?」

「面談を申請しても、ここ数カ月はずっと断ってたじゃないですか。メッセージにも返信してくれないし……わたしのこと、わずらわしいと思ってるんじゃないですか?」

イゼフは言葉に窮したように、しばらく唖然としたのちに黙りこんだ。

幼稚すぎただろうか。後悔が頭を掠めた。だがテリンは、胸に溜めていた言葉を吐き出してようやく、イゼフへの複雑な感情のわけに気づいた。

イゼフはこの数カ月、テリンの面談申請を断りつづけていた。もちろん、テリンの話をすべて聞いてやる義務があるわけではない。それでもテリンからすれば寂しかった。ふたりのあいだにはなにか特別なものがあると、単純な子弟関係だけではないと信じていたのに、とつぜんイゼフにはっきりと線引きされた気がした。

なにかに思い至ったのか、イゼフが片方の眉をゆがめた。

「ええと、誤解があるようだけど……」

イゼフは言葉を選びながらため息をついた。

「要らない言葉を聞かせたくなくて」

「どういうことですか?」

「黙ってたけど、今回の試験で総括を任されてね。試験監督なんて面倒なだけだからやりたくなかったんだけど……もう五回も断ってるからそうもいかず」

知らなかった。テリンはぐっと唇を噛んでから、また言い返した。

「でも、それがどうしてわたしの話になるんです?」

「公正さの問題ね。この敏感な時期に面談をして、フェアじゃないって揉め事にならないかと」

「担当教官として面談するだけなのに?」

「すでにあなたをひいきしてると噂になってる」

テリンはしばし言葉に詰まり、それから、ためらいがちに言った。

「でもそれは、事実じゃないでしょう? だったら気にすることない」

イゼフはすぐには答えず、テリンを見つめてふっと笑った。

「本当にそう思ってる?」

なにを? 気にすることはないということについて? それとも……

頬に火照りを感じた。口に接着剤でも塗ったみたいになにも言えずにいると、イゼフは顔から微笑を消して、本論に戻った。

「今回は違う問題。カウンセラーのことなら気にしなくていい。こちらでうまく言っておくから。でも、なにがあったのか、わたしにはきちんと話して」

テリンは頭を垂れた。なにをどこから話せばいいのだろう。

ふた月ほど前から、寝ようとしてベッドに横たわると、ドン、ドン、という重たい振動が床下のどこからか響いてくるのだった。同時期に、隣室からは奇妙なラジオが聞こえるようになった。内容そのものはありきたりなのだが、まるでテリンの一挙手一投足を監視しているようなときもあった。ふつうじゃないと確信したのは先週のこと。なぜなら、それが数年前の放送だったから。おまけに、隣室にはだれも住んでいないときた。そうして理論試験の当日、しばしば幻聴のように聞こえていたあの声が再び頭のなかに響いたと思ったら、幻覚が見えはじめた。やがて周りの物が崩れ落ちていく感覚とともに、意識を失った。

このすべてが互いに関連しているのかはわからない。それでもテリンは、記憶にあるとおりにすべてを話した。ラブバワでこんなことを話せる人、錯乱症だと通報されないものと信じ、さらには助けてくれるものと期待して打ち明けられる人は、イゼフぐらいだと思われたから。

テリンの話を聞くあいだ、イゼフの表情は複雑だった。なにか考えこみ、深い悩みに陥っていたかと思うと、すべてを振り払って再びテリンの話に集中するといった具合に。すべて話し終わっても、イゼフはしばらく黙りこんでいた。

なかなか破られそうにない重苦しい沈黙。イゼフの言葉を待つあいだ、テリンは死刑宣告を前にしたような心持ちだった。本当に残念だ、という言葉から始まるのだろうか。手の施しようがないほど深刻な状況だと言われたら?

ひょっとすると、テリンがもっとも恐れているのは「あの言葉」なのかもしれない。テリンはこわごわ口を開いた。

「これって、錯乱症ですよね？」

抵抗性テストでは問題なかったが、いま起きていることはそうとしかいいようがなかった。どこかで錯乱症因子にさらされたに違いない。だとしたら、イゼフは派遣者の義務にしたがって自分を治療所に送るのだろうか？　それとも、助けてくれようとするだろうか？　イゼフが自分を治療所に引き渡すとは思えなかったが、とはいえ、助ける方法などあるのだろうか。錯乱症は通常、悪化の一途をたどるばかりで、もとどおりに治ることはなかった。

「どこで感染したのかはわからない」

テリンが消え入るような声で続けると、イゼフは低い声で言った。

「錯乱症じゃない」

「じゃあ？」

「たくさんの発現者を見てきたけど、氾濫体による錯乱症とは明らかに違う。あれは徐々に自我が崩解していくものだから。自分がいまどこにいるのか、自分がだれなのか忘れてしまう。自身の肉体と精神を自分のものと認識できず、しまいには過去と現在、自分にまつわる一切を失ってしまう。幻覚や幻聴も症状の一端ではあるけど、あなたのはそれとは違うわね」

「でも、まだ本格的な症状が出てないだけかもしれない。幻覚と幻聴から始まって、これから自我を失っていくんだとしたら？」

「今回の身体検査で、抵抗性の点数は？」

「満点」

「正しくは『測定不能』」

イゼフが訂正した。テリンは次の言葉を待った。

「あなたの抵抗性は前代未聞の高さよ。氾濫体でいっぱいの沼に体ごと浸かっても錯乱症にはならない」

「それもよくわかりません。どうしてわたしの抵抗性はそんなに高いのか」

「もう何十回も検査を受けてるわけだから、数値に誤りはないはずよ。とにかく重要なのは、いまあなたが抱えてる問題は錯乱症とは別物だってこと。あなたを錯乱症にするほどの原因が存在するなら、この都市はすでに跡形もないはず」

よけいに頭が混乱した。錯乱症でなくてよかったと言うべきなのだろうか？　でも、この問題の原因を永遠につきとめられないとしたら？

「わたしの推測では、理由はほかにある」

イゼフが指で自分の頭、正しくは右のこめかみの辺りをつついた。すらりと長い指に見惚れていたテリンが、ぼんやりとした表情で言った。

「ニューロ……ブリック？」

イゼフが「そう」と言いながらうなずいた。

「でも、わたしはニューロブリックを埋めてません。というか、施術に失敗して接続を切ったわけだけど、とにかく、まったく作動してないのに」

「そう、つまり、実際にないわけじゃない」

テリンはぽかんとした顔でイゼフを見つめた。いったい何を言いたいのだろう？

「ええと……つまり、不完全な接続……ってことですか？」

イゼフがうなずいた。テリンは自信のない声で続けた。

「接続を断ったニューロブリックが、いまになってとつぜんエラーを起こした……？」

「ありえないこともない。珍しいケースだけど」

ずっと以前に、ニューロブリックの施術を試したことがあった。ふつうなら七歳前後に受けるものを、十二歳になってから受けたのだった。当然の手順のように、適応に失敗した。吐き気がして水さえ飲めないでいるテリンを、ジャスワンはもう一度施術所に連れて行って抗議したが、これといった手立てはなかった。地上にいたイゼフが知らせを聞いて、ベヌアにある正規の施術所に繋げてくれ、テリンは九死に一生を得た。施術者は、ニューロブリックを除去すれば脳に損傷が及ぶかもしれない、このまま接続を切るだけにしようと提案した。施術は簡単に終わり、テリンはそれで事が解決したと思っていた。ところが、そうじゃなかったとしたら？　どういうわけか不完全なニューロブリックと再接続され、そのために新たな問題が生じたのだとしたら？

それならば説明はつく。ニューロブリックは記憶を補強するツールだ。過去のラジオ放送も、テリンの脳に眠っていた記憶だとしたらつじつまは合う。

「明日にでも施術所に行ってきます。接続を切らないと」

イゼフは意外にも首を横に振った。

「いまは勧めない。急いで決めることじゃないと思う」

「いまだから急がないと。まだ試験中なのに」

「もう少し状況を把握してから」

「わたしには、ためらってる時間はありません」

「脳と繋がってるのよ。むやみに触るべきじゃない」

「理論の試験ですでに減点になってるんです。挽回するには早いところ問題を取り除かないと。戦闘の試験でまた幻覚でも見ようものなら、そのせいで脱落でもしようものなら……」

テリンはどうにかイゼフを説得しようと、まとまりのない言葉を並べながら宙に手をさまよわせた。そんなテリンの手首をつかんでイゼフが言った。

「いいから」

イゼフはテリンを、やさしく、だがきっぱりと制止した。テリンの視線が、どうしようもなくイゼフの視線とぶつかった。茶褐色の瞳が、瞬きもせずテリンを見据えている。居ても立ってもいられない自分の幼さを見透かされた気がして、テリンはきゅっと口を引き結んだ。

「わたしも、派遣者になってほしい。あなたが思っているのと同じくらい」

イゼフが低い声で言った。

「だから慎重になろうと言ってるの」

テリンは乾いた唾をのみこんだ。イゼフの手が離れた。手首に残るかすかな温もりに意識が移り、テリンは視線を落とした。

波打つ鼓動は、長い沈黙の果てにようやく静まった。

5

ぎゅっと押し潰されたかのような、どす黒い空だった。テリンは天窓を見上げながらため息をついた。雨だけは降ってほしくなかったけれど、不吉な予感がした。テリンよりもう少し幼そうな男の子が窓を見ながら、感嘆とも恐怖ともつかない声を洩らしている。これが初めて見る空だとしたら、運が悪かった。黒雲に覆われた空だなんて。

バトゥマスＢ‐30の採光窓へ向かう階段の前に、作業員たちが集まっていた。久しく放置されていたせいで大規模な作業が必要なのか、いつもより頭数が多い。

「さて、いっちょ状態を見るかな」

作業場の班長の言葉には緊張がこもっていた。どんなに悲惨だといっても限界はある、そう思いながら班長について扉の向こうへ出たテリンは、むごたらしい風景にしばし言葉を失った。

氾濫化したあらゆる動物の死体とそれに絡まるツル、そして死体を養分にして人間の背丈ほども成長した巨大サンゴの数々。地面にはなにがへばりついているのか、足を踏み出すたびに靴底にべたべたしたものがくっついてきた。死体が腐るときの、どこか人の奥底に触れる悪臭が漂ってくる。階段付近にも氾濫体の糸がまとわりついていて、班長は顔をしかめながらそれらを脇に押しやった。

「ここを掃除してどうするんだ？　下の栽培室を再稼働させたのかな？　そんな話は聞いちゃいないが……」

「どうだかな。言われたとおりやるだけだ」

不平をこぼす作業員たちに、班長が装備を配った。テリンとソノも受け取った。サバイバルナイフと廃棄物回収袋、壁を登るための各種道具だ。

テリンは慣れた手つきで装備を身に着け、辺りをうかがった。この間に班長をうまくまるめこんで目当てのものを得たソノが、テリンのほうへ駆け寄りながら言った。

「よーし！　わたしたちの担当はあっちよ。ふたりで処理するって言っといた」

「すごい量に見えるけど。ふたりで大丈夫そう？」

「んー……残ってもいいんじゃない？　また来ればいいよ。調べたいこともたくさんあるし」

ソノがにたりと笑った。

採光窓は、ラブバワをぐるりと取り囲む栽培区域の上にある。栽培区域に太陽光を透過させる施設であると同時に、ラブバワを地上と結びつけている唯一の場所だ。ラブバワで生まれた人たちは生涯地上に出ることはないが、ここで働く作業員だけは例外だった。

地上には絶えず氾濫体がはびこっている。動物の死体や排泄物などが、たった一週間で防御壁のこちら側にも堆積する。管理のために常時機械を稼働しているものの、それだけでは間に合わない。

氾濫化した死体が溜まると栽培効率が落ちるだけでなく、近隣の換気口から氾濫体が流入する恐れもあった。荷重が大きくなれば、採光窓の崩壊という大事故に繋がる可能性もある。結局はだれかが採光窓を掃除する必要があった。通常は、錯乱症の抵抗性を備えつつも派遣者をなりわいとしない人たちがその仕事を引き受けた。

テリンはソノに連れられて、しばしばこのアルバイトをしていた。ソノはもはやベテラン級で、子どもには道義上仕事をやるわけにはいかないという派遣元の室長を言いくるめて、幼いころからこの仕事をやってきた。テリンと同程度の抵抗性をもち、すばしっこく、壁に登るのも得意、狭い場所にもちょこまかと入っていくのだから、重宝されないわけがない。

こんなに厳しい仕事をしょっちゅうやる理由を尋ねると、内容にくらべて報酬がいいからとソノは答えた。だがテリンは、ソノが採光窓を訪れる本当の理由を知っていた。このガラス板の上に積もっているものは、どれも地上のかけら。それらは外からやって来たもので、程度の差はあれ、つねに少量の氾濫体をくっつけている。ソノはいつだって目を輝かせながら、それらの亡骸を見た。腐敗して嫌なにおいのする、けれど神秘的な色に覆われた汚物。テリンが「あんたもほんと変わってる」と言うと、ソノは否定もせず笑うのだった。

今日の場合は少し違う。ソノはここにあの「信号」を探しに来ていた。先週は派遣者試験に集中するために断ったものの、数日前のイゼフとの話し合いをへて、テリンは考えを改めた。

イゼフはニューロブリックの接続を切る前に、その幻覚と幻聴が主にいつ、どんな状況で起こるのか確かめるようにと言った。テリンは助言に従うことにした。となると、ソノが調べたいという信号も一種の手がかりになるかもしれなかった。数カ月前から、地上と地下を繋ぐ規則的な振動が発生していた。ソノはその振動について、自然災害や崩壊事故の前兆ではなく、あるメッセージがこめられているようだと言う。テリンはソノほど敏感にキャッチしていなかったが、それでも振動を感知するにつけ、頭のなかでなにかがうごめくような感覚を覚えた。ひょっとすると、このうごめくような感覚をたどっていけば、幻聴の理由をつきとめられるかもしれない。漠然とした推論であっても、いまは藁にもすがる思いだった。そうしてテリンは採光窓へやって来た。

作業用のロープをほどいて作業エリアを表示し、テリンとソノは採光窓の縁に向かって歩いた。

「でも、ソノのいうとおりなら、その信号は地中の奥のほうから来てるんでしょ。それならここじゃなくて、ラブバワでいちばん深いところへ行くべきじゃない？」

「んー、その反対だった。つまり……」

ソノがサバイバルナイフで巨大な氾濫サンゴを切り落としながら言った。

「信号は外から、地上から地下に来てる。変でしょ？　外から信号が来ること自体」

たしかにおかしい。地上に人は住めない。氾濫体の侵入を防いでいるといえるのはラブバワのすぐ上に位置するニュークラッキー基地ぐらいのものだが、そこも生活するには難しく、管理のために最小限の人が常駐するのみだという。ソノは地下から地上へ向かう信号を、その方向を間違って読み取ったのではないか。

でも、地下から地上へ信号が送られているとしても、おかしいことに変わりはない。いったいだれが、なぜ、そんなことをしているのか。

テリンはツルを伝って壁を登りながら、氾濫サンゴを軟質化するスプレーをまいた。テリンが作業しているあいだ、ソノは信号を聞いた。地面に耳を当て、窓ガラスを通して広がる振動を聞き、それが聞こえてくる方向をたどった。

「やっぱり、ここだと信号がよく聞こえる。テリンの頭のなかの子も反応してる？」

テリンはしばし、頭のなかの声に集中してみた。いまはなにも聞こえなかった。テリンが首を振ると、ソノが残念そうに肩をすくめた。

「うーむ、なんか反応してくれるとおもしろいんだけどなあ……」

ソノはこの問題を、さほど深刻に受け止めていないらしい。本来のニューロブリックは固有の声をもたない、たんなる記憶補助装置だと知っているにもかかわらず。テリンは気が抜けたように笑って言った。

「おもしろいとかいう問題じゃないんだけど」

「自我をもつニューロブリックだなんて、おもしろいじゃん」

地面に耳を当ててふざけていたソノが、がばっと顔を上げた。

「雨だ」

それを聞いて、テリンも雨のしずくに気づいた。ソノが頭を振りながら立ち上がり、テリンも作業の手を休めて空を見上げた。この雨には氾濫体が混じっている。ほかの作業員たちも雨除けのひさしを広げ、その下に集まっていた。この調子で降りつづけば、作業を中断せざるをえないだろう。

人間が去った地表面でも、自然現象はよどみなく発生する。水が循環し、空気が移動し、雲がたちこめ、雨が降る。ラブバワにいると、人間が地表面を奪われたことが一大事のように思えるが、わずか数メートル上の採光窓に上ってくるだけで、それが誤解だとわかる。地上は人間がいなくても、ちゃんと保たれている。

じっと空をうかがっていた班長が、この雨は長くなさそうだと言った。

「ちょっと休んで、雨がやんだら再開することにしよう」

一見弱まりそうになかった雨は、熟練の班長の言うとおりほどなくやんだ。作業が再開されるとテリンとソノも持ち場に戻ったが、地面に溜まった雨水のせいで信号探しはとりやめになった。テリンも信号そのものに大きな期待をしていたわけではなかったから、ふたりは氾濫体の除去作業をさっさと進めることにした。

そのとき、背後から鋭い悲鳴が上がった。

「死体だ！　ここに死体が！」

作業員たちがわらわらとそちらへ集まっていった。

テリンとソノも、ずたずたに切り刻まれた氾濫サンゴと廃棄物回収袋の山をかきわけて駆けつけた。現場はがたいのいい作業員たちに取り囲まれていてよく見えなかったが、雨で土が削れ、そこに埋もれていた死体がのぞいているようだった。

それはかつて人間だったはずだが、いまは原型をほとんど留めておらず、人間であったことがかろうじてわかるなにかだった。

成人男性ほどの体格をもつその死体は、色とりどりの氾濫体に覆われていた。紫、青、赤色の氾濫サンゴがびっしりと生え、ぱっと見には意図的に作られた展示物のように見えた。眼球があった部分からにょきっと伸びているキノコ形の氾濫サンゴ、かつて脳だったものを模倣するように頭部を覆っている氾濫体は、おぞましさを抱かせるにじゅうぶんだった。

「下がって！　離れるんだ！」

班長が荒々しい手振りで人々を退かせた。テリンとソノは一度退くと見せかけて、班長が目を離した隙にぐっと近寄った。死体を覆う氾濫体はそれを、地球以外の別の星から来たもののように見せた。はるか遠い世界からやって来た存在のように……。だが、それはかつて人間だった。外に人間の住める地はないのだから、おそらくは地下都市の住人だったのだ。

「都市の外へ出ようとしたみたいね」

ソノがつぶやいた。隣で男が言い返した。

「外へ出るなんて、そんな馬鹿はいないさ」

だがテリンは知っていた。錯乱症の症状のなかには、地上へ出ようとあがく遁走の症状もある。一部の人々は採光窓まで来ておいて、外へと続くハッチを開けられずに捕まったり、換気口内で体中の水分が抜けた無残な死体となって見つかったりした。

この男はどういうわけで、地下と地上を遮断する境界をすり抜けてここまでたどり着き、苦労の甲斐もなくあんなところで死んでしまったのか。氾濫体に覆われてこんな最期を迎えるとわかっていたら、都市に残っていただろうか。いや、こんな仮定は無意味なのだろう。あらゆる理性的な判断を不可能にするのが、まさしく氾濫体が引き起こす錯乱症なのだから。

そんな想念から現実に戻ると、さっきまでそばにいたソノの姿が見えなかった。振り返ると、ソノは数歩離れたところで、死体ではなく採光窓の底をじっと見つめていた。正確には、採光窓のガラスの下のなにかを。

「なにかあるの？」

ほかの人に気づかれないように、テリンは静かに訊きながらソノに近づいた。ソノは底を覆っていた氾濫体やツルを取り除き、這いつくばってなにか調べはじめた。テリンも同じように窓の底に体を寄せた。

そのとき、テリンの頭のなかでなにかが動きだした。またあの感じ……とがったものが神経細胞をかき乱しながら進み、散らばった神経細胞が再び組み合わさるような感覚。一瞬、乗り物酔いのようなめまいに襲われ、テリンは体を起こして座ろうとした。

外へ出たい。

「おい、そこのふたり。そこから離れないか！」

だれかに大声で注意され、テリンははっと顔を上げた。班長が作業用ロボットを引き連れて、ほかの作業員たちとともに死体の周りにフェンスを立てていた。雨はやんだものの、死体の発見で今日の作業は空振りに終わりそうだ。いまにも採光窓の底をつきやぶって下りていきそうな勢いだったソノも、ここでテリンと一緒に起き上がった。

ほどなく、作業員たちが大きな台車で死体と廃棄物をいっぺんに運んでいった。氾濫体浄化のための三段階のエアロックを通過して地下へ戻った作業員たちに、唐突に書類が配られた。秘密保持に関する覚書だった。

「口の軽いおじさんが何人いると思ってんのかしらね。こんなの無理に決まってるじゃない」

なんとも馬鹿らしい内容だった。ソノにしたって、帰宅するなりジャスワンに今日の出来事をそっくり話して聞かせるに決まっている。明日になれば〈午後のおしゃべりルーバックス〉で、採光窓の死体を巡るありとあらゆる怪談が流れていることだろう。

バトゥマス広場を過ぎてハラパンに戻る道すがら、テリンはじっと口をつぐんでいた。ソノもまた考え事にふけっているのか、黙りこんでいる。だが分かれ道まで来たとき、ソノがついと尋ねた。

「さっきも話しかけられたんでしょ？　同じ声に」

テリンはうなずいた。ソノがなにげない口調で提案した。

「その子に名前をつけるってのはどう？」

「なにそれ。なんで名前なんか」

「じつはさ、わたしもときどき幻聴が聞こえるんだけど、あれっていつもいきなりでしょ。名前をつければ、ちょっとはおとなしくなるのよ。呼びかけることもできるし」

「また変なこと言ってる」

テリンは白けたように返した。ソノはにんまり笑いながら手を振り、先に行ってしまった。まったく、いつもこうなんだから。愚にも付かないことをアドバイスだとかなんとか……ところがどっこい、ひとりで暗い路地を歩くあいだ、テリンはソノの言葉を何度も思い返した。名前をつけるなんて馬鹿らしいアイデアに聞こえたのに、それも悪くないと思えてきた。名前をつければ、この問題を語るにもわかりやすくなる。同時に、扱いももう少し容易になるかもしれない。

でも、どんな名前にしよう？

「ソール」

ふとそんな名前が浮かんだ。ソールだなんて、魚にでもつけそうな名前だ。なぜかはわからないけれど、名づけようとした瞬間、記憶のどこからかその名前がふっと浮かび上がった。あらかじめ準備していたみたいに。

「ソール、わたしの声、聞こえる？」

当然、返事はなかった。

でもどういうわけか、テリンにはそれが、自分の声にじっと耳を傾けているように感じられた。

＊

ピィーッという音とともに戦闘シミュレーションが開始された。

テリンはスランバー銃を構えた。猛獣の脅すような唸り声が聞こえる。銃を構えなおし、警戒姿勢を取る。耳をつんざくような雄たけびが鳴り響いた。鬱蒼としたジャングルの合間から奇妙に変異したウンピョウが現れた。シルバーグレーの瞳が光を反射している。皮膚表面には、雲形の斑点をなぞるようにして育った真っ赤な氾濫体。ウンピョウが跳ねるたびに、外へ突き出た糸のような氾濫体が揺らめいた。空中に円を描いて舞い降りる氾濫体は、薄気味悪く感じられると同時に、まるで赤いリボンを使った美しいダンスを見ているようでもあった。

ウンピョウがテリンと対峙しながらくるりと回った。テリンは横へ移動しながら、スランバー銃の打撃強度を上げた。氾濫化した動物は皮膚が硬くなり、銃弾で打ち抜くのも簡単ではない。そのうえ、ウンピョウなどのすばしっこい猛獣となると、弾が食いこむ部位を探すのもひと苦労だ。だが、どんなときも方法はある。テリンは相手の体をさっとうかがった。まだ氾濫体に覆われきっていない背中の部位が目についた。

待って、撃たないで！

テリンがたじろいだその瞬間、ウンピョウが襲いかかってきた。銃を発射したが、一歩遅かった。

「あ……！」

なんとか受け身を取ってウンピョウの攻撃から逃れたものの、左耳がちぎれたのではないかと思うほどの痛みが走った。実際にちぎれたわけではないと頭では知りつつも、われに返るまでに数秒かかった。ニューロブリックとシミュレーションを連動させられないテリンは別途の付属機器を着用していたのだが、それが負傷のペナルティを再現しようとテリンの耳に電気ショックを与えたのだ。

「うぅ、だれも使わないと思って適当な仕事を……」

耳がじんじんした。強度テストなど省いたに違いない。実戦でもなく、たかだかシミュレーションで人の鼓膜を破るつもりだろうか。ニューロブリックを連動できていたら、せいぜいビリッとくるぐらいだろうに。

スランバー銃の照準をなんとか定めてウンピョウに一撃を食らわせてから、ヘッドギアを脱ぎ捨てた。耳がひどく痛んだ。テリンの戦闘スコアを測定する画面が前方にホログラムで映し出された。さっきの声さえなければ減点はなかったはずだ。

「ソール、またあんたでしょ?」

テリンが左耳をさすりながらぼやいた。

「一体全体、わたしがなにしたっていうのよ。まともに機能しなくてじれったいのはわかるけど、生まれつきこんな頭なんだから仕方ないでしょ? おとなしくしてて、いい?」

返事はない。ずっとこんな調子だ。自分が話したいときだけ話し、そうでないときは黙りこむ。そもそも、テリンの話を聞いているのかもわからない。だが、存在感だけはしっかりとあった。いったいどうしろというのか。さっきのあれがソールの声なのか、それとも記憶のなかの映画のセリフが再生されたものなのかもはっきりしない。ともかく、あらゆる妨害や幻聴をまとめて、自我の有無も定かでないこのエラー自体を、テリンは「ソール」と名づけた。

すると、この問題がいくらか実体をもつように感じられた。それまではなにが問題なのかさえわからず、ただ不可解な災難に巻きこまれた感覚だった。だがいま、少なくともその形態は把握できた。頭の痛い問題であることに変わりはなかったけれど。

テリンはソールにこれ以上邪魔されないよう、さまざまな解決方法を試みた。

ひとつめ、無視。

ソールがなにか言ったり頭のなかでうごめくにつけ、テリンは思考をほかへもっていった。前文明のアジア文化圏で行われていたという瞑想についての資料も手に入れた。目を閉じて深呼吸に集中する。頭のなかを空っぽにして雑念を払う。でも、効果はなかった。瞑想のために普段なら絶対にしない珍妙な姿勢で座っていると、なんだか自分がマヌケに感じられ、ソールに関心を向けまいとすればするほど、頭のなかはよけいにざわついた。テリンの関心を引こうと駄々をこねる子どものように。

ふたつめ、責め立てる。

テリンはソールを責めた。あんたはいったい何者？　どうしてニューロブリックごときが声をもってるのよ？　わたしに必要なときは現れなかったくせに、いまごろ接続してわたしを苦しめるわけ？　おまけに、ニューロブリックらしくわたしをサポートするんでもなく、邪魔ばかりしてる。これってどういうこと？　ちゃんとしたニューロブリックなわけ？　まともに機能しないなら、いっそ自分から電源を切ったほうがいいんじゃない？

この方法は、無視よりは効果があった。はじめのうちは、ソールが微妙にしょげているように感じられた。テリンの叱責に反抗するように相変わらず脳内をかき乱してはいたが、どことなく元気がなく、それまでの激しさは半減したように思えた。

だが、続く副作用はひどかった。テリンが責め立てているその場では、ソールは拗ねたようにしばらくおとなしくなるものの、テリンが別のことに集中してソールから意識がそれると、ひょっこり出てきてここぞとばかりに暴れた。痺れるような疼くような感覚を生むのだ。効き目があったのは最初のうちだけで、あとはむしろ逆効果だった。

三つめ、手なずける。

テリンは会話を試みることにした。会話になるかはわからなかったけれど、ソールをなだめてみようと考えた。ソールのことを、たんなるニューロブリックやプログラムのエラーではなく、犬や猫のようなものだと思おうと。前文明で人々は伴侶動物を育て、ともに暮らしていたというから、試してみる価値はあった。

いつだったか、ハラパンの通りで野良犬を見つけた。お金持ちでないと飼えそうにない犬がどうしてそんなところにいるのか不思議だった。ジャスワンに見てもらうと、わざわざマイクロチップを抜いて捨てたようだと言った。テリンとソノはその犬を飼いたがったが、当局の許可なしでは無理だった。数日後、公務ロボットが来て犬を連れていった。テリンは長らく罪悪感にさいなまれた。ジャスワンを説得して、公務ロボットを騙してでも引き取っていればよかったと。いま思えばなんて無責任な考え方だろう。テリンはそのころから派遣者を夢見ていたのだから、そうなればジャスワンやソノに押しつけることになっていたはずだ。それでもテリンは、わずかな時間であれ足元でクンクン啼いていたその子をかわいがりながら、とある存在に心を許すということの意味をおぼろげながら知った。

もちろん、ソールを犬や猫のようなものだと考えるのはたやすくなかった。ソールは体をもたず、それは、撫でてやるやわらかい毛やふわふわのしっぽ、澄んだ大きな目がないことを意味していた。ソールのすることといえば、人を邪魔することだけ。テリンの頭のなかにふいに現れて、突拍子もないことを言って消えたり、神経細胞の合間をかき乱しながら痺れや吐き気、波打つような感覚を味わわせるような相手に、愛情や憐憫を抱くなど無理な話だ。面倒で、いとわしく、いますぐ追い出してしまいたい気持ちならいざ知らず。それでも、試さないわけにはいかない。

「あのさ、ソール。そこにいるのはかまわない。あんただって好きでそこにいるわけじゃないもんね。あんたにもニューロブリックとしてのプライドがあるはずで、どうせなら真面目で賢い人の頭にいたかったんじゃない？　でも、もうどうしようもないんだ。わたしたちは仕方なく一緒にいることになったんだけど、よりによってあんたが入ったのは、少しでも気が散るとまったく機能しなくなる、馬鹿でどんくさいおつむなの。邪魔ばっかしてると、あんたがいる脳自体がおかしくなっちゃうかもしれない。だからお願い、邪魔するのはやめて。いい？」

なだめるというより脅迫のにおいがする気がして、テリンはすぐに訂正した。

「というか、その……少しは動いても大丈夫。どんな居心地なのかはとうていわからないけど、とにかく、そこでじっとしてるのも楽じゃないよね。でも、わたしが駄目って言ったとき、集中しなきゃいけないとき、肝心なときはなにもしないで。話しかけず、ビリビリさせず、じっとしててくれないかな。そしたらそれ以外のときも、あんたのやることにケチつけないから」

終始じっとしていてほしいというのが本音だったけれど、いずれにせよ今回も返事はなかった。テリンはソールがどういう存在なのか、どうやって世界を認知し感覚しているのか、正確には、ソールがニューロブリックのエラーで発生した「現象」にすぎないのか、それとも本当に自意識をもつ「存在」なのか知りたかった。でも、つきとめるすべはない。そしてそれをつきとめたとして、これといった解決策が生まれるわけでもない。どのみちテリンからすれば、ソールはふいに脳に乱入してきた招かれざる客にすぎない。イゼフには待つように言われたけれど、結局は追い出す以外に方法が……

そのとき、テリンの後頭部になにかが刺さるような感触があった。

「なに、いま、わたしの頭んなか読んだの？」

すると頭のなかに、円を描くようなやわらかい動きが感じられた。

「答えてる？」

今度も、やわらかい動き。

「そっか……わたしの話、聞いてたんだね。考えてることも」

波打つような動き。

「せっかく話が通じたついでに、はっきりさせときたい。お願いだから、いきなり叫んだりわたしを痛めつけたりするのはやめてくれるとありがたい」

今度は無反応。またそれ？　好きに反応して、いざ大事な話になると避けるんだから。怒りがこみあげかけたそのとき、後頭部のほうから声が聞こえた。

――違う！　わざと……

あの声だった。テリンの記憶にあるだれかの声が再生されたのではなかった。それはたしかに、ソールという個の声だった。少年でも少女でもない、その中間ぐらいにありそうな、ためらいがちで臆病そうな声。テリンはちょっと考えてから訊いた。

「あんたがやったんじゃないってこと？」

左右に揺れる強い動きがあった。人が首を振るのを真似しているのだろうか。テリンはもう一度訊いた。

「あんたが『わざと』やったんじゃないってこと？」

今度は肯定するような波。

「じゃあどうしてあんなことが起きるのかな」

――知らない。

「なにも知らない？　ニューロブリックなのに？」

――なにも。いるのか。ここになぜ。

ため息がこぼれた。さすが不適応者のニューロブリックだ。

「オーケー。わたしがこのザマなのに、あなたが正常に機能するほうがおかしいってもんよね。じゃあ、一緒に理由をつきとめるとしましょ」

その週を通して、テリンはソールと会話を試みた。人前でひとりごとを言うわけにはいかず、場所は少なからず限られた。ソールはテリンの言葉だけでなく思考も多少読めるようだった。それでも、はっきり声に出して話したときのほうがうまく伝わった。

テリンは、ソールが自分の意思を伝えるために脳内で用いるある種のジェスチャーを読み取ろうとしたものの、簡単にはいかなかった。頭のなかでなにかが動くという感覚自体が以前にはなかった不思議なものであるうえ、平面に描かれる図形のようにわかりやすいものではなく、どうにもあやふやだった。それでも、何度も試していくつかはわかった。波のような感じは肯定。上下左右への強い動きは否定。気を悪くしたときはビリッとした感覚。拗ねたときはゆっくりとかき回す感覚。そして、そんなふうに会話をしようと努めた結果、テリンはもうひとつの重大な事実につきあたった。

ソールには、自分がニューロブリックだという自覚が皆無だった。

＊

［だからさ、わたしも調べてみたんだけど、ニューロブリックを施術してそんな現象を経験した人はいないっていうの。名前をつける人はいるよ。機械だろうとなんだろうと、物に名前をつける人は多いし。でも、ニューロブリックに自我があったり、それとコミュニケーションを取るなんてことはないって。あくまで補助装置にすぎないし、そこに入力されてるプログラムが自意識をもってるみたいに行動することもない。マーノおばさんが言うには、そもそも違法に改造されたチップだからおかしな現象が起こるんじゃないかって。もっと詳しく調べたいけど、これがなかなか大変なの。他人事みたいにちょっとアレンジして話したんだけど、マーノおばさん、すぐにでもその人を捕まえて脳を解剖してみたいって］

センダワンにある無資格の施術所を訪れて探りを入れてみたというソノも、これといった解決策は見つけられなかった。テリンはますます頭を悩ませた。本当に、違法改造されたニューロブリックが原因なんだろうか？　本来自我をもつことのないニューロブリックが違法改造で自我をもつようになった、あるいは、自我のあるふりをしているのなら、ソールに自分が何者であるかという自覚がないのもうなずける。だれが作ったのかはいざ知らず、自意識をもつプログラムになにをとりそろえてやるべきか、事後のことなど考えなかっただろうから。なんて無責任なんだと腹を立てたところで、解決策が見つかるわけでもなかった。

戦闘シミュレーションの試験を前に、イゼフから連絡がきた。分離施術について調べてはいるが準備が必要で、早くても派遣者試験のあとになると。空き時間に研究室でそいつを一緒にコントロールしてみないかという内容だった。

テリンはそのメッセージになんと返すべきかひとしきり悩んだ。いますぐ研究室へ行ってすべてを話し、イゼフの力を借りたかった。その一方で別の考えがテリンを引き留めた。気持ちが定まらなかった。ひとまず正直に話してみようか。例の問題に名前をつけ、おかげで会話できるようになったけれど、事が解決したとはいえないと。むしろいっそう混乱していると。だが、短くこうまとめて送った。

［コントロールの仕方がわかったの。試験が終わったら分離施術を受けます］

隠し事をしていることに、またもや後悔の念が湧いた。それでも正直になれなかった。

これ以上、自分のせいでイゼフが誤解されることを望まなかった。なにより、イゼフの「お荷物」になりたくなかった。イゼフに心配され世話されるのではなく、肩を並べられる存在、そして、特別な存在になりたかった。ときには本音をこぼせる相手、頼れる相手になりたかった。本当にそうなれるかははなはだ怪しいものの、それでも派遣者になれば、そうして立派な派遣者としてイゼフと向き合えれば、そのときは可能かもしれない。イゼフの前で正直になることも、ひょっとしたら、イゼフの心をつかむことも。それゆえ、派遣者試験はどうしても逃せないチャンスだった。

「だから、今回は絶対におとなしくしててね、ソール」

——まだ。おとなしく仕方、わからない。

「わからなくても、なんとかして」

テリンはぴしゃりと言った。

「じゃないとあんたを消しちゃうから」

心からのお願い、もしくは脅迫が伝わったのか、幸い戦闘シミュレーションの試験はそつなく終えられた。戦闘時は深く考えることなく、筋肉が記憶する習慣と反射神経に任せて動くため、ソールの影響を受けにくかったこともある。

本当の問題はそれからだった。

発端は「あんたを消しちゃう」という発言だった。非はテリンにあった。ソールは自意識をもつ存在なのだから、自分を消そうとする脅威に対して恐怖を感じるのは当然だ。あの脅迫がたんなる皮肉に聞こえるはずもない。そしてその結果は、すさまじい怒りとなって返ってきた。

その後の一週間、テリンは毎日のように悪夢にうなされた。夜中にはっと目を覚ますことが続き、初めて不眠症というものにかかった。悪夢はソールのしわざだと思われたが、原因がわかったところで解決できるものでもなく、頭がおかしくなりそうだった。おまけに、ソールは自分がニューロブリックだという事実さえ受け入れようとしなかった。日中は、ニューロブリックでもない自分がなぜテリンの脳内にいるのかつきとめるのだと言って、記憶という記憶をひっかきまわした。頭のなかで津波が起こるとしたら、きっとこんな感じだろう。朝から晩まで苦しめられた末、耐えられなくなったテリンはついにソールに謝った。

「ほんとに、ごめん。約束するから、消したりしないって。ソール、ほんとにごめんってば。ひとまずやめてもらって、一緒にゆっくり考えよう。ね？」

するとと波のように押し入ってくる感覚があった。

——ほんとに……消さない？

苦笑いがこぼれた。一週間あんなに暴れておいて、消さないというひとことでコロッと態度を変えるなんて。

「うん、わたしが間違ってた。自意識をもつあなたを一方的に削除しようとするなんて。少なくとも、理由ぐらいはつきとめなきゃ」

頭のなかが波打つようだった。ソールがつぶやいた。

——自意識、あるかな？

「あなたは自分を、わたしとは別の存在だと思ってる。自分はなんなのか、どうやってわたしの脳内に入ったのか知りたがってる。ひとつの存在の過去と現在にまつわることについて認識すること、それが自意識だもの」

——知りたい。でもわからない。

「あなたはニューロブリックなの。施術所でチップと一緒にわたしの脳内に入ってきた。でも、どうして自意識をもつようになったのかはわたしにもわからない。順に調べないとね。でも、ひとまずはちょっと落ち着いてほしい。そんなふうに暴れられたら、わたしにもなにをどうしていいかわからないから」

——ごめん。

幼子のようなソールの声に、テリンの苛立ちも多少治まった。自意識をもつ存在がソールと同じ状況に置かれたとしたら、冷静を保つなど不可能に決まっている。自分が何者かもわからないまま他人の脳に閉じこめられているとしたら。

——でも、違う。ニューロブリック。

「どうしてそう思うの？」

——話してくれたニューロブリック。違う。自分とは。

「でも……それが、自分がニューロブリックじゃないという証明にはならない。それは外から与えられるものなの。わたしが人間なら、わたし自身が自分は人間じゃないと信じても、やっぱり人間。ソールも同じ。ソールはニューロブリックだから、ソール自身がニューロブリックだと信じられなくても、やっぱりニューロブリックなの」

——どうして？

「それは、そういうものだから！」

一体全体、自分がなんなのかわからない存在に自意識とアイデンティティについて説明するすべなどあるだろうか？　やきもきしているテリンとは裏腹に、ソールの返事は落ち着いていた。

——自分がニューロブリックだって感じ、ない。違う、補助装置。

「じゃあ自分をなんだと思ってるの？」

——ソール。

「自分を『ソール』だと？」

——うん……

「でも、それはわたしがつけてあげた名前でしょ？」

——そう。

「『ソール』はたんなる名前。それだけじゃ自分を説明できない。いい？　わたしはチョン・テリン。でも、わたしがチョン・テリンというだけじゃ自分についてなにも語れない。自分がどこで生まれ、どうしてここにいて、どんなふうに暮らしているのか、どんな人たちとどんな関係にあるのか。そういったものが集まって『わたしはこういうもの』っていう感覚が出来上がるの。そりゃあ……うん、ソールにはそういう過去がない。あなたはニューロブリックで、こう言うのはなんだけど、正常なニューロブリックじゃない。あなたを作った人は無責任にも、自意識を感じる機能だけを追加して、その中身までは入れなかった。でもね、ひとまずは事実を受け止めなきゃ」

ソールはしばらく黙っていた。まだ幼い自意識にすぎないソールにいっきに話しすぎたかと思いきや、その後聞こえてきたソールのひとことはなはだ意外なものだった。

——過去、ある。

「過去があるって、自分が何者か記憶してるってこと？」

――ううん、記憶はない。でも、過去はある。

「それってどういう……」

テリンは当惑して口を閉じた。ふと、怖気が走った。向き合いたくなかった。これ以上ソールの話を聞きたくなかった。いつか聞くにしても、いまじゃない。だが、そう口にする前にソールが言った。

――過去……見せてあげる。

次の瞬間、きつい薬品のにおいを漂わせながら、冷たい粘液質のものがテリンの頭に降ってきた。違う、これは幻覚。でも、幻覚がにおいや触感まで再現できるものだろうか？　なにかがテリンを取り囲み押さえつける。ぎゅうぎゅうと押しこめるようにして四方へ繋ぐ。体が冷たくなる。冷ややかな空気が肌に触れる。

テリンはいま、自分のいる場所を悟る。それがだれの記憶なのかも。

四方から悲鳴が聞こえてくる。テリンはそれを止めようと手を伸ばす。叫ばないで。泣かないで。だが悲鳴は続く。それは子どもたちの声のようでも、テリン自身の声のようでもある……

「やめて、もうやめて！」

痛みを感じた。テリンの一部だったものを無理やり引き剝がしたような痛み。離ればなれになる痛み。脳を裂かれるような苦痛。そしてそれは、テリンだけのものではない。繋がっている。ほかの子どもたちの苦痛、それはテリンのもの。もはや、なにがだれのものなのかもわからない……

「やめてってば！」

テリンは全力で声をふりしぼった。記憶のなかで悲鳴を上げる子どもたちのように。どれくらいそうしていたのだろう、外からドアをゴンゴン蹴る音が聞こえていても、テリンはなかなか気づくことができなかった。だれかがテリンの部屋の玄関を蹴りながら、うるさいと怒鳴っていた。はっとわれに返ると、視界ももとどおりになった。立っているのは、自分の部屋。だが、ひときわ冷たい氷水をかぶったかのように、全身に鳥肌が立っていた。ざわざわと体中の毛が逆立っていた。テリンが静かになると、ドアを蹴っていた人も罵声を浴びせてから去っていった。遠ざかっていく足音が聞こえ、テリンはほっと息をついた。

あれはソールの記憶ではない。テリンの記憶だ。なぜかテリンにははっきりと思い出せない、薄らいでしまった記憶。だがテリンには、それが間違いなく自分の内に秘められた記憶だとわかった。怒りが湧いてきた。他人にむやみやたらとのぞかれたいものではなかった。招かれざる客にほじくり返されたくなかった、自分の原風景。それをどうしてニューロブリックごときにかき乱されなくてはならないのか。

「いますぐわたしの頭からいなくなって」

テリンが、憤りのこもる低い声で警告した。

「二度と現れないで」

6

生存試験の当日、長い通路に入っていくトラムのなかで、テリンは自分の予想していた風景が目の前に広がることを期待していた。今年の生存試験はセンダワン南部の閉鎖エリア、氾濫体の流入事故で閉鎖されて久しい立入禁止区域で行われるという噂が優勢だったからだ。

噂どおりであることを、テリンは内心期待していた。その場所自体には行ったことがなくても、子どものころからソノと一緒にラブバワを巡りながら、数々の禁止区域に出入りしていた。かつての都市が閉鎖後にどう変わったか、そこでどうやって道を見つけ、目標物を見つけ出すかにはそれなりに精通していた。

だが、受験生たちがやって来たのは、まったく予想外の場所だった。

「これって……廃坑じゃないの」

だれかが恐れおののいたような声で、入り口を見上げながら言った。大抵の場所なら自信のあったテリンも、その狭くて暗い入り口を前に身がすくんだ。受験生のひとりは閉所恐怖症があるのか、顔から血の気が引いている。それほどではないにしても、決して嬉しくないのはテリンも同じだった。だれかが囁いた。

「それも、廃坑をそのまま使ってるんじゃなくて、改造して迷路みたいにしてるらしいよ。もともと、生存試験ではたくさん脱落させようってことみたいだし」

係員からルールについて説明があった。試験にパスするには、内部で八十時間耐えきるか、その前に出口を見つけて脱出するか。脱出できなかった者は自力で見つけた食糧と水、内部の探査記録をもとに点数が算出される。

入り口の数は十を超え、そこから遠くない場所に分かれ道があった。全員が別々の道を選んでも余りある数だ。いくらも進まないうちに行き止まりになる道もあれば、反対側の出口に簡単にたどり着ける道もある。そのため、幸運を願わざるをえなかった。過去には試験の途中で受験生が死亡したケースも多くあり、最近では事故を防ぐために緊急救助を求められるようドローンが支給されていた。

「ですが、救助ドローンを呼び出せば脱落決定です。また、本人が呼ばなくても、ドローン側で生体信号を感知して意識がないと判断すれば、自動的に救助要請が届きます。ドローンをまくことも脱落の対象になるので注意してください」

廃坑の内部は氾濫体除去装置の稼働が止まって久しい。まだ入り口に踏みこみもしないうちから、係員の手に握られた氾濫体測定機器がけたたましいアラーム音を響かせていた。ここまでのステップを通過してきた者なら、この程度の氾濫体には耐えられて当然だという意味でもあった。

ソールはあれきり現れなかった。きつく言いすぎただろうか。でも、ソールに勝手に記憶をほじくり返されたことを思うと、やはり腹が立った。踏みこまれたくなかった。たとえニューロブリックが記憶補助装置だとしても、ソールに記憶を探る権限があるとしても、それをソール自身の記憶だと言い張るなんてとんでもない。

昨夜もイゼフから連絡があった。テリンは、もうなにも問題はなく、試験に集中するつもりだと返した。ひょっとすると、それがテリンの本音なのかもしれなかった。ソールが消え、ゆえに問題もなくなった。ソールをなんとか手なずけて仲良くなろうとしたのは、さしあたってその存在がテリンの頭のなかに現れ、やむをえず同居する方法を習得しなければならなかったからだ。でも、ソールが永遠に消えたのなら？　二度と現れないとしたら？

いっそ消えてくれてよかったのかもしれない。テリンはそう思いながらも、どこかで後味の悪さを覚えた。消えたくないと、脅威を前にして抵抗していたソール。罪悪感が押し寄せた。だがそれを噛みしめる暇もないまま、試験の開始を告げる合図が響いた。

廃坑の入り口が開いた。

テリンの順番は中ほど。正確には中間よりやや後ろだった。点数の高い順だったから、下位グループというわけだ。なんとかしてこの試験で高得点を残さねばならない。想定外のソールの妨害、いや、ニューロブリックのエラーのせいで問題が生じた。もう「ソール」と呼ぶのはやめたほうがいいだろう。当初の狙いとは裏腹に、あれを生きた存在、自我をもつ存在であるかのように接するうちに、よけいに扱いづらくなった。テリンは自分に言い聞かせた。死ぬまで頭の片隅をあの存在に譲れるのか？　そうはいかないはずだ。

テリンは前方を見据えながら慎重に歩きだした。

入り口からしばらくはかすかな明かりに照らされていたが、分かれ道まで来るとそれもなくなった。テリンはヘッドライトの照度を弱にしてスイッチを入れた。水と食糧、照明用の電池もすべて節約しなければならない。理論上は三日ほど飲食をしなくても生き残れるが、そうして試験をパスしたところで下位グループからは脱却できない。

目標は、廃坑から抜け出す道をいち早く見つけること。テリンは初めからそのつもりで踏み入っていた。

坑道はだんだん狭くなり、内部は迷路のようだった。入り口からしばらくはまっすぐに歩けたものの、奥に進むほど身を屈めなければ通れない区間が増えていった。おまけに、テリンが選んだのは自然の洞窟と合わさった道で、短い移動にも急激に体力を消耗した。

とはいえ、テリンはラブバワでずっと道探しをしてきた。ジャスワンのおつかいで近道を探したり、ソノと連れ立って怪しい場所を探索したりするとき、床や壁をこんこん叩いて振動がどの方向へ伝わっているか見定める方法をソノから教わった。ソノほどではないにしても、うまくやれる自信はあった。

だが、今日に限ってなにかがおかしかった。いつもの手が通じなかった。地面に耳をくっつければ地下水の流れや空間の広がりをキャッチできるはずが、いまは違った。歯がゆい気持ちでヘッドライトの照度を上げ、テリンは辺りを見回した。

「ここは、さっき通ってきた道……？」

そんなはずがない。緊張のせいだろう。坑道内には似通った道が多いが、それらを区別する表示がほとんどないため、思い違いをしているのかもしれない。

サバイバルシートを広げられるほどの空間に出ると、ほんのしばらく目を閉じて休んでから、再び歩きはじめた。とうてい道とは言えない壁の合間をすり抜けたり、岩の下を這いつくばって通り抜けたりもした。朽ちかけた線路を渡って落下しかけたこともあれば、鉄柵を越えようとしてひっかき傷をつくることもあった。

氾濫化した虫に攻撃され、何百匹ものコウモリの群れにも遭遇した。壁の向こうに別の受験生の声を聞いたときは、その道を避けて通った。ライバルの邪魔をしようとする者もいるだろうから。そろそろ水と食糧が尽きそうだったが、その前になんとしても脱出ルートを見つけ出すのだと気持ちを奮い立たせた。

ほどなく、テリンは袋小路につきあたった。

いや、正確には袋小路ではない。下へ伸びるひどく狭苦しい立坑だった。目測ではよくわからなかったが、音で判断する限り、最低でも十メートルはありそうだった。手持ちの装備で下りるには危険すぎるし、ひとりで探査するのも難しそうだ。

「だとしても、道はこれだけか」

テリンはつぶやいた。絶対に下りてみせると腹をくくった。分かれ道に戻るには遠すぎ、そうなれば制限時間内での脱出にも失敗する。いまから飲み水を見つけて耐え抜けばこの試験にはパスするかもしれないが、下位グループに留まれば最終的に不合格ということにもなりえる。

テリンはロープを掛けて立坑を下りはじめた。飛び出している岩を踏み、ゆっくりと慎重に次の一歩を下ろす。だが、選択を間違ったと気づくまでにはいくらもかからなかった。どう頑張っても通れそうにない狭苦しい区間と、一歩間違えればすぐにも落下しそうな危うい区間が続いていた。なんとかゴールが見えたときには、ぐったりと疲れきっていた。ついに底へ足を下ろそうとした瞬間、テリンは着地を誤った。

足首があらぬ角度へ折れた。こぼれそうになる悲鳴をのみこんだ。折れなかったのは幸いだが、触ってみると、少なくとも靭帯を痛めたようだった。

テリンはその場にサバイバルシートを敷いた。休憩後に再び動きだせることを願いながら。だが、しばらく息を整えても、足首の痛みはひどくなる一方だった。よくならないどころか、パンパンに腫れ上がっている。リュックから救急セットを出してみたが、入っているのは基本的なアイテムだけだった。水なしで鎮痛剤をのみ、足首にテーピングをした。喉がからからだった。水筒を取り出してみたものの、水はほとんど残っていなかった。

「まったく……情けない」

自分を罵倒してやりたかった。立坑に入るなんて、なんと愚かな選択だったのだろう。苦労して下りたはいいが、そこには小さな空間があるだけで、まともな道ひとつ見当たらない。焦っていたとはいえ、とんでもない判断をしたものだ。この下に道があるかもしれない、出口に繋がっているかもしれないと。通り抜けられそうな隙間などひとつもなく、これでは閉じこめられたも同じだった。

　続いてもうひとつの問題に気づいた。立坑を下りてくるとき、ヘッドライトを何度も岩にぶつけてしまい、代わりに腰に下げて使う照明を使ったのだが、いま見るとヘッドライトが完全に壊れていた。下りることに没頭するあまり、割れたことに気づかなかった。

「馬鹿、なんて馬鹿なんだろう……」

　足首の腫れはどんどんひどくなり、飲み水は底を尽き、ヘッドライトもない。腰にぶら下げる補助照明はいくらももたないはずだった。

　出口を見つけられないなら、ここで少なくとも五十時間は持ちこたえねばならない。飲み水ばかりか、食糧もほとんど残っていなかった。最初から、廃坑をだれより早く抜け出すなどという無謀な戦略ではなく、水と食糧を見つけるという方向で進めていたら……暗闇でそんなふうに悔やんでいると、自分がうんざりするほど無力で弱い人間に思えてきた。

　座ったまま壁に手を這わせ、水分を含む箇所はないかと探してみた。壁は乾いている。壁に耳を当てて、地下水の流れる音をとらえようともしてみた。ソノと一緒なら朝飯前だったことが、いまはいっこうにうまくいかなかった。本当に、なにひとつ。

　絶望が押し寄せた。自分には、派遣者になる実力などはなからなかったのではないか。ニューロブリックのエラーはたんなる言い訳だったのかもしれない。本当は、自分が派遣者に向いてないという事実を認めたくなかっただけなのかも……

　がくりと肩から力が抜け、体が沈んだ。

あきらめちゃダメ。方法を探さなきゃ。そう自分を奮い立たせてみても、体が動いてくれなかった。道はない。否定できない事実だった。やがて暗闇に慣れてくると、このままここで果てるのも悪くなさそうだと思えた。救助ドローンを呼んで生き延びたところで、派遣者になれないのであれば生きる意味もない。

——道、ない？

聞き覚えのある声が聞こえたとき、テリンはそれを、脱力感からくる幻聴だと思った。だが、たしかにソールの声だった。最近まで聞いていた、そして、しばらく途絶えていた声。

「ソール？」

闇のなかでの再会に不思議な気持ちになった。その声が、頭のなかに生まれる波が嬉しかった。

「いままでどこにいたの？」

——嫌われたから。

「それでいないふりをしてた？」

——まあ。

いないふりをしようと思えばできたなんて。でも、いまさらそんなことをとがめようという気にはならなかった。

「ありがとう。考えてみたら、問題はソールじゃなくてわたしにあるみたい。人のせいにしてごめんね。わたしったら、ほんとに……自分が情けない。気ばかり焦って。こんなわたしを見たら、イゼフはがっかりするだろうな」

——イゼフ？

イゼフについて説明しかけたテリンは、そんな場合ではないと思いなおした。

「ソールはなにしてたの？」

——無意識に紛れる練習。

「この数日でずいぶん言葉が上達したみたい」

——きみの言葉、学んだ。思い出した。

思い出したというのは、ニューロブリックが接続されていたころのことだろうか？　接続が完全には切れていなかったというイゼフの推論は正しかったのかもしれない。

——手伝ってあげる。

テリンは苦笑いした。ここにきていきなり、ソールにニューロブリックとしての自覚が芽生えたようだ。だが、さっきの絶望感が戻ってきた。闇のなかでテリンがつぶやいた。

「ありがたいけど、もう無理なんだ。どうあがいても、ここから出られそうにない。バカだよね。早く脱出しようと無謀な行動に出て、結局このザマだもん。がむしゃらに下を目指したら、ここには道もなくて……」

——ここ、道ある。

「え？」

ソールの言葉にテリンは眉をひそめた。補助照明を点けて周囲をぐるりと照らしてみたが、道らしきものはない。あるのははるか十数メートル頭上まで伸びている立坑と、四方が閉ざされた空間のみ。

そのとき、ソールが頭のなかで波をつくりはじめ、テリンには不思議にもその波が示す方向がわかった。こっちへ行けってこと？　テリンは呻き声を洩らしながら、痛む足首をかばってゆっくりと立ち上がった。ソールの示す方へ行ってみたが、そこもやはり閉ざされた空間だった。

「ここ？　なにもないけど……」

——下のほうを触ってみて。

半信半疑だったが、ソールの言うとおりに腕を伸ばした。地面にへこんだ箇所があった。痛めていないほうの足で蹴ってみると、土が剝がれ落ちた。小さな穴があった。

「どこかと繋がってるみたい。でもこの大きさだと、ソールぐらい小さくなきゃ通れそうにないよ」

ソールが否定するように左右に揺れた。テリンはその場にしゃがんで、照明をかざしてみた。よし、ここに閉じこめられたまま救助ドローンに助けを求める前に、やれることはやってみよう。

土を掘りつづけていると、小さなワニぐらいなら通れそうな穴になった。テリンは腹ばいになって体をねじこんでみたものの、どうしても肩が入らない。ソノのように小柄ならいざしらず、テリンには無理だった。

「これはちょっと、さすがに……」

そのとき、ひらめいたことがあった。支給された装備のなかの、小さなハンマー。そんなものをどこで使えというのか疑問だったが、取り出して穴の周辺を叩いてみると、土がぽろぽろと崩れ落ちた。這いつくばってみると、今度は肩が引っかからない。ようやく通り抜けられそうだった。テリンはやっとの思いで穴を通り抜け、ついにその向こう側へたどり着いた。

「わあ、ここは……」

天井の高い空間に、水音が響き渡っていた。あっち側にいたときはどうして聞こえなかったのかと思うぐらい鮮明に。壁をつたって地下水がちょろちょろと流れている。テリンは水に氾濫化の兆候がないか調べ、簡易キットで浄水してから口に含んだ。悪夢のような渇きが癒され、ようやく気力が戻ってきた。

「ソール、どうやって道を見つけたの？」

ニューロブリックがあれば道を憶えやすそうだ、それくらいに思っていたけれど、道を見つける機能まであるとは驚いた。入ってくる感覚情報は変わらないはずなのに、いったいどうやって？　情報解析機能がずば抜けているのだろうか。さまざまな疑問が浮かんできたが、いまは出口を見つけることに集中するべきだった。頭のなかでまた大きな揺れがあり、ソールが方向を示した。テリンはそちらへ歩みを進めた。

いくつかの分かれ道が見えた。うまくいけば脱出できそうだという思いに胸が高鳴った。いつもどおり壁と地面の音を聞こうとすると、ソールが頭のなかでトントンとテリンをつつく動きをした。

「やりたいの？」

――へへ。任せてくれるなら。

「オッケー、お願い」

すると次の瞬間、視界が揺れた。端から順に、折りたたまれるように歪んでいく。テリンはひやりとした。これは理論試験のとき見た、あの恐ろしい幻覚では……。だが、今回は違った。試験を妨害するのでもなく、テリンを恐怖に陥らせるのでもなかった。

——目、閉じていいよ。

言われるがままに目を閉じると、まぶたの裏に奇妙なものが見えた。闇のなかで光る糸がうごめいていたかと思うと、枝を四方へ伸ばしてクモの巣のようなものを編みながら広がっていく。ほどなく目の前が銀色の糸でいっぱいになった。テリンは思わずその糸に触れようとしたが、手が動いてくれなかった。そして次の瞬間、テリンは自分がその糸の一部であることに気づいた。

体が糸と一緒に振動した。音があちらからこちらへと伝わり、こちらの動きがあちらへ伝わった。分子が糸と糸のあいだを渡りゆきながら感覚を運んだ。テリンは、あまたの銀色の枝の一端をつくる小さな線分のひとつだった。だれかに糸を弾かれたように、体が宙でとめどなく震えた。やがて振動は少しずつ収まった。テリンはその流れに自分をゆだねた。

するとごくわずかな瞬間、全体を感覚することができた。自分と繋がっているあまたの枝と、その先にわたる糸、巨大な巣の全体を。

テリンはまぶたを開いた。

頭のなかでいま通ってきた道を、鮮明に思い出すことができた。実際にその目で見ているかのように具体的な地図を。

ほかのニューロブリックにもこんなことができるんだろうか？

疑問を追いかける間もないまま、テリンは歩きだした。頼りは薄明るい補助照明だけだったが、ためらいはなかった。

ひたすら前へ進んだ。少なくとも来た道を戻らなくていいのだと思うと、おのずと脚が動いた。ソールはテリンが歩いてきたルートに加え、空間や音までそっくり記憶しているようだ。歩いて歩いて、また歩いた。どのくらいたったのだろう。時間の感覚がなかった。またもや喉の渇きがテリンを苦しめはじめたが、どこからか湧き上がってくる渇望、目的地への渇望がテリンを前へ押しやった。

間もなく辺りが明るくなってきた。照明のいらない場所に出たのだ。その先に強い光が見え、テリンの足取りがゆるんだ。

「着いた。あそこは……」

テリンはぼんやりと光を見ながらつぶやいた。

「外」

ソールが頭のなかで跳ねるように泳いでいた。喜びを表現するように。テリンは信じがたい気持ちで外へ向かって歩いた。

＊

翌朝、生存試験の結果が出てからも、テリンは目の前の現実に戸惑っていた。テリンの点数は全受験生のなかで三番目に高かった。途中で道に迷い、立坑に入って負傷したことで減点されたにもかかわらず。もう終わりだと思ったのに、とつぜんソールが現れた。テリンの邪魔をしていたソールではなく、ニューロブリックとして覚醒したソールになって。

なにかがおかしかった。テリンが洞窟のなかで感じたソールには、たんなる頭脳補助装置の域を超えて、テリンの感覚と認知そのものを変化させられる力が宿っているようだった。初めて現れたときもテリンに幻聴や幻覚を起こさせはしたものの、洞窟内でテリンは一瞬とはいえ「ソールになった」気がしたのだ。

このままでいいのだろうか？　ソールが欠陥のあるニューロブリックだとしても、これほど圧倒的な力をもつなら、このままうまく使いこなせばいいのでは？　すぐにそうだと認めるには気がかりな部分があった。どこがどう引っかかるのかは定かでなかったが、さしあたっては本当によかった。ニューロブリックをコントロールでき、使いこなせるようになったのだから。でも、これを「コントロール」と言っていいのだろうか？　少なくともいまのところ、ソールはテリンの脳内でおとなしくしている。この状態が続くなら問題はなさそうだけれど……

頭を冷やそうと、家を出てハラパンの町のただなかを歩きながらも、テリンはずっと考えこんでいた。だから、初めは自分がだれと出くわしたのかわからなかった。ゴミが転がる荒れ放題の通り、昨夜の酒が抜けきらない人たち、危険物を運ぶ少年たち、路地の隅を走り回るネズミ。そのなかにイゼフを見つけるなんて。薄汚れた風景の上に鮮やかな絵具をぽとりと落としたかのごとく、一点だけ周囲に溶けこめないでいる姿に、テリンはしばらくたってようやく、それがイゼフであることに気づいた。

われに返ったときには、すでにイゼフに袖をつかまれ、どこかへ連れていかれていた。

「な、なんですか。急に、連絡もなしに……」

「デバイスでは話せない」

人影のない路地に入ってやっと、テリンは息をつくことができた。イゼフはひどく機嫌が悪そうだ。路地に入ると通りの騒がしさは遠のいた。イゼフが軽く腕組みをしてテリンを見下ろした。テリンは気まずそうに壁にもたれたが、路地は狭く、イゼフとの距離が近すぎた。テリンは思わず一歩下がろうとして、後ろにあったゴミ箱にかかとをぶつけてしまった。カン、という金属音が静寂を破り、イゼフがふっとため息をついた。

「テリン、生存試験の記録を見たんだけど」

テリンは次の言葉を待ちながら目をしばたたかせた。

「わたしに言ってない問題があるんじゃない？　違う？」

なんのことだろう。それより、イゼフがどうして生存試験の記録を……ふと、イゼフが資格試験の総括監督であることを思い出した。当然ながらすべての試験の映像と音声データを見られるということも。言い訳を探すうちに、イゼフが先に口を開いた。

「なぜあれを『ソール』と呼んでるの？」

「あ……あれはその……」

口ごもる自分は怪しく映ることだろうと思いながら、テリンは急いで言葉を継いだ。

「あれはただ、ニューロブリックに名前をつけたんです。名前をつけれぱ問題を扱いやすくなるだろうってアドバイスされて。だからほんとに、たいした意味はなくて……」

不審そうなイゼフの顔をうかがいながら、テリンは続けた。

「確実に効果がありました。扱いやすくなったんです」

「扱いやすくなった？」

「名前で呼ぶとコントロールが効くみたいで。いまではわたしの言うことを聞いてくれます。前みたいにエラーを起こすこともないし、役立ってますよ」

「たとえばどういうふうに？」

「たとえば……道探しとか。一度通った道を正確に記憶しているみたいでした。ニューロブリックの具体的な原理まではわからないけど、生存ミッションでの脱出に役立ったことは確かです」

実際は役立ったどころではなく、ソールがいなければ脱落していたはずだという言葉を、テリンはあえて省略した。通った道を記憶していただけでなく、目には見えない道まで見つけたのだという話も。イゼフがデータをどこまで見たのか知らないが、立坑の下は暗すぎてまともな映像は撮れていないはずだし、残っているのは録音されたテリンのつぶやきぐらいだろう。だがテリンが事情を訴えても、イゼフが眉間のしわをゆるめることはなかった。

頭のなかでソールが波のような動きをした。緊張しているようにも、警戒しているようにも取れた。目の前の相手が自分に否定的な態度を示しているからだろうか？　でも、いまのテリンにとってなにより気になるのは、ソールではなくイゼフの態度だった。昨日の生存試験で高得点を出したことで、テリンはイゼフが喜んでくれるものと期待していた。

「わたしになにか問題でも？」

「いや、うまくやってる。ただ、言っておきたいのは」

イゼフが言い添えた。

「そういう変化があったら教えてくれないと」

「あ……」

テリンが動揺してイゼフの目を見返した。

「教えることになってたよね」

「ごめんなさい。迷惑かと思って……」

「ついこのあいだまで、どうして面談を断るんだって文句言ってた人が？」

「その、要らない誤解を招くことにもなるかなって……」

「それを承知のうえで長々と説明してたんじゃないの？」

テリンは乾いた唾をのみながら、つま先を見下ろすことしかできなかった。そんなテリンを見て、イゼフがふっと笑った。テリンは反射的にイゼフと目を合わせた。

「怒ってるんじゃない。ただ、お願いがあって」

「……はい」

「ニューロブリックに名前をつけたとしても、それが本当に自我や意識をもつ存在だと信じないこと」

イゼフの口から出た言葉は、少しばかり意外なものだった。

「人間じゃないものが自我をもつふりをするのは思いのほか簡単よ。それは以前の文明でも証明されていた。ただし、本当に自我をもつ存在として接するかどうかは別の問題。わたしたちにはなんでも擬人化する習性がある。でも場合によっては、問題をありのままに見つめることが必要よ」

テリンはしばし困惑した。イゼフはいったいなにを心配してるんだろう？　テリンがソールをひとつの人格として認め、尊重するあまり振り回されるかもしれないと？　そんな心配は無用なのに……だがテリンは、イゼフの言葉におとなしく耳を傾けた。

「ひとつの体にふたつの自我が宿ることはできない。ひょっとして、頭のなかのそれに心があると信じてるんじゃないかと思って。それが心配でね」

テリンはイゼフの目をじっと見つめた。危惧の色を浮かべた茶褐色の瞳がテリンを安心させた。ようやくイゼフの心配事がわかった。でも、ソールについての自分の考えを正直に話す気にはなれなかった。ソールとの会話も、立坑の下でソールを介して感じた新たな感覚も、テリンにとっては実在のものだった。それをなかったことにはできない。

「大丈夫。わたし、そんなふうに信じてません」

テリンはイゼフの望む返事をすることにした。

「うまくやれます。自我があるなんて信じてません。さっき言ったとおり……問題を扱いやすくするために名前をつけただけです」

意外な返事だったのか、イゼフは信じがたそうな表情で訊いた。

「そんなに聞き分けよかったっけ？」

「昔から先生の言うことだけはよく聞いてるじゃないですか」

「初耳だけど」

イゼフがからかい口調で言い、ふっと笑った。

「まあ、そういうことならひと安心。それからテリン、今回に限ったことじゃなく……」

イゼフの目が再びテリンの顔をまっすぐにのぞきこんでいた。

「わたしにはもう少し正直に話してくれていいんだけどね。あなたにはジャスワンやソノもついてる。でも、ラブバワでいちばんあなたを気遣い心配してるのはわたしだと知っててほしい。いまはいろんな意味で大変な時期ではあるけど……」

テリンは答える代わりに、こくこくとうなずいた。イゼフがここまでやって来てこんな言葉をかけてくれるのは嬉しい。けれど、嬉しいばかりではなかった。複雑な気持ちが押し寄せた。イゼフはなぜこんなによくしてくれるんだろう。もともと他人に親切な性格ではないはずなのに、なぜ。おそらくはテリンのことを同じ大人としてではなく、いまだに子ども扱いしているから……。それなら、テリンはイゼフのやさしさを受け入れたくなかった。イゼフの言うように正直になることもできない。イゼフに悟られてはならない気持ちがあるから。それを知られれば、またもや子ども扱いされるだろうから。

テリンはただ肩をすくめて言った。

「いまさらそんなこと。わたし、先生の前ではいつも正直です」

「口だけは達者なんだから……さ、もう行きなさい。帰りが遅くならないように」

「わたしが仕事仲間になっても、小言は続くんですか？」

「そうなったらいまの比じゃない」

イゼフがにっこり笑って言った。テリンも微笑を浮かべて答えた。

「わかりました。じゃ、もう行きますね。今後もたくさん小言を聞かなきゃならないんで」

テリンは平然を装って挨拶し、急いで路地を出た。これ以上一緒にいれば、余計なことを口走ってしまいそうだった。本当はすごく緊張していると、試験でしくじりそうで怖いのだと、子どものようにぐずってしまうかもしれない。それはイゼフとの関係において、テリンがもっとも望まないかたちだった。

ハラパンの町をずいぶん歩き、ジャスワンの食堂の前に着くころになってようやく、テリンはソールのことに思い当たった。

「ごめん、ソール。さっきのは本音じゃないよ」

——うん？　なにが？

「イゼフが言ってたでしょ。あなたのこと、自我をもつ存在だと思うなって。わたしは同意しない。いまもあなたに自我があると思ってるから」

——ああ……そういう話だったのか。

「ニューロブリックが会話を聞き取れないこともあるんだ？」

——うん、あの人。イゼフと話すとき、きみの頭のなか、すごく複雑。

からかい半分で言ったのに、いかにも神妙な言葉が返ってきた。

——すごく緊張して。鼓動が体中に響いて。だから会話にも、ついていけない。

頬が火照った。つまり、ソールにも伝わっていたのだ。テリン自身もわかってはいた。でも、ソールにずばり言い当てられたことで、いっそう確実になった。これ以上やりすごすことも、否定することもできない気持ちの存在が。

「ねえソール、わたし……」

テリンは宙を仰ぎながら言った。

「必ず派遣者にならなきゃいけないの。力を貸してね」

ソールは承知したというように、頭のなかで雨降りを演出した。ボタボタ、ボタボタ、と。

7

地上へ繋がる出口の前で、テリンは高鳴る胸を落ち着かせた。

派遣者になるための最終試験はラブバワの真上の地上で行われる。地上の大部分は氾濫体に覆われ、氾濫化した生物だらけで踏み入るのも難しいが、ラブバワでは地上の一部を観測と研究、氾濫体への「警告」目的で奪還していた。ニュークラッキーはそういった目的のもとに建設された基地で、過去に大繁栄した都市の中央に位置している。もちろん現在はもとあったビルの大部分が形を失い、かつての文明がこのように巨大なビルの森を造るほど繁栄していたことを証明する遺跡としてのみ残っている。

最終ミッションは全部で四つの区間からなっている。第一観測ポイント、ニュークラッキー基地、第二観測ポイント、目的地の四区間を順に移動しながら、手順どおりに観測機材を回収して新しい機材を設置し、指定のサンプルを収集する。全過程が個人デバイスに記録され、移動に必要な最低限の情報だけが与えられる。観測ポイントは各自別々の場所が割り振られ、当然その接近難易度も異なる。評価基準のひとつめは、氾濫体だらけの地上でいかに影響を受けず耐えられるか、ふたつめは、危険かつ高難度のポイントに接近して情報を得られるかどうか。

そろそろスタートだという係員の声が聞こえた。監督官が一名ずつ名前を呼んで受験生を並ばせた。呼ばれて出たテリンに、監督官が四角い機器を差し出した。テリンが手首のデバイスをそれにかざすと、第一観測ポイントの位置が地図に入力された。具体的な地図を見られるのは試験開始後だ。

「では上へ」

数十人の受験生がぞろぞろと螺旋階段を上っていった。三つのエアロックを通過すると、地上への出口が見えた。周辺は氾濫化したツル植物をまとった塀でふさがれている。その塀を越えれば、かつて人間が暮らした巨大な都市の遺跡に踏み入ることができるのだ。別々の道へ繋がるいくつものスタート地点が見えた。

テリンも指定されたスタート地点に立った。

「カウントダウンを始めます」

手首のデバイスからホログラムが立ち上がった。10、9、8……。カチ、カチ、という音とともにスクリーンの数字が小さくなっていく。テリンの鼓動も激しく暴れだす。みなが口を引き結んで前方を見ていた。

……3、2、1、0。

テリンは弾かれたように駆けだした。まっしぐらに走りつづけてふと顔を上げると、氾濫体が渦巻く地上都市が見えた。

都市は奇妙な美しさをたたえていた。色彩のうねる世界。強烈な原色の絵具をまき散らしたかのように、そこらじゅうが鮮やかな色で埋めつくされている。都市にはびこる氾濫体が、競い合うように色を発していた。色という色を尽くした巨大な油絵で地上を覆ったかのように、まるで色そのものが命をもち都市を丸ごと掌握したかのように、その存在感を誇示していた。

テリンは高架道路の上で息を整えながら都市をぐるりと見渡した。

真っ先に目に入ったのは、都市全体を覆う氾濫網だった。とめどなく伸びつづけ、四方へ広がりながら周辺環境を探索する氾濫網は、かつて地球上の土のなかに簡単に見つけられた菌類の菌糸体に似ているが、それよりずっと強固な形態を備えている。テリンの立っている高架道路にも、鮮やかな黄色の氾濫網がびっしりと広がっていた。

道路の両側に、かつてはビルだったのだろう巨大な鉄骨の構造物が並んでいた。数十階にも及んだという文明の象徴は、いまやその骨組みだけを残して過去の痕跡を留めるばかりで、真っ赤な氾濫サンゴに乗っ取られている。傘のないキノコを何千倍も大きくしたような氾濫サンゴが構造物を這い上りながら育ち、都市に巨大な影を落としていた。

テリンの胸はいま、緊張ではなく恐怖と高揚で高鳴っていた。目の前に広がる風景に体が反応していた。イゼフの言葉が思い出された。派遣者はつねに、魅惑と憎悪の感情を同時に抱く必要があるという警告。そんなことが可能なのかと不思議だったが、地上に出て初めてわかる気がした。

目の前の氾濫体がテリンに囁いている気がした。近寄って自分たちをよく見ろと。その手で触れ、においを嗅ぎ、食べてみろと。

「氾濫体は人をおかしくする。理性を奪って狂気へ、死へと導く……」

その事実を忘れまいと、テリンは声に出してつぶやいた。この都市は生命ならぬ死で満ちているのだと。人間は色彩のなかで生きていけないのだと。

ホログラムを立ち上げ、地図と実際の道を見比べながら慎重に移動した。割り振られた第一観測ポイントは、思ったほどスタート地点から遠くない。道なりに進むと、地図上では隠されている三叉路に出た。

「ソールはどう思う？」

テリンはそう尋ねながら、右側の道をちらりと見た。するとソールが、右方向へ波のような流れをつくりながら言った。

——右。残りのふたつは川と空き地、こっちはビルの森に繋がってるみたい。

それを聞いて地図上の隠されたルートを見直すと、なるほどそう推測できそうだった。テリンは迷わず右の道を選んだ。

第一観測ポイントに近づくにつれ、道がそれとわからなくなった。地面を覆う灌木とツル植物のせいで、移動速度が落ちた。ツル植物は正常なものもあるにはあったが、大方は氾濫体と結合した変異型だった。

「地図だとこの辺りなんだけど」

テリンは実際の道とホログラムの地図を見比べた。観測ポイントを指す矢印がクルクル回っていたかと思うと、建物に近づいたとたん上方を示した。巨大なビル、どうやら目的地は、いまは氾濫体と絡み合っている鉄骨の構造物の内部にあるらしい。正門はここからかなり離れたところにある。ビルを取り囲むフェンスは、すさまじい棘をもつ氾濫化したツルに覆われていた。

――触ってみたい。

「え?」

テリンはぎょっとして振り向いた。ソールがもう一度言った。

――だって、あのツル、すごく不思議。

「ソールは触れないでしょ。だって――」

体がないんだから、と言いかけて、テリンはあることに気づいた。ソールはテリンと感覚情報を共有している。テリンが見るもの、聞くものを再解釈している。それなら触覚も同じだろう。

「でも、氾濫体を触るのは危険よ。おまけに、あのツルなんか棘だらけじゃない。死んじゃうかも」

頭のなかでソールが激しい波を生んだ。怖いという意味なのか、それでも触ってみたいと駄々をこねているのか。妙な気分だった。ソールの好奇心がテリンにうつったかのような。

テリンはフェンスをじっくり調べ、ツルの少ない箇所を見つけた。その部分をペンチで切り、ツルを慎重にかき分けてなかへ入った。切りっぱなしの部分で多少のひっかき傷ができたが、それくらいはなんともない。次はビルの外壁を登る番だった。鞄を開けて手袋を取り出す。採光窓の掃除の仕事で、壁を登ることには慣れていた。高いところも怖くない。それに、棘にさえ気をつければ、ツルをつかんで登るほうがかえって安全だった。氾濫体と結合したツル植物はとても頑丈で、大人が数人ぶらさがってもびくともしないのだ。

――正門から入らないの？

「このくらい登れるよ」

テリンは手袋をしっかりとはめ、外壁を登って四階と思われる場所まで来た。もとは窓があったところに氾濫化したツルが生い茂っていたが、テリンは通れそうな隙間を見つけ、周りのツルを蹴り飛ばしながらなかへ飛びこんだ。

「うぇ、これはちょっとグロいな」

床にはミルク色の氾濫網が広がり、隅のほうにどういうわけかネズミの死体が折り重なっている。

テリンは眉をひそめて内部をぐるりと見回した。

――観測装置はあっち。

テリンが見つける前にソールが言った。視界の先に、天井から下がる観測カメラがあった。

「ソール、すごいじゃない」

同じ感覚体系を共有しているはずなのに、ソールはどうして自分よりずっと早く、正確に対象を見つけられるんだろう？　イゼフの警告が気がかりではあったが、ここまでくればソールの力を借りないほうがおかしいというものだ。

テリンはぼろぼろの机を踏み台にして、天井の観測カメラを取り外した。それを汚染警告表示がでかでかと書かれた透明バッグに入れ、新しい観測装置を出して別方向の壁に取り付ける。任務を完遂し、入ってきた窓のほうへ戻ろうとすると、ソールが言った。

——今度は正門から出たほうがいいかも。

地図を見るとたしかに、正門から出たほうが次の目的地であるニュークラッキー基地により近くなる。テリンは階段を下りて走りだした。

ニュークラッキー基地が近づくにつれて派手な色彩が目立たなくなり、氾濫体の減少が目に見えてわかった。テリンは基地の前まで来ると、まずは鉄条網の外から中をのぞいた。キュルキュルと音を立てて動く機械が見えた。いま常駐している人はいないと聞いている。地上奪還という人類の希望を託すには、あまりに小さく頼りない基地だった。

テリンは鉄条網を越えて裏門へ向かった。正門から入ってほかの受験生と鉢合わせるようなことになれば、トラブルに発展する可能性もある。最終試験ともなれば、ライバルを減らそうとするのが当然だからだ。手首のデバイスを保安スキャナーにかざすと、門が開いた。厚い埃の上にテリンの手形が残った。基地内ではロボット掃除機が一台動き回っている。動きがもたついているところを見ると、やはり氾濫体に侵されているらしい。氾濫体はまるで意図をもつかのように、あっという間に機械の内部に入りこむ。おかげで、地上に送りこんだ機械の大部分はいくらももたず壊れてしまうのだ。

「さて、第二ポイントはどこにしよう」

テリンはホログラムスクリーンに表示されている十数個の赤い点を見ながらつぶやいた。今回もアドバイスを期待したものの、どういうわけかソールは黙りこんでいる。

「わたしが選んじゃうよ?」

——うん、どこでも。近道を探すよ。

「なあに? 知らないうちに、天才ニューロブリックになるための修行でも積んでた?」

テリンは基地からやや離れたポイントを選んだ。近くにも赤い点は散在していたが、罠の可能性もあった。基地を出るまで、テリンはだれとも鉢合わせなかった。いい兆しだった。選択できるポイントが多く残っていたことから、ほかの人より早めに着いたのだろうと思われた。

基地から遠ざかっていくあいだ、テリンはソールが徐々に静かになっていることに気がついた。言葉だけでなく、動きそのものが減っていた。初めて地上に出た瞬間は、テリンと同じぐらい興奮して脳内をかき乱していたのに。とはいえ、いまではソールに教えられなくても、ソールの示す方向を感じることができた。ソールが勧める道は氾濫体のツルで覆われていたり高い壁で遮られたりしていて、一筋縄ではいかないとすぐにわかる。でもテリンにとっては、そういったルートこそ近道になるのだった。ソールがいったいどういう原理でそういった道を感知するのかはわからなかった。

それでも、これがようやく訪れた幸運であるのなら、テリンは思う存分嚙みしめたいと思った。幸運の理由などあとから考えればいい。

いつしか第二観測ポイントが近づいていた。

傾斜のある地形だった。初めはレンガなどの瓦礫に隠れて見えなかったが、近寄ってみると、氾濫体の合間に観測装置が埋もれていた。濃い朱色の氾濫体が枝をめいっぱい伸ばして、観測装置をぐるぐる巻きにしているように見える。テリンは氾濫体を切り落としてそろそろと観測装置を取り出してから、その脇の空間に新しい装置を手際よく設置した。あとは近くで研究試料となるサンプルを採取すればいい。周囲を見回すと、丘の上に氾濫サンゴが密集しているエリアがあった。よくある形ではない。理論の授業でも見たことのない、泡のような形態の氾濫体だった。そうと知らなければ、奇抜な美しいオブジェのように見えただろう。

「これなら加算点をもらえそう」

錯乱症の芽胞がそこらじゅうに飛び散っていたため、テリンはポケットから防毒マスクを取り出して着け、採取のための準備をしてから氾濫体に近づいた。

だが、拳大の泡をそっとそこに置いたかのようなその氾濫体は、ナイフをあてるとたちまち粉々になってしまった。手袋をはめた手で触ったときは硬い物体だったのに、刃が触れると砕け散ってしまう。よく見ると、下の部分が全体を支えているらしく、泡の部分だけを切り取るのは難しそうだった。

——台の部分まで丸ごと取れば？

「それだとルール違反になる。台の部分は氾濫体が広がりやすいから危険なのよ。しかも、このナイフじゃどうしても形がくずれちゃう」

——手で掘り出せばいいよ。それに、今回のサンプルはこのあとすぐに提出するから危険はないと思う。

テリンは訝りながらも、氾濫体をじっくり観察しはじめた。ソールの言うことにも一理あった。

地上ミッションでは拡散の危険が高い場合は採取しないことになっているが、それは通常、長期間の任務における接触リスクを減らすための規定だ。野営地などの比較的無防備な状況で隊員に危険が及べば一大事だから。だが、これは試験であり、事情が違う。サンプルは採取後すぐに提出し、野営することもないのだから危険度は低い。

「手でこれを……掘り出せるかな？」

テリンは氾濫体の台の部分に手を這わせ、地面すれすれのところにあるくびれを見つけた。一歩間違えれば、弾けさせて芽胞をかぶることになる。テリンはできるだけゆっくり、慎重に作業を進めた。防毒マスクの内側が汗で濡れた。手袋に氾濫網からこぼれ落ちた赤や黄色の粉が付着した。まるで、目の粗いベールをもう一枚まとわせたかのように。氾濫体をサンプルボックスに入れ、さらにそれを袋に入れて密封する。テリンは多少不安な気持ちでサンプルを目の高さに持ち上げた。まさか途中で漏れたりはしないだろう。

「サンプル、もうひとつはどうしよう」

——あっちの木の上、あれにしよう。

ソールの口調が微妙に変化している気がした。確信に満ちた語気に。テリンは言われたほうを見上げた。すぐそばにある木の上。枯れ木を内側から突き破って育った巨大な氾濫サンゴが見えた。表面がのこぎりの歯のようにとがっている。

「危なくないかな」

——危ない方がサンプルとしての価値は上がるよ。

言われてみれば、採光窓の掃除をしながらあらゆる氾濫体を除去してきたのだから、用心すればいいだけのことだ。テリンはそろそろと氾濫サンゴに近づき、ナイフを使ってサンゴの一部を切り取った。ソールの指示どおり、とげとげしい表面に触れないよう注意しながら、ピンセットでサンプルを採取して密封した。

テリンは腰を上げて、サンプルがそろっているか確認し、全身についた土埃を払った。息苦しい防毒マスクを脱いで廃棄物回収袋に入れた。玉のような汗が顔を流れた。

「完了」

テリンは手首のデバイスで時間を確かめた。予想よりずっと早く終えられた。観測装置を回収して新しいものに取り換え、有効なサンプルを確保した。あとは目的地まで行くだけだ。

「なんでこんなに順調なんだろ？　ソールがいるからかな」

いつにない感覚に、テリンがつぶやいた。まともに作動するニューロブリックがこんなにも使えるものだったなんて。近道を見つけてくれ、テリンより先に視界のなかに目的物をとらえ、ずいぶん前に学習した採取プロトコルを詳細に記憶し……不適応者として要らない荷物をぶら提げているようなものだと思っていたが、これがニューロブリックとともにあるということなのだ。ほかの人たちはこれまで、こんなにも簡単に作業をこなしていたということだろうか？

——ゴールまでそう遠くないよ。

地図をたどっていると、ソールが言った。テリンはふと、焦りを感じた。遅れなど取っていないのに、そわそわと落ち着かない気分。それがどこからくるのかわからなかった。ひょっとして、この緊張はソールのもの？

「ソール、焦ってるの？」

走りながら訊くと、長い間を置いて返事があった。

——ううん、大丈夫。

異様に落ち着き払った声だった。

ゴールまでの最後の区間に入った。

テリンは残る体力をふりしぼって走りつづけた。第二観測ポイントに向かうときはまだ、万が一に備えて体力を温存しておくつもりだったが、あとは最終目的地を目指すだけだ。途中で氾濫化したネズミを何度か見かけたが、襲いかかられるより先に前へ走った。巨大な猛禽類が現れたときは、ソールのアドバイスどおりに氾濫網の陰に隠れて移動し、相手の視界から外れるとまた走りだした。

辺りは奇妙な静けさに包まれていた。道を走り、道ではないところも走りながら、テリンは周囲の風景がだんだんとぼやけていくのを感じた。あたかも抽象画のカンバスの上を走っているかのように、風景を成す要素がどれも霞んでいた。それらはどれも、まき散らした絵具の跡を思わせた。

ソールがテリンを導いていた。ゴールに向かってソールが先を行き、テリンがあとをついていくかたちだった。体を動かしているのはテリン自身だったが、実際に体をコントロールしているのはソールといえた。奇妙な感覚に包まれた瞬間、ゴールを知らせるきらびやかな表示板が現れた。

とうとう着いた。やり遂げたのだ。これで派遣者になれる……

さっきまでの奇妙な感覚は、表示板の前に立ったとたん、嘘のように消えた。手首のデバイスをあてると、けたたましい音とともに表示板の色が変わった。合格を知らせるグリーンに。まだだれもここを通過していなかった。テリンがひとりめだった。スクリーンの最上段にテリンの名前が表示された。

第一通過者、チョン・テリン。

嬉しくて心臓が飛び出しそうだった。これでテリンは派遣者になった。だれもその事実を否定することはできない。正式な任命はこれからだが、ここを通過した瞬間から派遣者の資格が与えられる。胸が風船のように膨らんだ。

あなたのおかげだと叫びたくなる気持ちをなんとか抑えて、テリンはソールにありがとうと囁いた。愉快な感情が流れてくるのを感じたものの、ソールは水にぷかりと浮かぶように、頭のなかに静かに留まっていた。

扉を開けてエアロック内に入ると、三段階の浄化システムが待っていた。テリンはひとつめのエアロックに入った。テリンが着用していた服と鞄、道具とデバイスがそこで浄化された。ふたつめのエアロックを通り抜けてから、テリンは服を着替え、研究所に提出するサンプルの袋を取り出した。土で汚れた袋の表面もきれいに浄化された。テリンはそれを提出用の封筒に入れ、最後に三つめのエアロックを開けて進み出た。

着替えたての清潔な服の、さらりとした感触。抱えている封筒のカサつく質感までもが心地いい。最後のエアロックは四方が透明なガラス壁になっていて、外が見えた。下の階に人混みが見える。最終試験を終えた合格者を迎えに来た家族や友人のようだ。あのガラスのドアをくぐれば、ソノとジャスワンに会えるだろう。来ると言っていたから、きっとあそこで待っているはずだ。ひょっとするとデルマおばあさんも一緒かもしれない。胸がいっぱいだった。

浄化作業が終わり、ガチャリ、と音がした。ドアが開く音だった。あとはドアの前で採取したサンプルを提出し、外へ出るだけ……

「ソール？」

手が思うように動かなかった。

「なにしてるの？」

手ばかりではなかった。精神が体から追い出されたかのようだった。とつぜん、体が思わぬ動きをしていた。

「ソール、やめて。あなたがやってるの？　ソール！」

テリンはサンプルの袋を提出するべき場所をそのまま通り過ぎた。そして下の階へとつづくドアを大きく開いた。いや、テリンがそうしているのではない……テリンの体がそうしていた。テリンの意志に反して駆け出していた。見通しのいい通路を走るテリンのもとに、人々の視線が集まった。大きな歓声が聞こえてくる。鉄骨の階段を駆け下りたテリンは、そこに立っていた人々、そしてその向こうに見えるソノとジャスワンに向かって手を上げた。それを第一合格者の感謝のしるしだと思った人々が、いっそう大きな歓声を上げた。

直後、人々のあいだから悲鳴が上がった。

テリンも悲鳴を上げたかった。なのに、声がひとつも出なかった。ソールがテリンを操っていた。

完全に支配していた。怖かった。恐ろしかった。どうしてこうなっているのかわからなかった。ソールをどうにかしなければ。ソールが起こそうとしている事態を防がなければ。

だが、不可能だった。

テリンは自分の体をコントロールできなかった。

テリンの手が氾濫体の袋を開けていた。外側から押すと、のこぎりの歯のようにとがった氾濫体が内側から袋を破って出てきた。泡が弾け、芽胞が舞い散った。人々の悲鳴が続いた。どこからかサイレンが鳴り響いた。逃げ惑う人々。芽胞を避けようとして手すりにぶつかる人々。互いにつかみ合い、倒れ、踏みつけられる人々。

そして、もつれ合う人混みを縫ってテリンのもとへ駆け寄ってくる、そうしていつの間にかテリンの目の前にやって来ていた、ソノとジャスワンが見えた。

テリンは自分の両手が、袋のなかの氾濫体を潰し、それを取り出してばらまくのを見た。芽胞が舞うのを見た。見ている以外になにもできなかった。ソノがテリンの手をつかんだ。ジャスワンが後ろからテリンの肩を抱いた。お願い、いいから離れて……テリンはふたりに向かって叫びたかった。近くに来るなと、頭がおかしくなるか死んでしまうと……

だが、声が出なかった。

ふつふつと怒りが湧いてきた。すべてを燃やしてしまいたい。この都市を消してしまいたい。それはテリンの思いではなかった。だが、テリンは確信できなかった。本当にそれを望んでいないと言いきれなかった。テリンが感じられるのは、自分の頬が濡れていくということだけ。

耳をつんざくようなサイレンが再び響き、テリンは首に刺すような痛みを感じた。マシンがテリンを取り囲んでいた。みるみる体の力が抜けていった。

冷たい床にしゃがみこみながら、テリンはジャスワンの目を見た。困惑と絶望の入り混じるまなざし。

それは、いま起きていることが夢ではないことを悟らせた。

意識が闇の底へと沈んでいった。

第二部

われわれは戦争をしている。だが、この戦争の対象を知らない。これまでわれわれは、目隠しをした暗闇のなかで槍を振り回していた。無知の槍はかえってわれわれ自身を刺し、破壊した。そろそろこのような盲目的な試みをやめ、われわれが戦おうとしている対象を知るために、この組織を打ち立てようと思う。

だが、はっきりさせておきたいことがある。組織の目的はひとつ。われわれは平和を望まない。われわれは勝利を望む。究極の勝利を。われわれは戦いのために一歩退いた。だから、この前提を改めて心に刻もう。つまるところ、これもまた確かな戦争であると。相手を全滅させるまで戦争は終わらないだろう。われわれは一歩下がり、息を殺して時を待つのみだ。

——エバン・バノスの寄稿文〈派遣本部設立に寄せて〉より

1

年に二度開かれる定期会議のほかに、中央委員会で非常会議が招集されることはまれだ。徹底した機密が求められる派遣本部の特性上、大部分の事件は下位組織内で処理される。今回の非常会議は、なにか非常に不吉なことの前兆、またはすでに起きてしまった大きなトラブルを意味した。

学術院の最上階、カーテンを開くと地下都市の全景が一望できる会議室に、苦虫を嚙みつぶしたような表情の人々がひとり、ふたりと入ってくる。激怒している人もいれば、たんに疲れて見えるだけの人もいた。この会議が開かれる理由を知ったうえで納得している様子の人たちもいたが、全員というわけではない。しかし、派遣本部と学術院の名が不名誉な事件で市民の口にのぼるのは不愉快きわまりないという点では同意見だった。なにより事件の主人公が、まだ派遣者に任命されてもいない、たかがアカデミーの修了生にすぎないとなればなおさら。

今年入る派遣者を選抜する試験で、大混乱が起きた。負傷者は数十名、そのうち一名は生命の危機にあった。事故現場となったセンダワン地域は三日以上立ち入りが規制され、いまも一部の通りは規制が解かれないでいる。尾ひれはひれのついたあらゆる噂が出回った。浄化作業に大勢の作業員が投入され、作業中に薬品の副作用で運び出された者も少なくなかった。

「ジャスワン・クマタが身を投げうって防いでいなかったら、さらに深刻な事態になっていたでしょう」

「すでに深刻だと思いますがね。負傷者だけで数十人です。まだ把握していない被害者を入れると数百人にのぼるかもしれません」

「その程度ですんだのだから、幸いと思うべきでは？」

「本部の立場からすれば、今後処理すべきことが山積みです。頭が痛いのはこれからですよ」

「ジャスワン、彼は命令に従わず罷免されたのでは？　すごい責任感ですね」

「事件を起こしたのはその娘です。責任を取るのは当然ではありませんか？　それより、いったいどんな育て方をしたらこんなことになるのやら」

「仕方なく養子にしただけで、血縁関係があるわけではないでしょう？　報告書にもありますが、同居していたのはほんの数年で、アカデミー入学後は別々に暮らしていたようですが」

「なんだ、報告書にそんなことまで書かれてるんですか？　ほかにもっと重要なことが……」

「そこまで。静粛に」

白髪の女性が鋭い眼光で警告しながら会議室を見回すと、みなは口を閉じた。本部長にして学術院長であるカタリーナは、かすかに眉根を寄せてひとりひとりと目を合わせてから、たったひとつの空席に視線を投げた。

「会議を招集した本人がまだのようですね」

その言葉と同時に勢いよくドアが開き、人々の視線はいま登場した女のもとへ集まった。乱れた髪を無造作に結んだ女は謝罪の言葉ひとつ告げず、カタリーナにだけぺこりとお辞儀をしてから空席に収まった。イゼフ・ファロディンのネームプレートが置かれた席だった。こうして全座席が埋まった。

「では会議を始めましょう」

いまだにわざとらしい視線をイゼフに送りつづけている人々もいたが、イゼフは気にする様子もなくまっすぐに正面を見据えていた。みなが言いたい言葉をぐっとのみこんで沈黙するなか、カタリーナが進行の手引きをした。

「ご推察のとおり、今日の会議では派遣者最終試験で起こった事態についての対策と、チョン・テリンの処分について話し合いたいと思います。事件の概要はニューロブリックのデバイスで送られた報告書にあるとおりですのでそちらを参考にしていただき、重要事項については、エンマ、ブリーフィングを頼みますよ」

カタリーナの秘書、エンマがびくりと反応し、ホログラムを起動させて事のあらましを読んでいった。周知の事実について長々とした説明は不要だった。各々が考えをまとめて発言を準備する時間が必要なだけで。エンマが言葉を結ぶと、カタリーナはその場の空気を読み取ろうとするように、黙って場内をゆっくりと見回した。ここぞとばかりにひとりの男が口を開いた。男の前に、デンテール・リラというネームプレートが置かれていた。

「チョン・テリンを都市から追放すべきです。正式な派遣者ではないといっても、派遣者の名誉に傷をつけました。錯乱症の芽胞をばらまくなんて、とうてい許されるものではありません」

それを皮切りに、そこかしこから発言が上がった。

「同意します。それを決めるのにこのような非常会議が必要でしょうか？　現職の派遣者による事故ではないのですから、治安維持本部で解決する問題かと」

「しかしチョン・テリンの特殊な境遇を考えると……」

「事は試験中に起こったのですから、われわれも立場を示すべきです。なんとかルートを整備して最終試験そのものは無事に終えられましたが、今後似たような事態が再発したときのために対策を設けるべきでしょう」

「それはもちろんです。しかし、わざわざ立場を表明して派遣本部の問題と受け取られても困ります。前例のないことだし、再発はありえないのだから、不必要な注目を集めるよりもうしばらく待ったほうが……」

「失礼、今日の会議が招集された理由はなんです？　チョン・テリンの処分についてなら、すでに追放ということで話がまとまっているものと思っていましたが」

「ファロディン所長が職権で招集を申し出られました」

その瞬間、冷ややかな視線がいっせいに一方向へ集中した。なかにはわかりやすく嘲笑する者もいた。そんな敵対的な態度にも、イゼフは少しも表情を崩さなかった。

デンテールがいかにも不満げな顔で抗議しはじめた。

「ファロディン、またその話ですか？　もうじゅうぶんでしょう。チョン・テリンは時限爆弾も同じです。それも使い道のない、かえってわれわれにとって仇となる爆弾。これではファロディン先生の評判まで落としかねない。いくらお気に入りの弟子だといっても、ものには限界というものが……」

ものすごい剣幕を帯びていくイゼフに気づき、デンテールは口を閉じた。そこへひとりの女が割って入った。

「手順について問題を提起したいと思います。この会議の招集が受け入れられたこと自体に納得がいきません。カタリーナ本部長もご存じのとおり、チョン・テリンの処分はわれわれの所管ではありません。まだ正式な派遣者ではないからです。治安維持本部では追放刑を下すでしょうが、われわれはそれに反対する立場でもなければ、反対する理由もないのではありませんか」

女はイゼフをじっと見つめながら発言を終えた。カタリーナがファロディンに言った。

「この会議を招集した理由を、全員が納得できるよう説明してください」

「みなさん誤解しているようですが、テリンの処分はわれわれの所管です」

抗議が起こっても、イゼフは落ち着き払った声で続けた。

「思い出していただきたいのですが、テリンはすでに派遣者です。従ってその処分は、派遣者特別懲戒委員会で別途決定することが可能です」

イゼフの発言に人々は表情をこわばらせた。

「いったいなんの話です？」

「テリンは派遣者最終試験にトップで合格しました。正式任命はまだにせよ、現時点で彼女が派遣者資格をもっているという事実だけは否定できません」

「いやいや、ファロディン。そんな無茶な言い分が……」

「事故が起きたのはテリンが派遣者最終試験にパスした直後です。その時点でテリンはすでに研修生になっていました。正式任命はまだといっても、試験をパスした瞬間から派遣者とみなされるという条項の存在は、みなさんお忘れでないでしょう。免責特権を適用し、別途に懲戒委員会を開くことになります」

みな呆気に取られた表情でイゼフを見た。つまりイゼフは、テリンがすでに派遣者であるから、ラブバワの刑事手続きではなく派遣者に対する処分手続きを適用すべきだと言っていた。

「その条項がこんな使い方のためにあるとは思えませんがね。あれは派遣者試験に合格した研修生の任務遂行や学術院入所をスムーズに運ばせるための、例外条項に近いものです……。それに、資格試験に合格したとはいえ、その後の研修過程で重大な欠格事由が生じた場合は資格を剝奪することができます」

「そのとおり。ですが、派遣者資格に重大な欠格事由があると判断するためにも、特別懲戒委員会を開く必要があります」

場内がざわつき、激しい抗議があちこちから飛んできた。

「いったいそこまでする理由はなんなんです？」

「時間を稼いでなにか企んでるんじゃないですか？」

「もしや、いまだによけいな同情心が残ってるのなら……」

「みなさん、わたくしが整理するとしましょう」

カタリーナが冷ややかな声で座中の騒乱を治め、イゼフに向かって訊いた。

「ファロディン所長、あなたの意見を受け入れ、チョン・テリンを派遣者とみなして特別懲戒委員会に付すとして、それでなにが変わるのでしょうね。現段階でこれといった成果を生んでいるわけでもないのに、われわれが懲戒委員会を開いて彼女の追放を防いでやる理由はどこにあるのか。委員会を開いたとて、結果は同じではありませんか？　あなたの主張に同意する者はいないでしょうから。時間稼ぎにはなるかもしれませんが、そうしたところで結果は変わらないということです」

カタリーナの指摘には一理あった。たとえテリンを派遣者とみなして懲戒手続きを変えたところで、追放刑という結果は免れない。その言葉に人々はうなずいた。カタリーナの言うとおり、テリンは派遣者試験をパスしたばかりで、派遣者としての能力や成果を証明してみせたことはないのだ。

だがイゼフは主張を続けた。

「テリンはまだ覚醒していないだけで、能力面では他を圧倒しています。彼女ほど錯乱症に対してほぼ完璧な抵抗性を備えた派遣者は、これまでにもほとんどいませんでした。これほどの人材を利用しないのはもったいないとしか言えません」

「しかし、すでに事故を起こしている。抵抗性などなんの意味があるんです？　すでに異常な行動を取っているのに！」

デンテールの言い分にイゼフが返した。

「今回の事故は、ニューロブリックのエラーのせいです。試験を控えていたため、総括監督の立場からうまく介入できませんでした。追放の代わりに謹慎処分となれば、その期間にわたしが責任をもって……」

「イゼフ！　あなたはいま個人的な感情に流されているだけではありませんか？　そもそも、あの危険な少女を都市に残しておくべきではなかった」

「おいデンテール、言葉を慎まないか」

方々から野次が飛んできた。事実上、イゼフとそれ以外の大多数が対立している構図だったが、イゼフを憐れむ者たちもいた。ここに集まっている人たちは、テリンの過去、そしてイゼフがテリンを引き取り都市へ連れてきた経緯をおおむね承知していた。

カタリーナは頭を悩ませているようだった。派遣者試験に合格した直後にこれほどのトラブルを起こした前例はない一方で、研修生の過ちを特別懲戒委員会で裁いたケースはあった。イゼフの主張が強引だとばかりは言えない。とはいえ、懲戒委員会で追放刑より軽い結論に至るとも考えられなかった。

それまでひとことも言葉を発しなかったラシーレ・トシュが大げさな手振りでみなの視線を集めた。体がおのずと震え上がるほど低い声をもつ男だった。

「ひとつ折衷案を提案します。チョン・テリンを例のプロジェクトに投入するというのはいかがでしょう」

人々は視線を交わし合った。「例のプロジェクト」とはなにかと尋ねる者もいたが、ほどなくそれが指すものに全員が気づくと、さっきまでの喧噪が絶えた。だれかが皮肉るように言った。

「抵抗性じゃだれにも負けないんだから、その資格はありそうだ」

「志願者がいなくて、まだ派遣隊も組めていないそうですが」

「だれが好きこのんでそんな任務に志願するものか」

「そのとおり。あれはあまりに……」

「初めての任務にしては、チョン・テリンは未熟すぎませんか」

「未熟かどうかが問題となるプロジェクトではないでしょう」

ざわめきを縫って、だれかがおそるおそる訊いた。

「追放刑のほうがまだましなのでは？」

同調する声が続いた。

「プロジェクトの内容を知る者としては、あまりに過酷ではないかと。追放刑のほうがまだましです」

ラシーレはまたもや大げさな手振りをしながら、一座を見回した。

「しかしチョン・テリンの特性を考えると、このプロジェクトこそ彼女にふさわしい任務ではありませんか？　必要となるのは高い抵抗性と、なにより、わが身を顧みない性向です」

一部の者はうなずき、一部の者は顔をしかめた。ラシーレが続けて言った。

「おまけに、これなら正当な理由になります。任務を完遂して戻ればラブバワにも大きな利益をもたらしますから、追放を免れるいい免罪符になるでしょうね。結果はどうあれ、ラブバワ市民もさほど不満に思わないでしょう。このくらい危険かつ意味のある任務であれば処罰としてはじゅうぶんだと感じるはずです。むろん、われわれ派遣本部が過度に市民の顔色をうかがう必要はありませんが、不必要な論争を生む必要もありませんからね」

ラシーレの言葉を最後に、さらなる意見を加える者はいなかった。その提案には、いまのいままで空回りしつづけていた議論を本題に引っぱりこむ魔法のようなパワーがあった。人々はひとつの質問の前に集合した。チョン・テリンをプロジェクトに投入するのか?

「チョン・テリンを危険度の高いプロジェクトに投入することは処罰にもなるという意味で可能でしょうが、あの任務は生還率が非常に低かったかと。単純な調査ではないものと承知していますが」

「そのとおり。よりによってあのプロジェクトである必要があるんでしょうか?」

「該当する任務はほかにもあるかと……」

「ではこの問題こそ、ファロディン先生に決めてもらうのがよさそうですね。いかがです?」

イゼフの向かい側から嘲るような声が聞こえてきた。

「ごもっとも。あの残酷なプロジェクトの設計者はほかでもない、ファロディン先生なのですから」

イゼフの表情が苦しげにゆがんだ。

*

ポタ、ポタ、ポタ。

水滴の落ちる音が規則的に聞こえてくる。床が冷たい。目を開けると、暗く狭い部屋にいた。上方に、錆びた窓格子が見える。部屋を照らしているのは、いまにも消え入りそうなぼんやりとした照明だけ。

テリンはずきずきと痛む腕を動かしてみた。予想どおり、うまく動かない。応急処置としてか、包帯がぐるぐる巻かれている。激しい痛みを覚えた刹那、ジャスワンの顔が目の前に浮かんだ。最後に見た彼の表情。困惑と絶望の入り混じる、あるいは、とがめるようなまなざし……

ふらつきながら立ち上がった。ここから出なければ。誤解を解かなければ。わたしのしたことじゃない、わたしのなかに入りこんだものがしたことだと説明しなければ。だが、さらなる記憶がよみがえった。この数日間、同じ言葉をくり返してきた。同じ説明をくり返してきた。監視人たちはテリンを物のように扱って検査機に放りこんだ。だれかが蔑むような口調で言った。おまえは狂ってる。錯乱症じゃなくたって、とっくに狂っちまってる。

だれも信じてくれないだろう。テリンが自分の意志でやったことではないと。統制権を奪った何者かがテリンの内部に存在すると。

ならばどうすればいいのか。逃げる？　内なる苦悩の声が波のように押し寄せた。逃げるならどこへ？　地下都市を捨てる？　声がテリンに訊いた。行くあてなんかないでしょ。地上で暮らしていけるの？　たとえ地上で精神を保てたとして、ひとりで生きることになんの意味があるの？　そこにはイゼフもソノもジャスワンもいないのに……大切な人たち、愛する人たちがいない地上に意味などあるだろうか？　ない。生涯檻のなかで罪を償いながら生きるとしても、テリンはこの都市を捨てられなかった。そうしてはならなかった。

ポタ、ポタ、ポタ。

また水滴の落ちる音が聞こえてきた。テリンは床にしゃがみこんだ。外から金属製のなにかをカン、カン、と打つような鋭い音が響いてくる。

ジャスワンはどうなったんだろう？　ソノは？

苦しげな表情を浮かべるジャスワンの姿が思い浮かんだ。のこぎりの歯のような氾濫サンゴ、理性を失ったテリンが力任せに袋を破いて取り出した、あの刺々しいサンゴがジャスワンを刺した。ぽたぽたと血が滴った。テリンを制止しようと全身でかばったせいで、サンゴはいっそう深くジャスワンを突き刺しただろう。サンゴがめりこんでいく感触が鮮明に残っていた。そして、それでも暴れつづけているテリンに向かって近づいてきていたソノ……

罪悪感が喉をしめつけた。

あいつを殺してやる。ほじくり出してやる。追い払ってやる。

でもどうやって？　ソールはほかでもない、この頭のなかにいるのに。

怒りがこみ上げた。憤りをぶちまけたかった。歯がゆいのは、それが自分のなかにいる存在だということだ。だれかを恨もうとすれば、その矛先は自分自身に向くことになるのだった。

ひょっとすると、ソールなんて存在は最初からいなかったのかもしれない。

ひょっとすると、すべては自分のつくり上げた想像の声なのかもしれない。

ひょっとすると、このとんでもない事件を起こしたのも、結局は自分自身なのかもしれない。そう思うとぞっとした。

時間は排水管をふさぐ粘液のようにゆっくりと流れた。

気がつくと、床に粗末な食事が置かれていた。テリンは包装紙を破いてパンを口に押しこみ、再び気絶するように眠りに落ちた。こんな状況でも空腹を感じることが、忌まわしくも惨めに感じられた。

闇をにらみながら最後の瞬間を、ジャスワンとソノの顔を思い浮かべては、また思い浮かべた。時がどんなふうに流れているのやらわからなかった。いっそ死んでしまいたかった。死んでもう一度やり直せるなら。

テリンは目覚めるたびに絶望し、再び眠った。

これ以上生きたくないと思ったのも束の間、次の瞬間には希望を抱いた。

絶望の底でもはや時間の流れを感じなくなったとき、手首を切るか舌を噛むかして強制的に時間を流れさせたいと思ったそのとき、扉越しに監視人の声が聞こえた。

「出ろ。お呼びだ」

それが死刑宣告なのか、それ以外のなにかなのか、テリンにはわからなかった。

*

テリンは監視人のあとに従った。通路の前方、扉の向こうで収監者が足音に気づいたのか、ここから出せと怒鳴りながら扉を蹴りつける音が聞こえた。監視人ははたと足を止め、その扉に付いているボタンを押した。なにかを焼く音、かすかな焦げ臭いにおいとともに、扉の向こうが静かになった。監視人はなかをのぞこうともせず、再び歩きはじめた。テリンもそれに従った。

監視人がテリンを連れてやって来たのは、古びた面会室だった。面会室というプレートを見て、テリンはジャスワンとソノを思い出した。ふたりがなかにいてくれたら、元気な姿で目の前に現れてくれたら。願うような気持ちでなかへ入ったが、机の向こうにはひとりの女が座っていた。テリンの知る顔でもあった。派遣本部の本部長であり、学術院長も兼任しているカタリーナ。彼女が冷ややかな表情を浮かべ、軽く腕組みをしてテリンを待っていた。

テリンが向かいの席に着くと、監視人はカタリーナに向かって恭しく挨拶してから出ていった。凍りついた空気のなかに、テリンはひとり残された。この人がなぜここに？　決定した処罰を伝えるため？　でも、それだけのためにこんな偉い人がみずから出向くだろうか？　数々の疑問が頭を巡るなか、中低音の声が冷たい空気を横切って届いた。

「さて、どうお過ごし？」

テリンは頭を垂れたまま答えた。

「わたしのしたことに比べたら、恵まれすぎています」

「そう話すくらいの理性は残ってるようね」

テリンはカタリーナの表情を探りたかったが、どうしても目を合わせることができなかった。

「このところ大変ですよ、あなたのおかげで」

まだ外の様子は聞いていなかった。だが、事は派遣者試験の最中に起きたのだから、関係者たちは間違いなく頭を痛めているはずだった。とくに、試験の総括を担っているイゼフは……罪悪感が肩にのしかかった。言える言葉はひとつしかない。

「申し訳ありません」

「そうね。だから聞かせてちょうだい。なぜあんなことをしたのか」

テリンは初めて顔を上げた。カタリーナは無表情ではあれ、怒っているようでもなかった。もっとも、たとえそうだったとしても、彼女ほどの人がここへ来るのは、たんに怒りをぶつけるためではないはずだ。謝罪の言葉を聞きにきたわけでもないだろう。

「不良のあったニューロブリックが正常に作動したことに浮かれるあまり、試験にパスした直後にエラーが発生した際、コントロールできませんでした」

嘘は通じないと思い、テリンは事実をありのままに話した。子どものころに接続を切ったはずのニューロブリックが、数カ月前から不安定に繋がりエラーを起こしたと。最終試験の直前にコントロールできるようになったと思ったのに、それは勘違いだったと。テリンの話が終わっても、カタリーナの沈黙は続いた。テリンはじっと次の言葉を待った。

カタリーナが左手の人さし指で机を叩きながら言った。

「サンプル採取の際にプロトコルを無視したとか」

「泡形の氾濫サンゴを形を崩さず採取できたら加算点になると判断しました」

「地上では珍しくないものですよ」

「わたしの判断ミスです」

採取を提案したのはソールだったが、それを実行に移したのはテリンだ。ひとつひとつ振り返るたび、自分の甘さに我慢がならなかった。

「自分が望んでやったこと、という可能性は？」

行間から質問の意図を読み取ったテリンは、うろたえながらカタリーナの目を見返した。

「決してそんなことは。今回のことで傷ついたのは、わたしの最愛の人たちです。絶対にそんな意図はありませんでした」

慌ててそう返したものの、カタリーナの反応はない。テリンは視線を落としながら、相手がなにを望んでいるのか考えた。自分が計画的に今回の事態を引き起こしたと思っているのか？　だれかと共謀して？　氾濫体を意図的に都市に持ちこむ集団、または「不穏派遣者」の話はテリンも聞いたことがあったから、疑われても不思議はない。だが、カタリーナにそう思われることだけは防ぎたかった。

「本当に、そんなことはありません」

崖っぷちの心情でそう口にするや、別の疑問が湧いた。そう伝えたところでなにが変わるだろう。どのみちチョン・テリンは、意図的であれミスであれ、とんでもないことをしでかしたというのに。

黙ってテリンを見つめていたカタリーナが低い声で言った。

「あなたが追放刑を逃れる方法がひとつだけあります」

テリンの胸が大きく鼓動した。

「選びなさい。派遣任務を引き受けるか、ラブバワの刑事処罰を受けるか。これまで人が集まらず保留になっていたプロジェクトです。この任務に耐えられる抵抗性適合者がいなくて。志願者もね」

錯乱症への高い抵抗性が求められるが、志願者がいない任務。通常、任務は派遣者が選ぶのではなく本部から与えられる。それにもかかわらず、志願者がいないという理由で保留されてきたということは、極度に危険なプロジェクトなのだろう。おそらくは、生還の可能性がひどく低い任務。

だがテリンには選択肢がなかった。

「行きます」

テリンの即答にカタリーナが笑った。

「任務の中身も聞かずに？」

「わたしにほかのチャンスがあるとは思えません」

「身の程はわきまえているようね」

皮肉かどうかの区別もつかないまま、テリンは頭を垂れた。危険な任務よりも、カタリーナがいましがたの提案を取り消すことのほうが怖かった。派遣本部は人材を無駄遣いしない。本部はテリンをたんに見捨てるのではなく、適切な場所で消耗しようとしているのだ……。しかしそれでも、テリンにとってこれは唯一のチャンスだった。それを逃す手はない。

「派遣者試験の直後に追放されるという不名誉を負うよりは、今回の任務を全うして戻るほうがいい結末といえるでしょう。あなたにとっても、われわれにとっても」

カタリーナはひとりごとのようにつぶやいた。テリンは沈黙を守った。なにがあろうと、二度と戻れないよりはましだ。みんなを失うよりはずっと。そこでなにかを失うことになろうとも。

カタリーナが腰を上げ、扉のほうへ歩いていった。

「そうそう、参考までに」

そして思い出したように振り向いて言った。

「ファロディンはあなたがこのプロジェクトに参加することに反対していました」

つと、たとえようのない感情がテリンの胸を掠めた。だれよりもテリンの追放を望まないはずのイゼフが反対したとは、いったいどんな任務なのだろう。テリンは息を吸いこんでから言った。

「……それでも行きます」

カタリーナは多少の嘲笑を含んだ顔でテリンをちらと見てから、向き直って扉の向こうへ消えていった。

監視人が戻ってきて、テリンを収監室ではない別の場所へ導いた。テリンは、自分に与えられた時間はないのだと知った。さきほどの決定を翻す機会も。

イゼフに会いたかった。説明したかったし、謝りたかった。イゼフがなにを思っているのかも知りたかった。いや、ただイゼフに会いたかった。無理だとはわかっていても。

出発は六時間後。日の出の直前だった。

＊

白々とした明け方の日差しが天窓へ伸びていった。地下都市に降り注ぐひとにぎりの光、そのかすかな光の下、テリンは深く息を吸いこんだ。

出発のときだ。二度と戻れないかもしれないが、それでも行かねばならなかった。別れの挨拶をする機会もなかった。それがいまのテリンの境遇だった。追放か、価値を証明して帰還するか。

海底通路へ下りていく道の前で、テリンはほかの派遣者たちを待った。派遣隊はテリンを入れて三人。少し前に、残りのふたりの簡略なプロフィールがデバイスに送られてきた。

チームのリーダーはマイラ・ロドリゲス。派遣者歴は二十年を超え、それにしては若く見えた。めったにないことだが、よほどの実力があればアカデミー課程を省略して現場に投入されることもあるらしく、そのケースに該当するようだ。ニュークラッキー基地奪還にあたって核心的な役割を果たしたというメモがついていた。キャリアを積めば研究部署へ移る者が多いなか、マイラはつい最近まで現場任務に就いていた。

もうひとりはネシャット・デミル。こちらの経歴は十年ほどで、早々に現場から研究方面に移り、研究所で重責を任されてきたらしい。研究歴に論文がびっしり並んでいたものの、重要なワードはすべて機密扱いになっていて内容はほとんどわからなかった。

続いてプロフィールを読んでいると、金属製のドアがキイッと音を立てて開いた。テリンはそちらを振り向いた。力強い足音が聞こえてきた。

「ワオ、あのおちびちゃんが、あたしらに預けられたトラブルメーカー？」

暗がりから、テリンのほうへ歩いてくるふたりの女の顔が現れた。片方は、いかにもあどけない顔をしたホワイトブロンドの女。四方に伸び放題のくせ毛をいじりながらニヤニヤ笑っている。

「いや、反対？　あたしらを預けられたかわいそうなおちびちゃん、かな。どっちにしろ、超キュートじゃん。ね？」

おそらくこちらがネシャットだろう。テリンのことをおちびちゃんと呼んではいるが、そういう本人も見かけはテリンと大して変わらない歳に見え、体もそう大きくない。

その隣に立つ女、マイラはなにも答えない。全身を包む黒い服の上からでも、がっしりとした体格がわかる。肩で切りそろえられた髪と、完全なる無表情。

テリンはふたりと目を合わせながら挨拶した。ネシャットがテリンに向かってにかっと笑って見せたが、挨拶を受け入れてくれたのか、たんなる嘲笑なのかわからなかった。マイラはテリンをひとしきり見つめてから言った。

「マイラ・ロドリゲスと言います」

第一印象からすれば意外な、ずいぶん丁寧な物言いだった。ただし、不必要な会話はしたくないという意味にもとれた。

「チョン・テリンです」

よろしくお願いします、と言いかけて、テリンは口を閉じた。危険な任務を前に礼儀を重んじるほど馬鹿らしいことはないだろう。

またドアの開く音がした。振り向いたテリンは驚いた。派遣者用の長いローブをまとった三人のなかに、イゼフがいた。ネシャットは好奇心丸出しの表情でイゼフを見ていたかと思うと、続いてテリンに視線を移した。そしてどこか含みのある笑みを浮かべた。

ふたりのスタッフがマイラ、ネシャット、テリンにリュックサックを渡した。派遣者は普段から個々人で武器を所持しているが、テリンにはまだ携帯している武器がなかったため、スランバー銃とサバイバルナイフを追加で手渡された。リュックのなかには基本的な装備と道具、非常食と飲み水が入っていた。水と食糧まで入れるとかなりの荷物だったが、海底通路からヌタンダラ大陸まで移動したら、そこからは必要量だけまとめて地上へ向かうという。

最終点検をするスタッフたちのそばで、テリンはリュックの中身をもう一度確かめた。イゼフと話したいのは山々だったが、そんなチャンスはなさそうだった。ちらちらと横目で様子をうかがってみたものの、イゼフはわざとテリンの視線を避けているように見えた。胸が痛んだ。イゼフは自分を信じ、警告までしてくれたのに……その言葉に背いたのはテリンだった。正直になっていたら、頼っていたら、助言に従っていたら。だが、いまとなっては取り返しがつかない。目が合ったら取り乱してしまいそうだった。だからいっそ、ひとことも交わせないこの状況がありがたいとも言えた。

点検が終わった。スタッフのひとりが電動台車にすべての荷物を積み、もうひとりが階段のほうへ移動した。イゼフが言った。

「それでは誓約式を」

マイラとネシャットが手を掲げるのを見て、テリンもそれに倣った。試験のために暗記しているときは、こんなふうに任務に追い立てられるようにして宣誓することになるとは思ってもみなかった。われわれは人類のために動く。われわれは真実と知識の護り人として、地上を取り戻すためにそこへ赴く。われわれは正直かつ誇り高く行動し、慎重に判断することをここに誓う……憧れつづけてきたこの宣誓を遺言さながらに口にするとは思わなかった。それでも、この宣誓を口にする機会が与えられないよりはましだった。テリンは重たい気持ちで宣誓を終えた。

イゼフが軽く会釈をして口を開いた。

「アナログ信号が届くところまではデバイスを通じて指示を出します。諸君の幸運を祈ります」

出発前の形式的なものなのか、イゼフが派遣者たちに手を差しのべた。前のふたりと握手を交わしたイゼフは、最後にテリンの前に立った。テリンはいかなる個人的な挨拶もできないことを悟り、できるだけ淡々とイゼフの手を握ったものの、心が押し潰されそうになるのを感じた。そんな感情に耐えながら手を離したテリンは、手のなかの物に気づいた。小さな封筒だった。

イゼフはテリンのほうを見ないまま、後ろへ下がった。

テリンはだれにもばれないよう用心しながら、上着のポケットにいま受け取ったものを隠した。

2

真っ暗な通路を内陸へ向かって走る最初の数時間、運転席のマイラは一度も口を開かなかった。追放も同然の任務とはいえ、さすがにいきすぎのようにも思われた。幸いにも、テリンが懸念していたような気まずい沈黙はなかった。後部座席のネシャットが、出発した瞬間から息もつかずにくっちゃべってくれたおかげで。

「でね、そのときマイラがすんごいアイデアを出したのよ。氾濫化した動物は、同じ氾濫化した動物には警戒心をゆるめる傾向があるの。もちろん、食物連鎖のなかでお互いに食べて食べられての関係にあるんだし、絶対に襲わないってわけじゃないんだけど、氾濫化してない動物に対するときとは違うってこと。マイラはそれを逆に利用したのよ！　そこで『ヒツジ飼いのオオカミ』案が初めて取り入れられて……」

だが、ネシャットの永遠に終わりそうにないおしゃべりが気まずさを打ち消すためのものではなく、ひたすら自己満足のためであることに気づくまでに長くはかからなかった。はじめのうちは相槌を打ったり短く答えたりして付き合っていたテリンだったが、しばらくするとそれにも疲れ、半ばどうにでもしてくれという気持ちで聞いていた。

「……言ってみればこの海底通路も、十日ごとに清掃マシンを送りこまなきゃなんないってんで維持費もバカにならないでしょ。でも、境界地のスルベノで重要な研究試料がたんまり取れるから、派遣者を送らないわけにもいかない。トンネルの真横には自動運行のレールが敷かれてて、昔は基地建設のための物資を運ぶのに使われてたんだけど、今は閉鎖されてる。この道路の維持についての研究は、あたしがまだ新入りだったころに共同で行った研究でもあって……」

テリンは、ネシャットが自分と同じ、ニューロブリックに故障を来した人なのかもしれないと思った。または、ニューロブリックとは関係なく、どこかおかしいか。そうでなければ、こんなにおしゃべりなはずがない。

「あの、おふたりはもともと一緒にお仕事を？」

「一緒に仕事をしたことはありません」

沈黙を貫いていたマイラが先に答え、テリンをぎょっとさせた。言われてみれば、マイラは現場中心、ネシャットは早々に研究に移行したというのだから、ふたりが今日初めて会ったとしても不思議ではない。後部座席からアハハ、とネシャットの笑い声が聞こえてきた。

「同じチームだったことはないけど、有名だったよ。リーダーが同行すれば生還率が高まるって。みんな一緒に働きたがってさ。そんなにすごい人がなんだってここにいるんだか」

冷やかしに聞こえて、思わずマイラのほうをうかがったが、その表情に変化はなかった。テリン自身も、マイラがどういうわけでこのチームにいるのか気になった。とはいえ、いまのマイラに答えてくれそうな気配はなかった。

内陸へ向かう通路は、途中で分かれ道になっていた。そこまでは曲率のほとんどないまっすぐな道路で、道を遮るものもないため、運転席のマイラが別途アクションを起こすこともなかった。ところが分岐点を過ぎてからというもの、車が一時停止することが増えた。道路に迷いこんだ野生動物の死体が原因だった。ネシャットの説明によれば、こちらへ派遣者が送られることは珍しく、道路の管理が行き届いていないためだという。

大きな角をもつムースの死体を片付けるのも三度め。へとへとになっているところへ、ネシャットがここで食事にしようと提案した。ムースの死体の近くで食事というのも気乗りしなかったが、先にあるのはこれ以上の惨状だと思えば適応するしかない。マイラが車を点検し、ネシャットが装備と残りの食糧を調べているあいだ、テリンは食糧キットのオムレツを温めた。簡易椅子に腰かけて生ぬるいオムレツの二口めをすくい上げたとき、ネシャットが訊いた。

「新入りは、なんだってこんな任務に投入されたの？　派遣プロトコルを見ても情報はゼロだし。あたし、ここまでまっさらな新入りと仕事するのは初めてでさ、気になることだらけなわけ」

テリンは内心ぎくりとしたが、なるべく平然を装ってオムレツを嚙み砕きながら、どう答えようかと悩んだ。ネシャットは、自分がここに来ることになった経緯を知らないのだろうか？　いや、そんなことが？　派遣者ならあの事件を知らないはずがない。だとしたら考えられるのは、ネシャットが実際に研究に打ちこんでばかりで世事に疎いか、知りつつも意地悪で訊いているか、あるいは、ここに来る前のネシャットもテリンと同じ境遇だったか……その表情から推察するのは難しかった。

「テリンは、錯乱症の抵抗性が、測定可能な最大数値に近いと聞きました」

口数の少ないマイラが口を開いた。

「わたしとネシャットも似たようなものです。それが、われわれがこの任務に投入された理由かと」

ネシャットがテリンを見てくすりと笑った。絶妙なタイミングで話を切ってくれたマイラがありがたかったが、ネシャットの反応からして、やはりそれだけの理由ではなさそうだ。間違いなく、ふたりにはこの場で言えない別の理由がある。

ネシャットが運転を代わった。しばらく走ってから、途中で睡眠をとった。そうしてまた走り出しては止まりながら、動物の死体を四度ほど片付けた。また走り出してしばらくたったころ、前方からにわかに光があふれてきた。海底通路の果てにたどり着いたのだ。

「見てな、新入り。一度きりの瞬間だから」

ネシャットが速度を上げた。車がものすごいスピードでトンネルの外へ飛び出していく。視界がいっきに光で満ちた瞬間、ネシャットが再び速度を落とした。テリンは目の前に現れた風景に目を見張った。

道路は間もなく途絶えた。車を停めたネシャットが助手席のテリンを見て、にたにたと笑った。途絶えた道路の左手に、氾濫体の森と巨大な氾濫柱が果てしなく広がっていた。キノコ形の氾濫柱の幅広の傘から、芽胞が雨のように降りしきっている。明るい黄色の芽胞が積もり積もって、地面もペイントしたように色づいている。柱は圧倒的な高さと存在感をもっていて、あたかも地上が巨人たちに支配されているかのような印象を与えた。道路の右手には白い砂浜が広がり、その向こうに緑色の海が見えた。汎濫体は海では育ちにくいものの、一部の水性汎濫体は水面を漂いながら海を不思議な色に染めるという。海は日差しの下、明るいエメラルドグリーンと深緑色を行き来しながら宝石のように砕けた。

「すごいでしょ？　あたしたちから奪われた色が、この地上にはある。初めてこの風景を見たときは、悔しくて眠れなかったんだから。この美しい星があたしたち人間のものじゃなく、こいつらのものだなんて」

ネシャットは冷ややかなまなざしで辺りを見渡した。いまこの瞬間、テリンは地上に魅了され、と同時に地上を憎悪するということの意味を知った。それはとてつもなく複雑で、目がくらむような感情だった。この風景を美しいと感じながらもわがものにすることはできない、地上から追放された人間が抱くことになる感情。

＊

汎濫柱の芽胞が舞い散る範囲を考慮して、汎濫体からじゅうぶんに距離を取った海辺に車を停めて固定した。ベースキャンプ代わりというわけだが、無機物もあっという間に分解してしまう汎濫体の特性を考えればいつまでもつかわからないとマイラが言った。移動に必要なぶんだけ食糧を詰め、装備の最終チェックをした。周辺を探索し、車に保護膜をかぶせる作業に午後いっぱいかかった。早めに野営を始め、早朝から動くことに決まった。

野営に入る前に、マイラが任務の事前ブリーフィングを始めた。

「早朝から目的地に向かって迅速に移動します。ネシャットにはニューロブリックで、テリンには個人デバイスで地図を送ってあります」

「リーダー、この任務の真の目的はなに？」

ネシャットが尋ねると、マイラは無表情で答えた。

「目的地の調査です。目的地は派遣本部から設定されており、それ以上の情報は話せま……」

「ちょっとちょっと。三人ぽっきりで命懸けの任務に臨ませといて、本当の目的も教えてくれないっての？　あたしはいいとして、この新入りのおちびちゃんはどうして自分が死地に送られたのかもわかってないみたいよ」

とつぜんネシャットからなにも知らない新入りのおちびちゃん扱いされたことが腑に落ちなかったものの、テリンも任務の目的を知りたかったので黙っていた。マイラはテリンとネシャットを交互に見てから、ため息をついて言った。

「今回の任務の目的は、ふたつめの地上基地の候補エリアを探査することです」

「はいはい！　やっぱりね。そうだと思った」

ネシャットが満足げな笑顔を浮かべてぺちゃくちゃとしゃべりはじめた。

「うん、どうりで。ニュークラッキーだけじゃ足りないもんね。てことは、ヌタンダラ西方は外れだったたってことか。わざわざ探査も難しいこのエリアに建てようってんだものね。あたしたちを送りこむだけの決め手があるにはあるんだけど、あらかじめ偵察が必要で。偵察隊が死のうがどうしようがどうでもいいけど、抵抗性が高いに越したことはないってわけだ！　おもしろいチームね、あたしたち。高価な消耗品みたいじゃない？」

ネシャットがそうまくしたてるのを聞きながら、テリンはなぜイゼフが自分をこの任務に就かせまいとしたのか、少しだけわかる気がした。危険性の高さからまだ探査されていない地域、だが地上基地の候補地であるがゆえに必ず探査が必要で、先発隊を送り出さねばならない……。当然、先発隊の生還率は低いに決まっている。後続の派遣者たちは先発隊から得た情報で生存可能性を高められるだろうけれど。

新入り、あるいは新入りの資格さえないテリンが投入されたのもそのためだろう。必ずしも生きて戻る必要のない、とにかく送りこむだけでも意味のある人材だから。

だが、それだけではなさそうだった。直感がそう言っていた。マイラが打ち明けないこと、もしかするとマイラでさえ知らないなにかがあると。胃がむかついた。

マイラが淡々と言った。

「高価な消耗品という言い方は極端です。生きて戻るほうが、われわれにとっても派遣本部にとっても得になりますよ。死体よりは生きた派遣者のほうが多くの情報を握っていますから」

「へえ。ほんとにそうか見届けるとしますかあ、リーダー？」

ネシャットが言葉尻を伸ばしながら笑った。

就寝前、テリンは目を閉じてソールの痕跡を探してみた。最終試験での出来事以降、ソールはおとなしかった。なにも言わず、じっと息を殺してなにかを待っているようだった。幻聴も見なければ、波のような動きも感じられない。初めは激しい怒りを覚え、いまはとにかく知りたかった。ソールは本当に自意識をもつ存在なのか？　それならいったい、なぜあんなことをしたのか？　いますぐこのニューロブリックを脳から取り出すことはできないのか？

ソールがまた戻るようなことがあったら……

ソールのことを考えると、鼓動が速まった。まるで、脳にいたソールが心臓まで下りてきたかのように。テリンは深呼吸をして気を落ち着かせた。それから内ポケットを探り、そこにイゼフから渡された小さな封筒があるのを確かめた。いまのところひとりの時間がなく、まだ中身を見ることもできていない。でも、イゼフが自分を心配して渡してくれたものがある、その事実を思い出すだけで心が少し安らいだ。

三人は交代で眠ると、日が昇る直前に荷物をまとめて出発した。引き続き内陸へと進み、空が白むころには湿地へ到着した。川の流れをさかのぼるルートだった。海岸から遠ざかるにつれ、風景は何度も塗り重ねた油絵のように色濃く、鮮明になっていった。

エメラルドグリーンの川の向かい側には、マングローブの木が、赤い呼吸根をとがった歯のようにむき出しにして並んでいた。鮮やかな赤紫色の氾濫柱がそびえ立ち、長い傘から芽胞を落としている。ひどい悪臭が鼻をつき、ぬかるんだ地面に足を取られた。機能性長靴に履き替えても歩きにくいことに変わりはなかった。

これまで探査されたことのない場所なだけに、未記録の生物やユニークな氾濫体のパターンが見つかったが、この任務の優先順位は目的地の探査であるため、先を急いだ。ぬかるみをなんとか通り抜けたところで氾濫化したワニ三頭を見つけ、気づかれないよう息を潜めねばならなかった。湿地を離れても、地面は相変わらずぬかるんでいた。

日没が近づいていたが、野営地を決めるのに手間取った。スコールが頻繁な地域では、ゆるやかな傾斜の高地帯を見つける必要があった。長い時間をかけてようやく、ちょうどいい丘を見つけた。

「今日はあそこで野営するとしましょう」

マイラの指示どおりに木の枝を拾いながら移動していると、背後でネシャットが叫んだ。

「危ない!」

テリンはとっさに身をかわした。ところが次の瞬間、なにか冷たく湿ったものに視界を覆われた。息が詰まった。鼻から、口から、そして耳からそれが入りこんでくる。テリンはじたばたしながら必死でそれを引きはがそうとした。そのとき背後から強い衝撃が加わり、テリンはその場に倒れた。顔の近くに熱気を感じた。と同時に、鼻と口をふさいでいた粘液が四方へ散った。テリンはようやく息を吸いこんだ。

顔を上げると、マイラとネシャットがスランバー銃で地面を狙っていた。銃口が向けられた先に、テリンがこれまで一度も見たことのない奇妙なものがあった。

垂れ下がる長い枝をつたって、粘液がぽたぽたと流れ落ちている。その鮮やかな紫色の粘液は、地面に集まって徐々に大きくなっていった。ゆっくりと固まって巨大なものになりつつあった。さっきテリンを襲ったのも、その一部らしい。正体はわからないままだ。

ネシャットが冷ややかな表情で武器を持ち替えた。

「気持ちの悪い。次から次へとよくも煩わせてくれるよ。ねえ？」

次の瞬間、巨大な粘液がネシャットに飛びかかった。マイラがスランバー銃を発射したが、銃弾が粘液に吸収されたのか効果がない。ネシャットが悲鳴を上げながら手元のスランバー銃を振り回し、それがもう少しでテリンにぶつかるところだった。粘液はスランバー銃の刃の部分で切り裂かれたが、またすぐにくっついた。粘液がネシャットの手からスランバー銃を奪って地面に落とした。

「テリン、こっちへ！」

マイラが叫びながらテリンを引っぱると同時に、背後になにかを投げた。走りながら振り向くと、それは火種だった。氾濫網を伝い、一瞬にして炎が広がった。煙が周囲を覆っていく。ネシャットの顔にへばりついていた粘液が散っていった。ネシャットは膝からくずおれ、地面に倒れこんで咳きこんだ。テリンはネシャットの片手をつかんで煙のなかから引きずり出した。

三人がどうにかその場を逃れたころには、すでに日が暮れはじめていた。テリンが平らな岩に上って息を整えていると、ぽつぽつと雨粒が落ちてきた。

「ふう……のっけから死ぬかと思った」

ネシャットがいつになく険しい顔で岩を蹴りつけた。

「さっきのあれ、なんだったんでしょうか？　シミュレーションでも見たことがありません」

テリンの問いに、マイラが答えた。

「氾濫体の未発見形態のひとつだと思います。できれば調査すべきですが……目的地への移動が優先かと」

マイラの声は冷静だったが、その言葉の意味するところに慄然とした。ここは探査されたことのないエリアで、腕利きの派遣者にもなにが現れるか想像がつかない。テリンは放心したようにつぶやいた。

「まるで巨大な生物みたいでした。ひとつに固まって動く」

地上では氾濫体が群集をつくるということは知っていた。氾濫サンゴや連結網などが主な例だ。それらは増殖しながら四方へ広がり、相互に繫がった巨大な群集体を形成する。だが、それ自体があんなふうに躍動的に攻撃してくるとは思ってもみなかった。

「あたしたちはまだ、氾濫体についてなにも知らない」

ネシャットがスランバー銃に残った粘液を拭き取りながら言った。

「氾濫体は、地球上のどんなものとも違う。あいつらは、個別にいるときはなんでもないように見える。でも、増殖しながら枝を伸ばして群集をつくると、あたかも知能を備えてるみたいに行動しはじめる。人間の神経細胞みたいに、別々の場所に小さな個体でいるときはこれといった機能をもたなくても、神経網を形成したとたん恐ろしい存在になるってわけ。でも……」

ネシャットの眉間にぐっとしわが寄った。

「さっきのああいうのは初めて。粘液質だなんて。宿主と結合してるわけでもなく、あいつらだけで粘液の塊になってるのは初めて見た。ああ、気持ち悪い！　残らず燃やしてやるべきだったのに」

「火で対処するのはいい判断ではありませんでした」

マイラが淡々と言った。ネシャットも反論しようとはしなかった。派遣者は森のなかで目立ってはならない。氾濫化した生物はひとつの個体が攻撃されると、集団で報復してくる。スランバー銃を使う際は無力化モードを優先順位とし、やむを得ない場合にのみ殺傷モードを用いるのもそういう理由からだ。さきほどの粘液質の氾濫体にはスランバー銃が効かず、火には反応した。氾濫体が形態や宿主を代えればその特性も変わる。そのため対応が難しいが、火を使えばその場をしのぐことができた。しかし、火はあまりにも目立つ。

「雨ですぐに消えたはずです」

激しくなっていく雨を見上げながらテリンが言った。マイラがため息をつきながら腰を上げた。

「適切な場所とは言えませんが、ここで夜を明かすとしましょう」

大きな岩の上に簡易テントを張り、三人で狭苦しい空間に収まった。今日の戦闘で痛めた箇所がずきずきした。テリンは鎮痛剤を飲んでようやく目を閉じた。夜が深まるとともに雨脚はさらに強まっていく。このまま降りつづけて地上の氾濫体を洗い流してくれればいいのにと、テリンは思った。それがむなしい希望だと知りつつも。

明け方早く、テリンは喉の渇きで目を覚ました。ふたりを起こさないように気をつけながら外へ出ると、透きとおるような青い空が待っていた。外に設置しておいた浄水台には、夜のあいだにじゅうぶんな水が溜まっていた。一部を水筒に移し、試験紙で安全を確かめてから飲んだ。冷たい水が体に染みていくと、頭が冴えわたる気がした。

するとようやく、ほの白んできた周囲の森が視界に入ってきた。木々にまといつく連結網がほのかな光を発している。まだ鳥のさえずりも聞こえない明け方の森は物寂しかった。だがこの感情は、人間がこの風景から爪はじきにされたがゆえのものなのかもしれない。

テリンは内ポケットからイゼフにもらった封筒を取り出した。封筒の表面にかすかに凹凸を作っているなにかが手に触れた。メモだけでなく、ほかにもなにか入っているようだ。テリンは緊張しながら、まずはメモを開いた。イゼフはなにを言いたかったのだろう。

そこには殴り書きされた文字があった。

〈必要なときに一度だけ。必ず助けに行く〉

それを見た瞬間、心が揺さぶられた。封筒を開いて同封されたものを出そうとしたとき、だれかの気配を感じた。テリンは急いで封筒を内ポケットにつっこんだ。テントからマイラが出てきていた。

「飲み水を水筒に移してたんです」

テリンは余計なことだと思いながら浄水台を指した。マイラはいましがた起きた人に似つかわしくない、きりりとした顔でぺこりと挨拶すると、テリンのそばに来て水を飲んだ。

うろたえながら水筒の蓋を閉めるテリンに、マイラがだしぬけに尋ねた。

「そういえば、テリンはイゼフ・ファロディンとどういう関係なんですか？」

こっそりメモを開いていたのを見つかった？　いや、そんなはずはない。マイラがなにげない様子で付け加えた。

「出発のときに来てましたよね。出征式でイゼフを見るのは初めてだったので、おそらくテリンと関係があるんだろうと」

イゼフが出征式に立ち会うのは珍しいことだったらしい。喜べばいいのやら申し訳なく思えばいいのやらよくわからなかった。どう答えればいいのかも。イゼフとの関係をどう説明すればいいだろう。

「その、イゼフは……わたしの先生なんです。小さいころから知っていて、たくさんのことを教わりました。まだアカデミーに入る前から」

もちろん、そんな言葉では伝えきれない。テリンにとってのイゼフは、世界を教えてくれた人。テリンはイゼフに連れられて保護施設の外へ出た。短期間ではあれイゼフとともに暮らし、イゼフの影響で地上を夢見た。そのすべてを「小さいころから知っていた」、「たくさんのことを教わった」なんて言葉で片付けることはできない。テリンはいま、すべてを説明しようとする代わりに、あふれ出る感情にブレーキをかけた。

「イゼフのこと、よくご存じですか？　イゼフはわたしにとって特別な存在だけど……派遣者としてのイゼフについてはよく知らないんです」

話をそらすための質問だったが、口に出してみると本当に現場でのイゼフを知りたくなった。マイラは少しためらってから答えた。

「何度か同じ任務に就きました。有能な人です」

マイラはテリンの目を見てから、さらに続けた。

「当時はわたしの後任でしたが、いつの間にかわたしよりずっと上位にいました。異例のスピードです。ファロディンの引き受ける任務は、大部分が危険度の高いものでした。生還率も高くない。以後、同行した者たちが言うには、目的のためには手段を選ばないタイプだと。現場任務にあたるたびに重要な情報を持ち帰るんです。クールな人ですが、危険があればだれより先に身を投げうつものだから、彼女を慕う人は多かったですよ」

それから短く加えた。

「ここ数年だと、地上で会ったのは一度きりです。なんだか昔以上に仕事ひとすじという印象でしたが……ともかく、テリンは彼女にとって特別重要な人のようですね」

一緒に仕事をしたという派遣者から、イゼフの話を聞くのは初めてだった。イゼフがどんなふうに任務を遂行するのかは、まだよくわからない。でも、擁護する人たちと同じぐらい敵も多いことはわかっていた。テリンのことになるとあれほど親身になるのに、クールな人に見られているということが不思議だった。

テリンは少し間を置いてから、ゆっくりと口を開いた。

「わたしにとって『派遣者』とはなにかを最初に教えてくれた人です。いつもイゼフの背中を見ていました。危険も不安もあるけど、美しい地上を一緒に見たかったんです。地上に出たいまもその気持ちは変わりません」

「そうですか」

余計なことを言った気がしたが、マイラが言葉を継いだ。

「わたしにもそんな人がいました。だからわかります」

テリンは黙って聞いていた。過去形という点が気になったが、もうテントを片付ける時間だった。

＊

汜濫体の森は、ときには海、ときには砂漠のようだった。明け方の空の輝くような青色を浴びた汜濫網が果てしなく広がっていたかと思うと、突如として、なめらかな銀色の砂にも似た色に取って代わった。汜濫体は色を変え、形を変えながら続いている。内陸に近づくにつれ、汜濫網やサンゴよりも、べたべたした粘液質の汜濫体が増えてきた。濃い色をたたえたそれは地中から湧き出て、地上へあふれ出しているように見える。三人が歩いてきた道を振り返ると、絵具で描いたような足跡が見えた。

汜濫体に囲まれるや、感覚が麻痺してきた。抵抗性の高い派遣者でも避けて通れない、感覚混乱現象だった。森から漂ってくるのは、甘いにおいだったり、つんとするにおいだったり、悪臭だったりと絶えず変化した。足下の土や汜濫網も、乾いていたかと思えば硬くなったりと、触覚を混乱させた。どこからか鳥の鳴き声、虫の羽音、クスクスいう笑い声のようなものが聞こえてきたが、それが実在のものなのか幻聴なのかわからなかった。外の世界が変化しているのではなく、それを受け入れる感覚が混乱を来しているのだった。

数日間の強行軍をへたのち、マイラはそろそろ中間目的地に出るはずだと言った。そこでいったん装備を改め、ここまでに集めた情報を特殊ドローンでラブバワに送る。追加補給の必要がなければ、そのまま最終目的地へ移動することになるだろう。だが、中間目的地に近づくにつれ、マイラは首を傾げてため息をついては、もと来た道を戻るのだった。サバイバルナイフで道をつくりながら前進するなか、体力をみるみる消耗していった。

「リーダー、なにがどうなってんのよ？」

とうとうネシャットが苛立ちをあらわにして尋ねると、マイラはようやく重たい口を開いた。

「本部から入力された中間目的地の座標がおかしいんです」

「おかしいってどういうふうに？　ちゃんと進んでるはずだけど」

「ここまでのルートがめちゃくちゃで。何度も道を変えたのはそのためです。わたしの判断でルートを変更しました。なにより、われわれが行こうとしている中間目的地にはこれといった特異事項がないようです」

「行ってみたらわかるんじゃないの？」

だがその日の午後、中間目的地に到着したテリンとネシャットは、座標がおかしいというマイラの言葉に同意するしかなかった。そこはこれまで通ってきた道となんら変わらない、氾濫体の森のただなかだった。マイラいわく、中間目的地も地上基地候補のひとつであるはずなのに、実際に来てみるとまったくそれに値しない場所だった。簡易キットで氾濫体の連結具合を分析してみても、特異な点は見受けられなかった。

　それ以上に深刻なのは、中間目的地から最終目的地への道そのものがいっさい存在しないという事実だった。マイラが野営キャンプを張っているあいだ、テリンとネシャットは事実検証に出かけた。マイラの言うとおりだった。

「道が途中から崖になってて、最終目的地の座標は宙を指してる。つまりリーダーのいうとおり、明らかになにかがおかしいってこと。念のため、ほかにも三とおりの計算法で座標軸を計算してみたけど、結果は似たようなものだった。でたらめな場所を示してたり、崖や空中を示してたり。本部のマヌケどもはどういうつもりなんだか」

　ネシャットが丹念に計算して出した結論は、伝達過程で座標のデータにエラーが生じたか、そもそも本部の計算自体が間違っていたか。

「このプロジェクト自体、はなからでたらめだったんじゃないの？　地上基地を算出する段から間違った情報をもとにしてたとか。うぅ、勘弁してよ。あたしたちを死地へ送り出しておきながらこんなミスを犯すなんて。ふざけるにもほどがある」

「そんなはずがありません」

　マイラがきっぱりと言った。ネシャットが呆れたような顔で問い返した。

「そんなはずがないって、いまその目で確かめたでしょ？　そもそも、座標の間違いに気づいたのはリーダーだし」

「そう、座標は間違っています。しかし、地上基地の候補エリアはたしかに存在します。氾濫体が集まっている場所、ヌタンダラ大陸に広がる氾濫体の中心と思われる地域です。座標が間違った場所を示しているとしたら、われわれは本来の目的地を目指さねばなりません。でなければ、これほど遠くまで赴いた意味がなくなります」

「ちょっとリーダー、現場にばかりいて研究職を信じすぎてない？　最近のあいつらは信じられないわよ、ミスなんて日常茶飯事なんだから。座標は間違ってるけど目的地は存在するだなんて、なにを根拠に信じろっての？」

「それでも探査は続けるべきです」

「知ったこっちゃないわよ。わからない？　あたしたちは不完全なチームのまま死地へ送りこまれたってのに、どうして命懸けで本部のミスを挽回しなきゃならないわけ？　手順どおりにやろうよ。手順どおりにサンプルを収集して、ありのままを報告して戻ればいい。目的地はどこにでもある氾濫体の森だった、奇妙な形態も見つかったけど、これまで調査した場所とそう変わらなかったって言えばいい。このプロジェクトは最初から間違いだったって。リーダー、いったなにがしたいのよ？」

不完全なチーム、そう言うネシャットから冷たい視線を送られ、テリンはやや戸惑った。間違ってはいなかった。たった三人のチームにテリンのような初心者を入れたということは、生還などはなから期待していないという意味だった。本部からもらった座標そのものがでたらめなら、意味のないことに命を懸ける理由がない。

「新入り、あんたはどう思う？　こんなくだらない任務で命を落とすなんて犬死にも同じだと思わない？」

　ネシャットの言動が徐々に荒々しくなっていた。テリンも同感だったが、なぜか素直に同意できなかった。

　マイラとネシャットの言い争いは日没近くまで続いた。空が暗くなりかけてようやく、ふたりは話を明日に持ち越すことで合意した。夜になると、氾濫化した野生動物たちは声や振動にいっそう敏感になるからだ。

　夜が更けてもテリンは寝付けなかった。今日のいざこざのためだけではなかった。波打つような、頭のなかの動き。

　そして、近くから聞こえていると思われる……太鼓のような響き。

「ソール、そこにいるの？」

　テリンは息を吐くようにごく小さな声で囁いた。ひょっとすると、初めから知っていたのかもしれない。ソールは一度も消えたことがないのだと。収監中も、任務のために地上へ出てからも、テリンはソールが生むかすかな波を感じていた。ソールはたしかにそこにいながら、息を潜めていた。わざと自分を眠らせているかのように。ソールが謝ってきたことはないのに、テリンはときおり胸にちくりと痛みを感じた。そしてそれを、ソールの罪悪感ではないかと思った。

　ところが、地上を探査するうちにソールの動きが少しずつ大きくなると同時に、テリンが感じる地盤振動も強まっていた。ソールの動きと地盤振動は、テリンにはわからないかたちで繋がっていた。それは、ラブバワでソノと一緒に調査したあの振動と同じパターンをもっていた。そして、地下都市で感じていたものよりずっと鮮明だった。耳を澄ませば内容が理解できるのではないかと思うほどに。

振動による言語を学んだことは一度もない。そんなものが存在するのかさえ怪しかった。派遣者の授業で符号を使ったコミュニケーション方法を学んだときも、ごく簡単な意味を伝え合うのが精いっぱいだった。それなのにいま、この振動に話しかけられている気がするのはどうしてだろう。

テリンは起き出してテントの外へ出た。ネシャットは見張りに立ち、マイラは別のテントで眠っているようだ。動物の雄たけびにネシャットが気を取られている隙に、テリンはこっそり野営地を抜け出した。派遣隊は必ず行動をともにしなければならない。だがいまは、理性ではなく衝動がテリンを突き動かしていた。振動のもとをたどれと、内なるなにかが囁いていた。

しばらく歩いては岩に耳を当て、またしばらく歩いては木の根元に耳を当てて振動を聞いた。氾濫体の粘液質と氾濫網に覆われた森ではうまく聞こえなかったが、岩を伝ってくる振動はずっと鮮明だった。

「ソール、あなたも憶えてるでしょ？　これって、都市でも聞こえてた……」

それはなにかを語っていた。「こちらへ」と呼びかけていた。

テリンはなぜか、その指示に従いたいと思った。やがて、それ以上は進めそうにない場所に来た。振動が聞こえてくる方向はこっちだとわかるのに、茂みに覆われているうえ、獣道さえも見当たらない。サバイバルナイフはテントにあった。いまは引き返すしかなかった。

野営地への帰り道にアクシデントがあった。テントの近くまで来たとき、緊張の解けたテリンはなにかにつまずいてしまった。トラップが反応して周囲の枝をずたずたに引き裂いた。

物音を聞きつけたのか、マイラが飛び出してきた。

「テリン、ここでなにを？　どこにいたんですか？」

マイラが怒った顔で言った。トラップはマイラが動物を近づけないために仕掛けておいたものだった。ついさきほど、ネシャットと交代してテント内を確認した際、テリンがいないことに気づいたのだと言う。いつもの冷静さはどこへやら、怒りを抑えられない様子だったが、その表情には心配が入り混じっていた。マイラのまなざしに、テリンは観念してすべてを打ち明けた。

「この方向に、調べなくてはならない重要なものがあるんです。でも、口で言ってもふたりにはわかってもらえないと思って……それに、明日にはまたどこかへ移動するはずだから、この目で確かめたかったんです……。勝手な行動をしてごめんなさい」

「重要なものって、どうしてそう思うんですか」

「都市にいたときから感じていた、信号と思われる振動があるんです。それがあっちの方向へ行くにつれて強くなっていて。昼間、座標が間違ってると言いましたよね。それなら、こっちの方向になにかあるかもしれません。それが本来の目的地かはわからないけど、とにかく、なにかがあるのは確かです」

思わず声が大きくなっていた。マイラは沈黙し、なにか考えている様子だった。テリンの主張は突拍子もなく、受け入れがたいのも当然だった。やがて判断がついたのか、マイラが真剣な顔で口を開いた。

「でもテリン、座標のないところへ足を踏み入れるのはますます危険です。本部はどのみち救助隊を送るつもりなどなさそうですが、一抹の可能性さえも失うことになります」

そう聞き、テリンはしばし言葉に詰まった。都市へ戻りたいのはテリンも同じだ。愛する人たちのいる場所、イゼフのいる場所へ。だがそれと同時に、内なるなにかが強く叫んでいた。

「はい、わかっています。それでもあちらの方向を探査すべきです」

マイラはテリンの目を見つめてから、ため息をついた。

「わかりました。ひとまず少しでも休んでください」

朝を迎えたとき、テントの外でネシャットとマイラが声高に言い争っているのが聞こえた。テリンが出ていくと、ネシャットがくるりと振りむいてテリンをにらんだ。

「新入り、本気なの？　あんたもリーダーと同じ意見？」

凄むネシャットに、テリンはややたじろぎながら答えた。

「はい、探査を続けるべきだと思います」

「はあ？　いったいどこに向かうってのよ？　あるのはでたらめな座標だけだってのに、迷子みたいにあてもなく森をうろつこうってわけ？」

「方向はわたしが決めます」

マイラが言った。テリンとマイラの視線がぶつかった。昨日テリンが言っていた場所、マイラはそこへ行こうとしているのだ。

「ハッ、あんたらグルになってあたしをからかってんの？」

ネシャットはあてつけがましく言って地面を蹴ると、テントに引っこんでしまった。ネシャットを追おうとするテリンを、マイラが止めて首を振った。冷静に考えれば、妥当なのはネシャットの言い分のほうだった。確かな情報もないなかで座標値が間違っているとわかったなら、探査を中断して戻るのが正解だ。それなのに、マイラはなぜ探査を続けようというのか？　その胸中は測りかねたが、ともあれテリンにとっては嬉しい味方だった。

探査は続けられた。ネシャットはふたりについてきながらも、終始ふくれっつらをしていた。サンプルや情報を集めるのにも非協力的な態度を見せたが、それでも別行動をすることはなかった。こんなに遠くまで来ておいて、ひとりで都市へ戻ることは自殺行為だったから。

テリンは毎晩のように地盤振動の方向を確かめ、夜が明けるとふたりと一緒にそちらへ進んだ。ネシャットはいつしか、この探査がマイラではなくテリンの意志に従ったものであることに気づいたようだった。朝食のさなか、ネシャットがテリンをにらみつけながらつぶやいた。

「新入りさんは、地面からなにか聞こえるみたいね？　あたしの知らないうちに超能力でも身につけたわけ？　おかげさまで生きて帰れそう」

そのころからネシャットは、岐路に差しかかるたびにテリンを先に立たせた。

「このなかでいちばん抵抗性が高いんでしょ」

マイラが阻止したが、テリンはみずから先頭に立った。地盤振動を聞いて方向を定めるのはテリンの役割だったから、そのほうが楽だった。

だが、振動の出どころを追うあいだも、不安は消えなかった。あるときテリンは気づいた。この不安はテリン自身のものでもあったが、ソールのものでもあることに。ソールは怯えていた。でも、いったいなんのために？

「ソール、このまま進んでいいのかな？」

返事はなかったが、動きはあった。ソールはまるでパニック状態の子どものように脳内をかき乱した。テリンは自分の判断を何度となく疑った。事故が起きるのではないかと怖かった。たとえこの先に地盤振動の原因を見つけたとしても、ソールがまたもや暴走したら？　今度もテリンを操ったら？　マイラとネシャットまで危険にさらすことになったら……？　不安と疑念が日に何度もテリンの心に押し寄せた。

それでも前進するしかなかった。内なる声がテリンを力強く導いていたから。

地盤振動はしだいに大きくなり、パターンもはっきりしてきた。と同時に、一行は奇妙な体験をした。氾濫化した猛獣たちが周囲をうろつき、だれかが仕掛けた罠ではないかと疑いたくなる氾濫網にはまったり、木の枝に足を引っかけたりした。風景も奇怪さを増していった。氾濫網はいっそう密度を増し、地面の粘液質はますます激しくあふれ出し、鮮やかな原色で覆われた森がざわざわと揺らめいた。

「物資は残りわずかです。数日後には探査を中断し、ベースキャンプに戻るか、都市へ戻って報告することにしましょう」

「わお、リーダーもあきらめが悪いね。いますぐ引き返してもよさそうなもんだけど」

ネシャットが皮肉るように言ったが、テリンはそれでもあと二日、二日だけ進めばなにかを見つけられると確信していた。そうしてこれ以上の前進は無理だという時点で、一行はついにとある場所へ出た。

それは氾濫体の森のただなかにできた、小さな空き地だった。テリンが地面に耳を当てると、地中で振動が増幅しているのが感じられた。テリンは辺りを見回した。

なにもない、ごく平穏な場所。猛獣や未知の形態の氾濫体といった、三人を脅かしそうなものは見当たらなかった。

むなしさを覚えると思いきや、意外にも安堵が訪れた。ひょっとすると、テリン自身もこういう結果を望んでいたのかもしれない。目的地でなにか見つかればと思う一方で、なにもないことを期待してもいたのだ。あの振動も、ニューロブリックのエラーがこの場所と関連しているという予想も、すべて思い違いだったら……それなら、一件落着というわけだ。あとは帰還すればいい。体から緊張が抜け、テリンは岩の上にしゃがみこんだ。

マイラは眉をひそめて周囲をうかがい、ネシャットはうきうきした声で言った。

「オーケー、なにもなかったってことよね？　この無意味な探査もこれで終わりっと。アッハハ、調子を合わせるのもひと苦労だったわよ。さ、帰りましょ。リーダー、いいわよね？」

ネシャットが装備を岩の上に下ろしたとき、テリンの目が奇妙なものをとらえた。

「ネシャット、後ろに……！」

一瞬の出来事だった。ネシャットの足元の地面が揺れ動き、脚が地中に吸いこまれはじめた。次の瞬間、マイラがよろめき、テリンもバランスを失った。テリンは下を見た。

それは……地面でも土でもなかった。全体が氾濫体の粘液質からなっていた。平穏だと思っていた空き地全体が。

岩の色が変化しながら、どろどろと溶け落ちはじめた。下ろしていた装備も一緒に吸いこまれていく。一帯はたちまち、氾濫体の粘液質特有の紫色に変わった。マイラとネシャットはそばの木になんとかつかまることができたが、テリンのそばにはなにもなかった。ただ必死にあがきながらそこから抜け出そうとした。

だが、不可能だった。

テリンの視界が一変した。石や岩が目の高さにあった。べとべとした粘液が一瞬にして全身にまとわりついた。ねばねば、どろどろしたものがテリンをのみこもうとしていた。どうにもならなかった。テリンはぎゅっと目をつぶった。

硬い木の根がテリンの体を下へと引っぱった。

*

光輝きながら流れる粘液質がテリンを包んでいた。それはゆっくりと波のように動き、テリンの指先に触れた。手の甲を包み、爪を探り、なかへ入りこんだ。痛くはなかった。涙が流れた気がしたが、定かではない。そのべたつくものが、さっと涙をさらってしまったからだ。それは涙を媒介にして眼球内へ入りこんだ。視界が白い糸で満ちた。鼻から頭へ、全身の内側へ入りこむのがわかった。やはり痛くはなかった。心地よかった。それはテリンの思考を読んでいった。

（わたしはまるまる食べられて消えちゃうのかな？）

テリンを包み、満たしていたあまたの糸が振動しながら答えた。

われわれと合体するのであって、消えるわけじゃない。

この糸のようなものはなんだろう？　どうやって人の思考を読み、言葉を話しているのか……。

頭のなかが霧に覆われたように、なにひとつはっきり思い出せなかった。ぼんやりとした風景のなかで、鮮明なのは言葉だけ。彼らはテリンを包み、のみこもうとしている。そうして、これは消えるのとは違うと言う。テリンには理解できなかった。訊きたかった。

（消えるわけじゃない？　あなたたちと合体すれば、わたしという存在は消えちゃうでしょ。わたしがわたしだと定義していた個体、世界を主観でとらえていたひとつの意識、そういうものがなくなっちゃうんだから）

合体したあとも、きみは変わらず存在する。きみじゃなく、われわれとして。

（わたしはあなたたちじゃない。わたしはわたしという単数よ）

われわれから見れば、きみたちは単数体じゃない。

（どうしてそう思うの？　わたしは独立して動く体をもっていて、この体はわたしの自由意志によってのみ動く。わたしは自分で考えて、話して、動くの。たくさんの存在じゃない。ひとつの体で世界を主観的にとらえる、ただひとつの個体よ）

きみたちはすでにあまたの個体の総合。ひとつの個体としては説明がつかない。きみのなかにはたくさんの生物が棲んでる。

（微生物のことを言ってるの？　でも、微生物はわたしに依存して生きてるだけで、わたしと繋がってるわけじゃない。わたしが意識するわたしという個体はたったひとつなのよ）

それらはきみと一緒に生きてるだけじゃない、きみに直接の影響を及ぼしている。意識こそ、主観の感覚が生む幻想にほかならない。

頭が混乱した。彼らのいう意識とテリンのいう意識はあまりにかけ離れていた。テリンのいう「自我」は、生涯で一度も揺らいだことのない概念だった。微生物や寄生虫が人間と共生しているとしても、それらが意識をもっているわけではない。それらはみずから考えたりしない。テリンの体に棲みつき、ときに影響を及ぼすことはあっても、魂とはまったく別の外部の存在だ。

だがそれさえも読み取ったように、相手は再び囁いた。

ちゃんと考えてみて。きみが本当にひとつの存在なのか……

次の瞬間、全身が勝手に揺れはじめた。体にまとわりついている粘液が動いた。体が先に動いたのではなく、波が先に起こり、体はその流れに反応して従っていた。一度も学んだことのない、一度も想像したことのないダンスを踊っているように。ひらひら漂う糸や、じめじめしたアシの葉、長い枝が全身にまとわりついた。ダンスを踊れば踊るほど、体は糸でぐるぐる巻きになっていく。そうしてしばらくすると、糸と体の区別がつかなくなった。

この動きがどこに端を発しているのかわからなかった。体を包む液体、糸、葉、枝……？　それとも、体の内側を起点としたなんらかの力が働きかけた結果なのだろうか。だが、それを見極めることにはなんの意味もなかった。内なる力が体をくるりと回転させ、すると外の存在たちも体をくるりと回転させた。

振動は音楽と化した。耳から聞こえるのではなく、皮膚から聞こえてきていた。体は、慣れたものだというように音楽に合わせて円を描いた。

時間が消えた。始まりも、中間も、終わりもなかった。もっぱら波に合わせて動く存在だけがあった。

3

濃い土のにおいがした。アシの葉や木の枝、ねっとりとした粘液に体を覆われていた。ふるい落とそうとすると、かえってますます密着してくる。テリンは口を開いて声を出してみた。

「……ん、だれか……」

喉からこぼれてくるのは掠れた声ばかり。テリンはなんとか立ち上がった。全身が殴られたように痛かった。天井は頭がつきそうな低さだ。床に干し草が敷かれた、用途のわからない小屋のような場所。

いったいどこなんだろう。最後の記憶は、森のただなかで氾濫体の粘液質に覆われた地面に吸いこまれたということ。

小屋に人の住んでいる気配はなかった。隅のほうには落ち葉が溜まっている。腐敗しつつあるもの特有の黴臭いにおいがした。頭をぶつけないように腰を屈めて辺りを見回すと、氾濫網に覆われた扉があった。だが外から鍵がかかっていて、ほかに扉や窓は見当たらなかった。

扉を揺すり、掠れた声で人を呼んでもみたが、なんの反応もなかった。テリンは扉に向かって体当たりした。一度ではびくともしなかった。もう一度。二度めはガタン、と大きく揺れただけ。それならもう一度。三度めに体当たりしようとした瞬間、外からあっさり扉が開けられたせいで、テリンは派手に転んでしまった。

拍子抜けしたテリンはばつが悪そうに相手を見上げ、その場で凍りついた。

人なんだろうか？　これは……？

男は白いベール、あるいは、不規則で目の粗い繊維組織のようなものに全身を覆われていた。それればかりか、皮膚もそれらと繋がっているようだ。片腕は銀色の糸でぐるぐる巻きになっていて、本来の皮膚は見えない。足も皮膚ではなく綿毛のようなものに覆われていて、そのために筋肉の一部が透けて見えた。糸は少しずつ剝がれ落ち、薄いリボンのごとく空中に舞っている。奇怪な姿の相手から、腐る直前の果物のようなにおいが漂ってくる。甘やかな香りに始まり、かすかに胃をむかつかせるにおいが。相手はテリンを見下ろしていた。

「声……は久しぶり」

口をもごもごさせている。

「難しいけど……」

男はなにか話そうとしていたが、うまく聞き取れなかった。首を覆っている氾濫網が声帯まで変形させたのかもしれない。

「もうすぐ、来……る」

来る？　だれが？　テリンは声の出ない口をぱくぱくさせた。男はなにかを察したように後ろを振り向いた。テリンは男の背後を見た。

沼があった。そして、巨大な沼をぐるりと囲んで腹這いになっている人々。見た目ではもう性別を見分けがたい彼らはみな、目の前の男と同じように全身を糸という糸、氾濫網に覆われていた。肩と背中から氾濫サンゴが育っている。沼は赤や青の氾濫体で埋めつくされていた。彼らの一部は沼に手を入れ、水をすくって飲んでいる。

信じがたい光景に、テリンはしばしわれを忘れた。

テリンが彼らのほうへ歩み出しても、男は止めようとしなかった。沼に近づいたとき、腹這いになって水を飲んでいた人のひとりが顔を上げた。いつまで人間だったのかもわからない、いまや平凡な人間とはかけ離れた存在になってしまったその人は、少しのあいだテリンを見つめてから、心ここにあらずというように再びうつむいた。近くで見たテリンは確信した。彼らの体を覆っているのは氾濫体だった。でも、どうしてこんなことが可能なのか。

人間の氾濫化はほかの生物の氾濫化とまったく異なる様相を呈する。人間は氾濫体にさらされると脳に変異を来し、脳以外の身体は変化しないまま錯乱症だけを発現する。発現者はまず、自分がだれなのかわからなくなり、自分がどこに属する人間なのかを忘れ、最後にはここでない別のどこかへしきりに逃げようとする。ときには壁や床を突き破ろうと体を打ちつけ、そうするうちに息絶えてしまう。他人を認知することもできない。彼らは自分が壊そうとしているのが壁や床でなく、だれかの頭であることさえわからないままゆっくりと狂っていく。都市ではそうだった。逃げた人々も、しょっぴかれていった人もみな……

　ところが、ここにいる人たちはまったく違って見えた。氾濫化していることは間違いないのだが、その様相が異なっていた。人間以外の生物がそうであるように、変異が全身に及んでいる。テリンはその姿から目を離せなかった。その氾濫化は衝撃的であると同時に、ある種の美しさを備えていた。そしてテリンは、そう感じている自分に驚いた。美しい？　体を突き破って伸びている氾濫サンゴの数々、もはや本人の面影もない、あの異様でおぞましい姿のどこに美しさを感じるというのか？

　男はテリンの反応を探るように、じっと黙っていた。彼らの表情や動きを、正常な人間の目線で解釈することは適切でないかもしれない。それでもテリンは、なぜかその男が自分になにかを求めているように思えた。あの人たちを見ろと。そしてこの場所を、ここで起きていることをその目で見ろと。

　呆然と立ちつくしているテリンを、男が呼んだ。正確には、アァ、と言いながら手を振った。テリンが気配に気づいて振り返ると、男ははっきりしない言葉を何度かくり返した。耳を傾けていると、ようやくひとことだけ聞き取れた。

「これを食べ……て」

　そのときになって初めて、男の手のなかにあるものを見つけた。よく熟れた実だった。目に入るなり、強烈な飢えと渇きが押し寄せた。気を失ってからどれほどの時間がたっているのかわからないが、少なくとも一日は飲み食いしていないのではないか。男の手に握られた実は、赤くていかにもおいしそうだった。口内に唾が溜まった。あれをかじれば、爽やかな甘みと、かぐわしい香りが広がるだろう。だが、一方で直感していた。あの実は氾濫化している。見た目にはさほど異常が見られないものの、表面に浮かぶ薄い斑点は明らかに氾濫化の兆候だった。

「食べ……て」

男がくり返した。さっきよりもはっきりとした声で。

「無理よ」

意志を確実に伝えるために、テリンは首を振った。

「沼人(ぬまびと)は、食べる」

男はたどたどしい口調で言った。テリンは男をにらみつけた。

「わたしは食べられない」

何度断っても、男はくり返し実を差し出した。テリンも本当をいうと、いますぐその実を受け取ってかぶりつきたかった。渇いた喉がひりつくようだった。だが、これまで学習してきた情報が頭のなかで警報を鳴らしていた。派遣者が最後の最後まで避けるべきは、氾濫化の兆候が著しい生物を食べること。食べて帰還した派遣者がゼロというわけではないはずだ。錯乱症への抵抗性はそれぞれに異なるから。だが、氾濫化した生物を食べて生き残ったという者はいまだかつていない。それは厳然たるタブーなのだ。

テリンは今度も首を振った。男はようやく手を引っこめた。がっかりした様子だったが、顔の半分が氾濫体で隠れていてよくわからなかった。

男が去り、テリンは再び小屋に閉じこめられた。彼らはなぜテリンを救ってくれたのだろう。なぜ沼を見せ、実を食べさせようとしたのか？　ここを出てマイラとネシャットを探したかったが、まずはここがどこで、彼らが何者なのかつきとめるべきだろう。やみくもに脱出しても捕まりかねない。彼らは動きがのろく力もなさそうだが、いっせいに飛びかかられたら簡単には逃れられないかもしれなかった。

小屋を去るとき、男は透き通った水の入った器を床に置いていった。好意なのか罠なのかわからずとも、テリンはその水をごくごく飲んだ。人生でこんなにも一杯の水をありがたく思ったことがあっただろうか。もう一杯頼んでみることも考えたが、すぐにあきらめた。これ以上を望むことはできない。それに、もしかするとこの水も氾濫体に汚染されているかもしれないのだ。

テリンは干し草の上に座りこんだ。いっこうに実感が湧かなかった。とつぜん氾濫体に吸いこまれたあの現象と、奇怪な人たち、そして氾濫化した実を勧める男。ここはいったいどこなのか？

そのとき、なにかがひらめいた。テリンがずっと探していたもの。追っていたもの。テリンを導いたもの。ひょっとしたら……

床に耳を当ててみた。振動が感じられた。心拍動のように力強く、鮮明な振動が。

まるでここが、その震源地であるかのように。

＊

朝が来たのか、鳥のさえずりが聞こえてきた。天井の隙間から光が洩れていた。テリンはガンガンと音を立てて扉を蹴った。壊れてもかまうものかと思っていたが、その前に扉が開いた。昨日の男だった。

「名前？」

テリンが昨日よりはましになった声で男に訊いた。ぼうっとテリンを見ていた男は、ヒ、オ、モ、と答えはしたが、それが本当に名前なのか、そう聞こえただけなのかもわからなかった。テリンが自分の名前を教える前に、男はふいと体の向きを変えてしまった。前を歩きながら、男はテリンに向かって言った。

「来、る」

いったいなにが来るというのか。テリンは尋ねる代わりに、黙って男のあとについていった。

今日は、テリンに沼全体を見せようとしているらしかった。あるいは、沼を見せながら氾濫体にさらそうとしているのかもしれない。そうだとしても、テリンは彼に調子を合わせるつもりだった。

じめじめとした水臭さが漂ってきた。沼は氾濫化したアシと低木に囲まれている。沼へと続く小道がいくつもあり、沼人たちが道をたどって集まってきていた。ここは夜を過ごせそうな場所が見当たらない。眠る場所は別にあって、夜が明けたらここに集まってくるようだ。

大きな沼のぐるりを半分ほど巡ったとき、ひとりの沼人がテリンの目に留まった。どこか動きがおかしい。そのまま通り過ぎようとしていたテリンは、ふと足を止めた。

「あの、ちょっと……」

呼び止めようとしたが、男の沼人は振り返ることなく歩きつづけた。少しためらった末に、テリンはその男のほうへ走っていった。

男はじたばたしながらなにかから逃れようとしていた。初めは宙を掻いているのかと思ったが、近寄ってみると、ごつごつと突き出した枝に全身が絡まっていた。氾濫化の程度がはなはだしいのか、体の表面が目の粗い網のように変化し、皮膚からたくさんの氾濫サンゴが生えている。長い枝が、よりによって彼の背中にある氾濫網と絡まってしまっていた。無理やり引き離せば、氾濫体と繋がっている皮膚が一緒に剝がれてしまうだろう。

「動かないで」

テリンはそう囁きかけ、相手がもがくのをやめると、枝に引っかかった皮膚表面の氾濫体をひと筋ずつほどいていった。時間のかかる作業だった。途中でふと顔を上げると、ヒオモが立ち止まってこちらを見ていた。テリンは引き続き手を動かして、絡まった糸をほどくように枝と氾濫体を分離していった。地面に氾濫体のかけらがはらはらと落ちた。こんなものと繋がったまま、いったいどうやって生きているのだろう。

「これで大丈夫」

「ついて、いけ」

自由になった沼人が口をもごもごさせながら小さな声で言った。

「え？」

「あっち」

その声はほかの沼人よりも聞き取りやすく、テリンはもう少し話したいと思ったが、相手はふいと別の方向を向いてしまった。テリンも鼻白んで口を閉じた。立ち止まらずに行けということだろうか。もちろん、感謝されたくてやったわけでもないが。もっとも、あの体で生きていればこんなことはしょっちゅうありそうだから、放っておいても自分でなんとかできたのかもしれない。

テリンはさっさと踵を返した。ふと、さっき見た沼人の目が気にかかった。どこか穏やかな目元。明るい琥珀色の瞳。どこかで会ったことが？

だが、ヒオモを待たせていたため、とっとと戻らねばならなかった。沼の周りを歩きながら記憶をたどろうとしても、頭のなかは霧がかかったようにぼんやりしている。ソールの出番だと思ったが、頭のなかに感じるのは小魚のような微弱な動きだけだった。

沼をぐるりと一周したとき、ヒオモがまたも実を差し出した。念のため確かめてみたが、やはり氾濫化の痕跡が見られた。テリンは今度も拒絶し、また小屋に閉じこめられた。退屈な時間が過ぎ、天井の隙間から差しこむ光が徐々に細くなっていった。そのとき、ヒオモが小屋の扉を開けて、澄んだ水の入った器を床に置いた。食べ物はない。テリンはおそるおそる尋ねた。

「あの、わたしのリュックを見なか――」

面前でバタンと扉が閉まった。返事はおろか、リュックがあったとしても渡さないという意味にも取れた。

「ハァ、ったく……」

いまになってふつふつと怒りが湧いてきた。助けてくれたのだから、傷つけたり殺したりせず泊まらせてくれたのだから、いい人たちなのだと思おうとしても、うまくいかなかった。氾濫化した実を食べないなら、このまま飢え死にしろというのだろうか？　本当に自分を救ってくれたのだろうか？　自分が落ちたのは彼らが仕掛けた罠だったのでは？

テリンは夕方いっぱい、壁にもたれて頭のなかを整理した。どうやってここから出ようか悩んだ。これといったアイデアは思いつかなかった。日が完全に沈んでしまうと、小屋のなかを照らすのはほんのわずかな月明かりだけになった。

暗い床に手を這わせて枕になりそうな干し草の塊を見つけたとき、その下からカサリと音がした。テリンは不思議に思って辺りを探り、それを持ち上げた。

「……これも、なにかの罠？」

見ると、派遣者に支給される保存用のビスケットだった。闇に慣れた目でよくよく見ると、包みはずいぶん昔のもののようだ。暗くて定かではなかったが、テリンの一行が携えていたビスケットとは微妙に異なっている気がした。包みを破ると、中身はきれいなままだった。だれがここに置いたのだろう。一瞬、昼間に助けた沼人が頭をよぎった。いったいどこから？　もしも彼が置いていったのだとしたら、以前にもこの沼に派遣者が来たことがあるということだろうか。

テリンはそれ以上悩む力もなく、ビスケットに齧りついた。それがサクサクと割れながら口内に満ちていくと、水がほしくなった。派遣者が口を合わせてまずいというビスケットがこんなにもおいしく感じられるなんて。これで飢え死にを免れたと思ったとたん、眠気が押し寄せてきた。横になると、またもやあの振動が伝わってくるようだった。だが、もう考える気力は残っていなかった。

翌朝、テリンは騒々しい物音で目覚めた。なにかが地面を転がる音、罵声と呻き声。昨日からヒオモが「来る」と言っていたのが思い出された。だれが到着したのかわかる気がした。

＊

マイラとネシャットが沼地にやって来た。正確には、引きずられてきた。ネシャットは何時間ものあいだ大声で悪態をついたのちに、ぐったりとおとなしくなった。扉越しに様子を探るしかなかったテリンは、しばらくしてから扉を開けてもらうと、ようやく外へ出た。見ると、一帯は氾濫体や氾濫サンゴ、キノコ、べとつくアシの葉で散らかっていた。木の幹の表面には血の跡も見えた。すぐ下に落ちているサバイバルナイフはネシャットのものらしかったが、その血が、ネシャットが刺した沼人のものなのか、ネシャット自身のものなのかはわからない。全身を氾濫体で覆われた沼人たちは、見たところ怪我をしている様子はなかった。

ネシャットは大きな木に縛りつけられていた。マイラもその隣にいた。マイラは手首しか縛られていないのに、ネシャットのほうは手足をアシの葉でぐるぐる巻きにされたうえ、これ以上叫ばないようにするためか口を封じられていた。外へ出てきたテリンを見て、ヒオモが口を開いた。

「あれはおまえの、仲間、だ」

ヒオモはいかにも機嫌が悪そうだった。

「われわれを、刺した」

彼に機嫌を損なわれるのは、どうあっても愉快なことではない。ネシャットの状態を見ようとそちらへ踏み出すと、沼人たちが群がってきて、テリンもあっという間に手足を縛られてしまった。驚きはしたものの、かといって彼らを恨む気にもなれなかった。ネシャットに刺されたというのだから、一行であるテリンを縛るのも行き過ぎた処置ではないだろう。

テリンは手足を縛られたまま、これまでとは異なる小屋に閉じこめられた。ほどなく、隣から大きな声が聞こえてきた。

「そこにだれかいますか？」

マイラだった。隣の空間とは薄い壁で隔てられているようだ。テリンは壁のほうへ這っていった。

「あの人たちに聞かれるかも」

少ししてから、さっきよりずっと小さな声でマイラが答えた。

「なるほど、このくらいではどうでしょうか」

壁にこれでもかというほど耳をくっつけてようやく聞こえる声だったが、それが最善に思われた。

「テリン、この二日間でなにがあったんですか？」

マイラの問いに、テリンは事の次第を説明した。気がつくとここにいて、毎日飲み水を与えられ、日に三度外へ出られたということ。沼人は氾濫化した人間で、身体的な変化は大きいものの、不思議にも錯乱症の傾向は見られないこと。そして、しきりに氾濫化した実を勧めてくることなど。

「リーダーとネシャットはいつ捕まったんですか？」

「わたしたちもテリンと同じように粘液質の罠にはまりましたが、少し離れた別の場所で目覚めました。水も与えられず、夜のあいだに脱出を試みました。近くの小川で飲めそうな水を見つけたんですが、そこでまた捕まったんです」

「じゃあ、あの人たちはわたしたちを救おうとしてるわけじゃないんですね」

「わたしたちが足を取られた罠は彼らの手によるものでしょう。派遣者や猛獣の接近を阻むための」

「でも、あれが罠だったなら、どうしてわたしたちを引き上げたんでしょう？　死ぬまで放っておけばいいものを」

「おそらくは……罠にかかった侵入者を仲間に引き入れて、集団の規模を大きくするためかと」

ぞっとしたが、テリンもそれと変わらない推測をしていた。

「あの沼人のこと、つまり、氾濫体と結合して、変異はしても錯乱していない人たちのことを派遣本部は知ってるんですよね？」

「あのような人間の目撃報告を聞いたことがあります。ただ、派遣本部内でもデマ扱いされてきました。動物の氾濫化については多数の実験が行われていますが、人間の場合に脳でなく体が氾濫化するなど不可能だと、旧時代の雪男伝説くらいに思われていました。こんなふうに集団を作っているなど想像もできませんでしたし」

「脱出を急いだほうがよさそうです。彼らのようになりたくなければ」

「はい。でも、状況が状況です。いまのわたしたちには道具も食糧もありません」

「リュックをどこかに隠されてるのかも。じつは、ある沼人を助けた日、保存用のビスケットをひとつ手に入れたんです。それがわたしたちのものかはわからないけど……」

「見つかれば万々歳ですね。ひとまずは、次に彼らが来るまで考えてみましょう。体力の温存が大事ですから、無駄な試みは控えてください」

壁越しのマイラの声がそこで途絶えた。昨日ビスケットを食べたテリンにくらべ、マイラはまともな食べ物を口にしていない。そんな状況で話す気力が残っているのが不思議なくらいだ。テリンも口を閉じ、干し草の上に横たわって丸くなった。生存戦略を考えるべきなのに、空腹で頭がまともに働かなかった。

天井の隙間から差しこむ光が細くなると、今日も扉が開いて一杯の水が与えられた。そして、その脇にはなんともおいしそうな実。美しい色の実だが、明らかな氾濫化の痕跡もある。

テリンは水だけ飲んで、そこに座ったまま実をにらんだ。マイラもいまごろ、水をもらっているだろうか？　水を飲んだなら気力を取り戻して、逃げる方法を話し合うこともできるだろうに。だが、隣の空間からはなんの物音もしなかった。テリンはじっと待った。

ひもじさが募ると、時間の流れが遅くなった。目を閉じて無理やり寝ようとしても、途中で何度も目覚めてしまう。そのたびに朝はまだ遠く、もしや夜が二十四時間になったのでは、などと突拍子もないことを考えた。

浅い眠りのなかで、夢にソールが現れた。ソールは丸まったカセ糸のような姿をしていた。テリンの周りをなめらかに泳いでいたかと思うと、とつぜん自分の糸をほどいて、テリンの全身をぐるぐる巻きにしてしまった。息苦しさに死にそうだという思いが頭を掠めたころ、ぱちりと目が覚めた。ソールは消えていた。頭のなかのどこかに、ぽかりと穴があいたようなむなしさがあった。

天井から洩れる光だけでは時間を推測できなかった。外でネシャットがまたも抵抗しているのか、騒がしい声が聞こえてきた。アカデミーの授業で拉致された場合の脱出方法をシミュレーションしたのを思い出したが、縛られた手足をどんなによじってみても無駄だった。再び扉が開き、透き通った水と実が置かれた。いまや気力はゼロだった。それでも、水は飲んで実には手をつけなかった。アカデミーで断食訓練を受けたこともあったが、いまはこの状況がいつまで続くのかわからないという面でいっそう絶望的だった。テリンは、自分を助けに来ると言っていたイゼフを、いますぐ会いたいその顔を思い浮かべた。無謀にも探査を続けようと言い張ったことが悔やまれた。イゼフに再会するには必ず生きて帰らなければならないのに、いまはなにも思いつきそうになかった。

翌日は雨だった。空気がしっとりと重くなり、小屋は雨漏りがした。床が濡れ、光も差さず、大まかな時間さえもわからない。テリンは壁にもたれた。

「マイラ」

壁の向こうから返事はない。

「そろそろなにかしら手を打たないと。彼らはわたしたちをこのまま閉じこめておく気のようです。こっちが飢えや不安で白旗を上げるまで。ひとまず、ふたりで小屋を壊してはどうですか？　もろそうだから可能だと思います。その後は脱出して彼らをまくか、わたしたちの武器を見つけ出して殺すか……」

しばらくして、マイラが答えた。

「沼人は大勢います」

「はい、そのようです。でも、彼らは動きが遅い。身体能力も低下しています。まいて逃げるのは可能かと」

「ネシャットも抵抗の末に捕まりました」

「そうですね。でも……いつまでもここにいるわけには――」

「実を食べます」

「え？」

テリンが当惑しているあいだに、マイラが言った。

「あの人たちはなにか知っています。われわれが氾濫体について知っているよりもっと多くの事実を。そしてわれわれがここに来たのは、より多くを知るためです。むやみに彼らを敵に回すようなことはできません」

「そんな、無謀すぎます。それで錯乱症にかかったら？　いいえ、あの人たちみたいに体が変化するってだけでも危険です。都市から拒絶されるかもしれません。知ってのとおり、これはほとんど追放刑のようなものですよね。たとえマイラはみずから志願したのだとしても」

「われわれは派遣者のなかでも、もっとも高い抵抗性を備えています」

「自分で実験したわけじゃないでしょう？　どのくらい耐えられるのか、いつから変化しはじめるのかもわからないのに」

「いつかは氾濫体に殺されるかもしれませんが、拒んでいるだけでは得られるものもありません。

わたしが実を食べて彼らを説得するか、食糧を見つけてあなたたちふたりに届けるか。全員が捕まっているわけにはいきません」

沼人をまくか、こっそり抜け出して都市へ帰る方法を模索することもできた。マイラの身体能力と現場経験をもってしてなら、試す価値はじゅうぶんにある。それなのに、実を食べる？　マイラはなぜそんな無謀な選択をしようとするのだろう。そのとき、テリンの頭にはっと浮かぶものがあった。

「たんなる調査のためだけじゃないんですね、マイラ？」

壁の向こうから、返事の代わりに長い沈黙が伝わってきた。

「ここでなにを探してるんですか？」

マイラは依然黙っている。テリンが続けた。

「教えてください。なにか手伝えるかもしれません」

本気だった。テリンの協力がなくとも、マイラはそれをやり遂げるだろう。だが、テリンはマイラに協力したいと思った。自分を信じてここまで来てくれ、そのせいで危険に陥っていた。いま実を食べてまで見つけたいものがあるのなら、最善を尽くしてくれたマイラの力になりたかった。

マイラが低い声で口火を切った。

「数年前、フィアンセのオーウェンが行方不明になったんです。同じ派遣者でした」

テリンは、壁越しに聞こえてくる言葉にはっと息を呑んだ。

「最後の任務に出る前、オーウェンはわたしに、任務の細部事項は話せないと言いました。そうして消えてしまった……。噂を聞きました。オーウェンは『沼』の調査中に行方不明になったのだと……長らく秘密裡に調査を行った末に、オーウェンが最後に参加したのは、ヌタンダラの東エリアを探査する秘密任務だったことがわかりました」

その声は淡々としていた。いまになってマイラの行動が理解できた。ネシャットとは違い、内陸の奥部へ入ろうとしていたマイラ。テリンのように地盤振動を聞いたわけでもないのに、なぜ無謀にも奥へ奥へ進もうとするのか不思議だった。でも、見つけたいものがあったのだ。

行方不明のフィアンセ。説明はそれだけでじゅうぶんだった。派遣者が同じ派遣者を結婚相手に選ぶことは多くない。禁じられているわけではないが、任務の内容や現場の状況を共有することができないこともあって、初めからプライベートな関係になるのを避けたり、公けにしない場合が多いという。それなのに周囲の視線も気にせず結婚を約束するぐらいなら、並大抵の関係ではなかったはずだ。

「その人がここにいると考えてるんですね」

「いえ、オーウェンは……」

気持ちを落ち着かせるように、マイラは少し間を置いてから言った。

「オーウェンはもう死んでいるでしょう。それでも、わたしはその死をこの目で確かめなければならない。そうでないと帰れないんです」

*

木陰でテリンと鉢合わせたとき、マイラは訝しげな表情で訊いた。

「テリンも解放してくれたんですか？」

それもそのはず、マイラは氾濫化した実を食べるという重大な決断のもとに解放されたのだから。

テリンはにこりと笑って返した。

「わたしも食べたんです。あの実を」

マイラがぎゅっと顔をしかめた。ふだんは感情を出さない人なのに、珍しいことだった。マイラがいっそう顔をゆがめながら訊いた。

「どうして？」

「わたしも探したいものがあるし、閉じこめられたままじゃいられないから」

「褒められた行動ではありませんね」

「でも……」

「二度とそんな真似はしないでください」

厳しい顔でとがめるマイラの前で、テリンは素直にうなずいた。氾濫化しているとはいえ特別変わった味はしなかっただろう、本当はそんなふうに話しかけて少しはしゃぎたい気持ちもあったが、テリンはそんな気持ちを抑えた。マイラにはすでに心の重荷があるのだから、さらなる心配事を抱えさせないほうがいいと思った。

「あんたら大丈夫？　おかしくなっちゃったんじゃないの？」

沼地の中央にある岩にくくりつけられて喚いているネシャットもまた、マイラの頭を悩ませることのひとつだろうから。

　ネシャットは沼人たちに対して敵対的な態度を崩さず、いまやマイラとテリンが近づくことさえ許さなかった。ネシャットの怒りはもっともだが、戦略的な態度とはいえない。説得する機会もないまま、その怒りがマイラとテリンにまで飛び火していた。

「この裏切者！　あたしが懐柔されるとでも思ってんの？　命が惜しかったら実を食べろって？　いっそ死んだほうがましだよ！」

　ネシャットは過度に感情的になっているようだった。たんに仲間がタブーを犯したことに憤っているというレベルではなかった。水を飲ませようと近づいたテリンは、唾を吐きかけられて引っこむはめになった。マイラが手の甲でテリンの顔を拭いてやりながら言った。

「ネシャットは氾濫体を極度に嫌っていますから」

「よくこれまで現場の任務に耐えられましたね」

「氾濫体そのものもそうですが、氾濫体と人間が結合した状態への本能的な拒否感が大きいようです。あの沼人たちに対しての」

「でも……それはだれにでも当てはまることじゃないですか？　わたしたちも同じで、怖くないから実を食べたわけじゃない。見つけたいものがあるからです」

　テリンの言葉に、マイラは静かにうなずいた。

「ネシャットがこの任務に投入されたのも、人間と氾濫体の結合形態に対する嫌悪感のためです」

マイラの話はそこまでだったが、テリンにはその先がわかる気がした。ネシャットは研究所の所属だったというから、もしかすると実験中に事故を起こしたのかもしれない。嫌悪感からくる大きな事故を。

テリンとマイラが実を食べはじめると、沼人たちの態度が一変した。朝方に氾濫化した実をひとつ食べると、その日一日はふたりがどこを歩き回ろうと干渉しなかった。当初はテリンに食べさせまいとしていたマイラも、ほかにこの場所を調査する方法はないとあきらめたのか、それ以上反対しなかった。まだマイラ自身にこれといった異常は見られなかったから、マイラよりも抵抗性の高いテリンも大丈夫だろうと判断したのかもしれない。

じつは「ヒオモ」ではなく「ヒロモ」だった沼人が、都市へ逃げないと約束するなら森を探索してもいいと言ってきた。それでも、沼から少し離れると、どこからか現れた沼人たちがふたりを監視しているのだった。テリンもマイラも調査を終えるまで逃げるつもりはなかったため、いまのところは問題なかった。武器と非常食糧を持たずに都市へ戻ろうとするのは自殺行為にほかならない。

ほどなくして、テリンとマイラは近くに澄んだ谷川を見つけた。肉眼では氾濫体が識別できないほどで、沼人たちはここから水を運んでいたのではないかと思われた。ふたりは今後、飲み水はこの谷川で補充することにして、ネシャットに水を届けた。初めは信じられないと拒んでいたネシャットも、脱水症状で気絶直前までいってようやく水を飲んだ。だがそれさえも、ネシャットにとってはぞっとすることらしかった。

一方で、きれいな食べ物はなかなか見つからなかった。朝方置いていかれる氾濫化した実ひとつでは、ひもじさが満たされるどころかますます募った。沼には氾濫化した植物があふれていたが、それを食べるわけにはいかない。そんなことをすれば今度こそ、いくらもたたないうちにあの沼人たちのようになってしまうだろう。谷間をしらみつぶしに探して、きれいな実やキノコをごく少量発見した。テリンとマイラはその一部を取っておき、残りはネシャットに届けた。ネシャットはそれをひとくちにほおばってもぐもぐ嚙んでいたかと思うと、とろんとした目で言った。

「新入り、あたしにいいプランがあるんだけど聞いてみない？」

そのプランとは、周辺にある鋭利な石と応急キットの発熱体を組み合わせて爆発物を作り、それで沼人たちを殺したあと、死体からサンプルを採取して都市へ帰ろうというとりとめもないもので、どうにも現実味がなかった。だが、すでにテリンの役割まで決められていて、無駄に怒りを買いたくなかったテリンは、同調するふりをして黙って聞いていた。

激しい抵抗を続けたせいか、ネシャットは手首足首をつねに縛られていて、ときには監視までついた。テリンはネシャットから、リュックの隠し場所を教えるからポケットナイフを持ってきてくれと頼まれた。ネシャットがどんなに手練れの派遣者だとしても、小さなポケットナイフで沼人を殺すことはできないだろう。そう思ったテリンは、リュックの居場所をつきとめるつもりでその言葉に従った。

リュックは谷からほど近い、小屋の裏の茂みに隠されていた。ネシャットのポケットナイフを取り出したあと、テリンは自分用の小さなナイフも持っていくことにした。そしてふと思い出し、上着の内ポケットをまさぐってイゼフの封筒を取り出した。なかには正体不明の薄い金属板が入っていた。裏側にボタンが付いている。よく見ると、ボタンを押せば金属板が自動で組み立てられ、移動可能な機械装置になる仕組みになっていた。

〈必要なときに一度だけ。必ず助けに行く〉

イゼフはそう書いていた。とすれば、これはおそらく緊急救助信号を送る装置。マイラが都市に中間報告する際に使ったドローン同様、信号送信が可能なエリアにみずから移動する機能を搭載しているのだろう。沼から逃げられそうになかったら、最悪の状況でこれを使えるかもしれない。テリンは封筒をリュックの奥にしまった。ポケットナイフを見たネシャットはご満悦だったが、数日たってもそれが使われることはなかった。

調査に出て一週間がたったとき、マイラが訊いた。

「体の調子はどうですか」

「わたしは……いまのところ平気です。どうやら一日当たりの閾値があるみたいですね。ひとつずつしか食べないからかも。リーダーは？」

「それならよかった。わたしもいまのところは。でも、テリンはわたしより注意が必要です。経験が少なくて体の変化に気づけていない可能性もありますから」

「ご存じですよね。わたしの抵抗性が最高点だってこと」

テリンの言葉に、マイラは少しも笑わずうなずいた。だが、平気だというのは嘘で、じつは問題があった。あの実に関連しているかはわからない。なぜならそれは、テリンがもともと抱えていた問題だったから。

ソールが再び目覚めはじめていた。それも、強力に。

二日前から、目を閉じると悪夢に苛まれた。ときには、起きているときでも短い幻覚を見た。子どもたちの悲鳴。壁にはねる血しぶき。機械音を上げながら近づいてくる鋸歯にいまにも追いつかれそうな恐怖。それはテリン自身の記憶だが、それらをかき乱すのはソールだった。

「ソール、お願いだからやめて。なにがそんなに怖いの」

もしかするとソールは、自分がしでかしたことについて恐怖と罪悪感を覚えているのかもしれない。テリンを操り、人々を攻撃させたことについて。

「ソールのこと、恨んでないよ。だからもう考えなくていい」

本心ではなかった。本当はソールを恨んでいた。あんなことがなければ、テリンは無事に派遣者となってイゼフのそばにいただろう。こんなふうに危険な任務に就かされることもなかったはずだ。しかし、いまテリンが置かれている状況、その一部はテリン自身の選択によるもので、ソールだけのせいにするわけにはいかなかった。ソールに名前をつけてやったこと、ソールがテリンの体を操ることを許したこと、感覚体系を共有したこと、危険な任務を引き受けたこと。そしてなにより……都市へ戻らず、あの未知の振動を追ってきたこと。それらはテリンの選択だった。

だからテリンは、ソールを恨むのではなく理解したかった。ソールの混乱の原因を知りたかった。なぜならその混乱は、テリンがここで沼人と向き合って以降、ひっきりなしに感じているものでもあったから。沼人たちは、これまでに見たことのない姿かたちをしていた。だがその姿に、テリンはどこか懐かしさを覚えた。この得体の知れない親密感はいったいどこからくるのだろう。

沼人がときおり地面に耳をつけて、遠いところから届く音を聞いているとき、テリンは彼らに自分の姿を重ねた。または、テリン自身に彼らの姿を重ねたというべきかもしれない。ラブバワでそんな行動を取る人は見たことがなかった。はた目には多少滑稽で突飛な行動に見える。だからテリンは、人の目に触れないとき、奥まった路地や自分の部屋にいるとき、あるいはソノとふたりきりのときにだけ、そうやって地盤の振動を聞いた。だがここでは、沼人のだれもが地面の振動に耳を傾けている。

テリンが都市でキャッチしていた信号は本当にこの沼、そして沼人と関係があるのか。彼らは、遠く離れた地下都市でもこの信号が聞こえることを知っているのか。そうでないなら、信号はいったいなにと繋がっているのか。

だが、答えをつきとめるのは決して簡単ではなかった。

沼人からなにか聞き出せるかもしれないという期待は、早々に裏切られた。これまでに会話らしい会話を交わしたのはヒロモひとり。彼もまた、テリンとマイラにこの場所について詳しく教えてくれなかった。正しくは「そのうち教える」と言って先延ばしにした。それはいつのことかというテリンの問いに、ヒロモは目を瞬かせながらゆっくりと答えた。

「おまえがわれわれのようになったとき」

4

「あの、こんな質問は失礼かもしれないんですけど……」

道を阻む氾濫体を小さなナイフでどうにか断ち切った直後、テリンはためらいがちに口火を切った。

「オーウェンも派遣者だったんですよね……。数年前、オーウェンはどうしてこの沼へやって来たんでしょうか。それはたぶん、沼人と関係があるんですよね？」

マイラは枝を手際よく折りながら答えた。

「オーウェンの最後の任務はあくまで機密事項でした。わたしにも具体的な話をしてくれたことはありません。でも、想像のつく部分はあります」

「それは例えば？」

「沼人たちの一部はかつて派遣者だったはずです。オーウェンはその派遣者たちを捜して、または彼らについてここへ来たのかもしれません」

「あの沼人たちが派遣者だったと？」

驚いたテリンはマイラのほうを振り向いた。先日古いビスケットを見つけたとき、ひょっとすると以前にも罠にかかった派遣者がいたのかもしれないとは思った。でも、あの沼人たちが派遣者だったとは考えもしなかった。マイラは瞬きもせず手を動かしつづけた。

「派遣者とは、氾濫体に支配された地上に魅せられた者たちでもあります。ネシャットのように嫌悪感しか覚えないわけではありません。『不穏派遣者』が出つづける理由もここにあります。彼らは地上を目指し、そしてある日、戻らなくなる。派遣本部はずっと彼らの存在を隠してきましたが、ともに働く仲間がとつぜん消えればだれだって気づきます。ああ、またたれか地上へ行ったきりになったと」

不穏派遣者についてなら、テリンも聞いたことがあった。ジャスワンおじさんが派遣本部と対立して不名誉な辞職に至ったのも、まさに不穏派遣者に関する任務のためだったと聞いている。彼らが都市に氾濫体を持ちこもうとして射殺されたというニュースを見たこともある。あのときは不穏派遣者のことを、たんに「氾濫体に魅せられておかしくなった、都市を危険に陥らせる人々」だと思っていた。

だがじつは、氾濫体の影響ではなく、みずからの意志で戻らなかったのなら……そして、そのまま地上で死んでしまったのではなく、この沼地のような場所を見つけたのだとしたら。イゼフは、派遣者として氾濫体への魅惑と憎悪を同時に抱く必要があると言った。憎悪だけなら、ネシャットのように不安に囚われる。魅了されれば、氾濫体にのみこまれて地上の一部になってしまう。派遣者が保つべき危ういバランスは、ほかでもないここにある。

「沼人の全員が派遣者だったわけではないでしょうが、そう考えれば謎が解けます。なぜ不穏派遣者が生まれるのか、本部の徹底した管理と監視にもかかわらず、どういうわけで地上へ向かう者たちが出てくるのか。わたしも沼人にじかに会ったのは初めてですが、噂を信じて都市を離れた者もいるのでしょう」

「では、噂は本当だったってことですね」

「まだわかりません。沼人がふだんどう過ごしているのかさえわかっていないんです。彼らがどうして生きていられるのかも。一見すると錯乱しているようには見えませんが、発現の仕方が異なるだけかもしれません」

テリンとマイラは沼人をごく間近で見ていたが、彼らがどういうふうに会話し、生活しているのかわからなかった。彼らは独自の方法でコミュニケーションを取っているようだった。そして沼を行き来しながらなにかを調べたり作ったりしていて、いつもなにかに熱中していながらも、最終的になにをしようとしているのかは判然としなかった。マイラの予想は、彼らが氾濫体の連結網を利用して近隣エリアを観察し、危険の有無を判断しているというものだったが、あくまでも推測に過ぎなかった。

「もしかしたら、ここの沼人たちのなかにオーウェンがいるかもしれません」

テリンの言葉に、マイラは空中ではたと手を止めた。そしてその手を下ろしながら、道をふさいでいる枝をポキリと折った。

「さあ。それなら気づいていたはずです」

会話はそこで途切れた。テリンは道を開くことに集中した。下手なことを言ってしまった。いくら姿かたちが変わっていたとしても、マイラが自分の愛する人を見間違えるわけがないのに。だとしたら、ここにオーウェンがいないことにマイラはがっかりしただろうか、それともむしろ、いなくてよかったと？　その心中は推し量りかねた。

黙々と氾濫体を取り払ううち、道ができた。テリンとマイラがどこを歩き回ろうと、あまり遠ざからない限り沼人に遮られることはなかったが、昨日北方向の道へ行こうとしたときは止められた。そのため、テリンはかえってそちらを調べたいと思った。なにか重要なもの、または隠したがっているものがあるはずだと。

非常食糧が底を尽き、テリンは今朝、仕方なく氾濫化した実をネシャットに差し出した。するとそのことに腹を立てたネシャットが、沼人たちに向かって悪態を浴びせはじめた。沼人たちがそちらに気を取られている隙に、テリンとマイラはこっそり北へ向かった。ばれないためには日没前に戻る必要がある。

北へ一歩踏み出すたびに、地盤振動が大きくなっていった。ひょっとするとこの先に、あれほど探し求めていた信号の発信源があるかもしれない。またもや分かれ道にさしかかると、テリンは迷わず左の道を選んだ。

「こっちです。こっちからなにか感じます」

マイラは黙ってうなずき、テリンのあとに従った。テリンは不安と恐怖、興奮を同時に感じた。

それらの感情はテリンだけのものではなく、ソールのものでもあった。頭のなかでソールが激しく波打っていた。

しばらく歩くと、とつぜん冷たい空気が肺に流れこんできた。熱帯の森に似つかわしくない、冷ややかな気配。空は氾濫柱の傘で隠れていて、辺りは暗い。次の瞬間、テリンの目の前に湖が現れた。

だがよく見ると、それは湖ではなかった。

ぼこりとへこんだ巨大なクレーターの上に、薄紫色の氾濫網が一定のパターンを成してびっしりと広がっている。ところどころに大きな灰色の繭のようなものがあり、そのなかには……

人間の顔があった。

ひとつではない。何十もの顔。驚きで声が出なかった。心臓がバクバクと音を立てた。

安らかに眠っているかのようないくつもの顔が氾濫体と繋がっていた。生気あふれる透き通った顔は生きた人間を思わせたが、その下にあるべきはずの体はなかった。片側がきれいに溶けてしまったように半分だけの顔もあれば、もとの形を留めた顔もある。

「この人たち、知ってる」

テリンはそちらへ歩み寄った。足下が揺れたが、人間の重みにもじゅうぶん耐えうる巨大な氾濫網だった。並ぶ顔の前に立った。一部はたしかにテリンの知る顔だった。

失踪者を捜すビラで見かけた顔、ハラパンの町で会ったことのある隣人、騒ぎのなかでテリンが手を貸した老人……錯乱症の発現が疑われたために、町を徘徊しているところを治療所に連行されたのだとばかり思っていた。治療所に運ばれても治療されて出てくる人はいないのだから、そこで悲惨な死を遂げたのだろうと。なのに、どうして彼らがここにいるのか？　自分の足でやって来た？　それとも、だれかに連れられて？　いったいなにが彼らをここへ来させたのだろう？

膝をついて、氾濫網に耳を当ててみた。なにかある。たしかにここに、なにかが。ドンドンと心臓を揺さぶる振動音。テリンのように地盤振動をキャッチできる人でなくても聞こえるだろう巨大な響き。「ここへおいで」と囁くかのようなあの信号の発信源だった。

「なにか聞こえますか？」

そこに並ぶ顔を調べていたマイラが、テリンのほうへ近づいてきた。顔を上げて答えかけたテリンの目がなにかをとらえた。

「リーダー、後ろに――」

叫ぼうとしたが遅かった。

なにかがテリンを強打した。奇声が聞こえた。

次の瞬間、マイラの呻き声と、ナイフが空を切る音が聞こえた。痛みが遅れてやって来て、テリンは呻きながら身を起こした。肩から流れる血で片腕を真っ赤に染めたマイラが、ナイフを手にワニと対峙していた。だが、枝を切り落とすのに使っていた小さなナイフは、沼地のワニがむき出している牙に比べればおもちゃのようだ。

赤黒い氾濫体に覆われたワニたちの表皮がぬるりと光った。這いつくばっていてもわかるとてつもない巨体に肌が粟立った。銀灰色のひし形の瞳がマイラをにらんでいる。そのうち一匹の視線がテリンに向いた。マイラが叫んだ。

「横方向へ！」

テリンは横ざまに倒れた。ワニは避けられたものの、強い痛みが足首を襲った。続けてマイラも地を転がった。氾濫網の一部が破れ、マイラの脚がそこにはまった。マイラは氾濫網に手をかけたが、そこも破れかけていた。テリンはマイラを救うために駆け出した。行く手をふさぐワニの脊髄にナイフを突き刺す。だが、ナイフを引き抜く前にワニが全身をくねらせながら地を這い、そのはずみで連結網がさらに破れた。連結網全体が激しく揺れ、テリンはバランスを失った。とうとう、テリンとマイラのふたりは連結網に閉じこめられるかたちで沼地のワニに囲まれてしまった。

威嚇するような唸り声に心臓が凍りついた。

北へは行かないようにという沼人たちの警告がいまさらながら思い出された。隠したいものがあるのではなく、ワニたちの存在を警告していたのだろうか。

テリンとマイラの視線がぶつかった。小型ナイフひとつで敵う相手ではなかった。マイラが手信号で指示した。自分が残るから、テリンは逃げろと。そんなことはできない。テリンは首を振った。だが引き留める間もないまま、マイラはワニに向かってナイフをかまえた。マイラに飛びかかろうとするワニを、テリンは全力で制圧した。大きな口を全身で押さえつけた。だが、脊髄を刺すための武器がない。ワニが続々と迫ってきていた。

「やめて！」

一匹で手一杯だった。テリンはほかのワニがマイラに襲いかかるのを暗澹たる気持ちで見ていた。

そのときだった。ワニたちがぴたりと動きを止めた。

テリンの下で体をよじっていたワニも、にわかに身をすくめた。遠くから地面が振動しはじめ、少しずつ近づいてくる。なにかがこちらへ向かってきていた。振動を響かせながら。

「これは……?」

「だれかがこちらへ来ています」

マイラの声に緊張がにじんでいた。

ワニたちが顎を閉じてゆっくりと後退していく。抗えない命令を受けたように。テリンとマイラが同時に振り向くと、動きを止めたワニたちの合間を歩いてくる沼人が見えた。手に長い杖のようなものを携えて。それを氾濫網に振り下ろして振動を生み出しているのだった。さほど力はこもっていないようなのに、振動は氾濫体をつたって巨大な波動を生んでいた。

テリンはその顔を知っていた。木の枝に引っかかってもがいていた彼を、テリンは手伝ってやった。だがその顔を覆う氾濫体はずっと薄くなっていて、だからテリンは、彼の善良そうな目元と琥珀色の瞳を、あのときよりずっとしっかり見ることができた。

いまになってようやく、なぜその目に見覚えがある気がしたのかわかった。

テリンが口を開いた。

「ジャスワン……」

マイラが驚いたようにぴくりと身を揺らした。沼人のほうは慌てる様子もなくテリンを見つめた。

いまごろ気づくなんて。居間の飾り棚に置かれたフォトフレームのなかに、たしかにその顔を見ていた。だがそんな記憶に頼らなくとも、もっと早くに気づいていないほうがおかしかった。その顔はジャスワンにそっくりだったから。十年近く見ていた目と瓜二つなのに、気づけなかった。もうとっくに死んでいると思っていたから。

「スーベン。スーベンなのね。そうでしょう？」

死んだと思われていた、不名誉な不穏派遺者。かつて都市を追われた、ジャスワンの弟スーベン。そのスーベンが、ゆっくりとテリンとマイラのほうへ歩み寄ってくる。

彼は死んでいなかった。氾濫化して生きていた。あの沼人たちとともに、氾濫体とひとつの体を共有しながら、たとえもとの彼とはかけ離れた姿をしていても……それでも彼は、いまここに生きていた。写真のなかで明るく輝いていたまなざしだけはそのままに。

テリンはスーベンと向かい合った。テリンがいま心から会いたいと願う人にそっくりの瞳が、テリンに向かってゆっくりと瞬いた。

＊

沼地の夜は暑く、じめじめしていて、ねとついた。水臭さが漂い、氾濫化した実ならではの甘いにおいが空気に混じっている。ときおり聞こえてくる、朽ちた枝が折れる音、ムササビが木から木へと飛び移りながら立てる葉擦れの音を除けば、静寂このうえなかった。そのまま沼底へと沈んでしまいそうな、夢のなかの風景のように。

スーベンが夜光性の氾濫網を丸く結って作った照明が、小屋の前の空き地に置かれた。それはテリンのためのもので、沼人には必要なかった。テリンは岩に腰かけて夜の沼を見つめた。沼の表面には光る粉と指の爪ほどの丸い浮遊物がぷかぷか浮いている。それらは風向きによって、片側に流れたり円を描いたりした。光がテリンに向かって、こちらへおいでと、入ってきて自分たちを飲んでごらんと言っている気がした。テリンは視線を移した。黙って沼を見つめているスーベンがなにを考えているのか知りたかった。

少し前にマイラの傷の処置を終えたところだった。ワニに嚙まれた傷はひどく、スーベンに支えられてなんとか沼地に戻ったのだった。沼人たちに連れられてきれいな流水がある場所へ行き、傷を処置してもらった。テリンは隠されていたリュックから応急キットを出したが、なぜかなかはほとんど空っぽで、わずかばかりの鎮痛剤を見つけただけだった。ヒロモが来て、沼人たちが消毒に使っている実があると言った。それも氾濫化しているかもしれないと思うとやはりためらわれたが、感染の危険のほうが大きかったため、マイラもそれを使うことに同意した。休めるように小屋に移動させたころには、日も暮れかけていた。

だが、テリンはとうてい寝つけなかった。スーベンに訊きたいことだらけだった。沼への帰り道、とりとめもなくスーベンに自分のことを話して聞かせた。子どものころジャスワンに育てられたこと、もうひとりソノという養女がいること、ジャスワンはハラパンで食堂を営んでいて、きょうだいで撮った写真をよく見ていること……。スーベンはジャスワンに家族ができたことに安心した様子だったが、自分のことは語ろうとしなかった。

「あなたの話も聞かせてくれませんか」

スーベンはゆっくりテリンのほうを振り向いた。

「ジャスワンは、あなたのことを話してくれないんです。でも、なにか恐ろしいことがあったに違いないとは思っていました。ジャスワンはわたしが派遣者になるのを異常に嫌がって、最後まで反対していたから。さすがに受験まで止め立てすることはなかったけど。きっと、その理由の中心にはスーベン、あなたがいたんだと思います」

スーベンは沈黙していたが、話に聞き入っているのはわかった。

「いつも不思議に思っていました。不穏派遣者と呼ばれる人たちはなぜ、それほど憎らしい氾濫体の世界へ行ったきり戻ってこないのか。氾濫体にのみこまれてしまったのか。でもそうだとしたら、なぜ彼らに『不穏』という汚名が着せられるのか。この沼に来てから、ますますわからなくなりました。この人たちは氾濫体にすっかりのみつくされているように見えるのに、なぜ死なずにいられるのか。どうして自分の名前を記憶してるのか。なぜ声を出さずに互いに通じ合っているように見えるのか。でも、なによりわからないのは、わたしがこの沼に対して覚える感情です」

テリンはしばし沼を見つめてから、再び口を開いた。

「異常で、奇怪です。想像したこともない場所です。それなのにどこか親しみを感じる。逃げたい、自分が沼に感じる親しみを否定したい。でも同時に、この沼に安らぎを感じている自分がいるんです。よくわかりません……ヒロモは、わたしとマイラがあなたのように変異するまでなにも語らない、わたしたちをこの沼から完全に解放することはないと言いました。そうなっては困ります。わたしは都市へ戻りたい。愛する人たちがそこにいるから。なにより、氾濫体と結合して変異した自分で生きたくはないから。でも、危険を冒してここへ来たのもわたしなんです」

テリンはスーベンの目を見ながら続けた。

「振動を追ってきました。遠くから響いてくる信号を。途中で戻ることもできたのに、確かめたくてここまで来ました。その発信源がここにあるんです。でもいざ来てみると、氾濫体に支配された人たちがいるだけでした。これがなにを意味しているのか、さっぱりわかりません。スーベン、どういうわけでここへ来たんですか？　どうしてここで、氾濫体と結合して暮らしてるんです？　それから、あなたが使う『振動信号』は氾濫体とどう関係してるんでしょう？」

スーベンは答える代わりに、じっとテリンを見つめた。琥珀色の瞳が月明かりに反射して輝いた。そのまなざしに射貫かれそうだと思ったとき、スーベンが口を開いた。

「兄さんに似てるね、きみは。強情で、好奇心が強い。もっとも、兄さんに育てられたんだから当然かもしれない。兄さんはその強情さのためにつらい思いをしてるんだろうけど。いっそぼくを忘れられたら……もっと楽だったろうに」

氾濫化したスーベンの話し方はゆっくりで、しょっちゅう途切れた。

「きみの話に答えるには、ずっと昔の話をしないと」

だがテリンにとっては、ほかの沼人の言葉よりもずっと聞き取りやすかった。彼は兄ジャスワンと、声も話し方も似ていたから。

「ぼくが派遣者だったときの任務は」

スーベンがゆっくりと切り出した。

「沼人を殺すことだった」

驚きだった。スーベンは表情を変えず続けた。

「卑劣で、残忍な仕事だった。だれにも自分の任務を言えなかった。兄さんにさえ」

テリンが当惑して訊いた。

「でも、どうして……派遣本部では沼人の存在を認めていないと……。ただの噂だって、あなたが助けたマイラ・ロドリゲスからそう聞きました」

「マイラ・ロドリゲス。ぼくも知ってる」

スーベンがうなずいた。

「昔からまっすぐで正直な人。でも、一線を越えることはできない。だから知らなかったんだろうね。上部ではもっぱら、憎悪に傾いた者だけを選んで秘密裡に任務を課した。そのひとりがぼくだった」

声の奥に重苦しい感情が積もり積もっているようだった。

ジャスワンとスーベンの兄弟が家族を失ったのは、スーベンが九歳のときだった。事故は換気口の拡張工事の最中に起こり、兄弟の両親はその現場にいた。その日両親についていった妹も汎濫体にさらされた。両親と妹は治療所に移送され、その後を知らされることはなかった。親戚は兄弟を引き取りたがらず、彼らは互いに支え合いながら育った。ふたりともが、家族を奪った汎濫体を極度に憎み、ふたりともが、錯乱症の抵抗性に優れ体格もよかった。兄弟そろって派遣者になると決めたのもうなずけることだった。

「派遣者になりたてのとき、ぼくも沼人の噂を聞いた。地上に氾濫体と結合した人間が住んでいて、だけど彼らは錯乱症にかかっていないと。本部ではその噂が広まるのを警戒してた」

スーベンも初めは沼人の存在を信じていなかった。彼らを見つけて全員射殺しろという任務が秘密裡に下されるまでは。

派遣本部の見立てでは、兄弟のなかでより激しい憎悪を抱いていたのはスーベンのほうだった。本部はスーベンにだけこの任務を課した。沼人の存在が地下都市に知られれば、氾濫体について不穏な考えを抱く人が増えるかもしれなかった。

「本部では彼らを有害獣と呼んでいた。伝染病にかかったシカを撃ち殺すものだと思えばいいと。現場で彼らに侮蔑の念を抱くのは難しくなかった。見た目があまりに違ったから。あまりに氾濫化がひどかったから」

沼人は集団を作らず独立して動くため、見つけて処理するのは簡単だった。だが、時間がたつと彼らも情報を共有するようになり、派遣者から身を隠すようになった。スーベンは執拗に彼らを追跡した。そうするうちに、同じ沼人たちに何度も出くわすようになった。初めてシカを撃ち殺すときはシカという種としか認識されないが、同じシカに何度も会うと、その個体ならではのまなざしを見分けるようになる。完全に変異してしまっていても、彼らがいまだに人間なのだという事実を悟るまでに長くはかからなかった。

ある日スーベンがチームで任務にあたっていたとき、彼の旧友でもある仲間が沼人たちの罠にかかって氾濫体にさらされた。そして氾濫化しはじめた。彼がチームから離脱して逃げたとき、リーダーはスーベンに命令した。友人であるスーベンへの信頼を利用して離脱者に接近しろと。目の前で確実に殺せと。

「だから撃った。友人ではなくリーダーを。そして都市へ戻らなかった。戻れなかった」

スーベンは氾濫体の森へ逃げた。残るは死のみと考えた。食べ物も見つけられず、辺りは氾濫した獣だらけだった。手持ちの食糧がなくなると森で実を探したが、それにも限界があった。都市から遠ざかるために北へ向かえば向かうほど、氾濫体の密度は高まった。スーベンは決して氾濫したものを口にしなかった。力尽きて倒れ、目覚めると沼にいた。

「ぼくが撃ったあの沼人たちの棲み処だった……そしてぼく自身も変異していた。だれかに氾濫体を食べさせられたのさ。あるいは、傷口から故意に感染させたか。どちらにしろ、もう後戻りできなかった」

スーベンは変化していく自分の体を見ながら、これは罰なのだと考えた。もうすぐ死ぬものと考えた。ところがなぜか、沼での変異には都市でのそれのように自我の崩壊が起こらなかった。一方でスーベンは、沼人たちに殺されるかもしれないと思っていたが、そんな事態にはならなかった。獣に攻撃されることもなかった。

「氾濫化すると、ぼくは氾濫体の連結網の一部とみなされた。そのために、もともと人間を食べない獣たちはそれ以上襲ってこなかった。沼人たちも、ぼくを彼らの一部として受け入れた。彼らはぼくを『スーベン』と呼んだけれど、それは以前、都市でスーベンと呼ばれていたのとは違う意味をもっていた」

　テリンはスーベンの言う「彼ら」、つまり、氾濫体が作る連結網というものがうまく理解できなかった。スーベンによると、それは人間のコミュニティよりずっと本能的かつ無意識に働き、それでいてもう少し断片的で、体系立っていないのだと言う。氾濫体は氾濫化した生物、すなわち氾濫体が神経網を乗っ取った生物を、自分たちの連結網の一部とみなす。そのなかでも食物連鎖の生態系は保たれるが、氾濫化した個体は互いをまったく異なる個体としてではなく、ゆるい繋がりをもつ集団の一部と受け止める。

「じゃあ、氾濫化した人たちはみんな同じ意識をもってるんですか？　生物たちも？」

「いや。部分的には異なってる。個体としての特性がゼロになるわけじゃないから。でも、思考は共有されていて、物理的に近ければ近いほど、共有の度合いは緊密になる。ぼくたちは連結網が広がり巨大化するにつれて均質でなくなっていくけれど、その代わり、広々と枝を伸ばしてより多くの情報を得ることになる」

「よくわかりません。どうして人間にそんなものが必要なのか……」

「ぼくたちはいまや、純粋な個体でもなければ、純粋な人間でもない」

　スーベンはありきたりの事実を話すかのように平然としていた。氾濫体はスーベンの姿だけでなく、感じ方や考え方まで変えてしまった。

「変異が嫌じゃないんですか？」

「いいとは言えない。でも、それは人間だったときと同じ」

スーベンが変わり果てた腕を見つめながら言った。

「人間に生まれたことが不幸なときもある。でも、生まれた以上は生きなきゃならない。それはいまも同じ。ぼくはこの暮らしを選んだわけじゃない。でも、生きなきゃならない」

「だけどスーベン、わたしたちは変異を望んでいないのに？　罠をしかけたのはあなたたち沼人でしょう？　たとえそれが沼を守るためだとして、どうしてわたしたちまで沼人にしようとするのか……。わたしもマイラも、ネシャットだってそんなこと望んでいないのに」

「ぼくたちのなかには、沼人の数を増やしてもっと規模を膨らますべきだと言う者たちがいる。一理あるけれど、現実的に可能かどうかはわからない。でも、もっと根本的な理由がある。それは……」

スーベンが複雑なまなざしでテリンを見据えた。

「そうでないと、きみたちを殺すことになるから」

テリンは凍りついた。同時に、スーベンがそう言う理由もわかる気がした。彼らは自分たちを派遣者と本部から護らねばならない。帰還されればこの沼の位置がばれてしまうから、テリン一行に別の選択肢を与えられない。死ぬか、沼人になるか。ずっとそうしてきたのだろう。そうすることで生き延びてきたのだろう。

「ぼくだって、兄さんの家族を殺すことはできない。もはや家族というものの感覚は薄らいでしまっているけれど、それでもきみは……ぼくと無関係の人ではないはず」

そう話すスーベンの目に、テリンは揺らめく悲しみを見た。

「だから逃げずに、あなたたちのようになれということね」

テリンは静かに言った。スーベンはもう答えなかった。

沈黙のなかでテリンが考えに沈んでいると、スーベンが立ち上がった。沼人は夜になるとひとりふたりと沼を離れ、森にある自分だけのねぐらに戻るのだ。テリンは去ろうとするスーベンを呼び止めた。

「ちょっと待って、スーベン」

スーベンが振り返った。テリンはためらった末に尋ねた。

「さっき、氾濫体のことを『彼ら』と呼んだでしょう？　スーベンは氾濫体を、知性をもつ存在と考えてるの？　つまり、氾濫化した生物ではなく、氾濫体そのものを」

スーベンは少し考えてから言った。

「ああ。だがそれは、人間が想像してきたかたちの知的生命体じゃない。氾濫体は宇宙から来たとされている。地球の生命すら理解できていない人間が、氾濫体の知性を思い描くのは難しい。ぼくたちはまだ、彼らと言語を介して完璧に通じ合うことはできない。しかし彼らはこちらの言葉を理解し、なにかを伝えようと試みている。なかでも、この沼では複雑な連結網を形成していて、それはまるでひとつの集団神経網のような働きをしている」

いったい全体そんなことが可能なのかと訊きたかったが、スーベンはここまで、というように口を閉じた。

「もう遅い。そろそろ寝なさい。また話す時間はあるだろうから」

まるで親戚のおじさんが姪に言いそうなセリフ、テリンにはふとそう思われた。この沼に来るまで一度も会ったことのない、血も繋がっていない人だけれど、テリンはスーベンに抗しがたい親近感を覚えていた。スーベンも似たような気持ちなのかもしれない。ふだんあまり使わない発声器官を、こんなに長時間酷使していた。テリンの質問に答える義務はないのに、善意ひとつで答えてくれた。殺すか、同じ存在へと変異させようとするか。そんな対立関係のなかで、スーベンは最大の善意を示してくれたのだ。

テリンも立ち上がった。

「おやすみなさい。あ、ええっと、本当に眠ってるのかは知らないけど……挨拶は挨拶だし……」

しどろもどろに付け加えるテリンを見て、スーベンがくすりと笑った。初めて見る姿だった。まだ訊きたいことはたくさんあったけれど、いまはここまでとしよう。小屋まで歩くあいだ、背中にスーベンの視線を感じていた。

テリンは空を見上げた。夜空に星々が浮かんでいる。ラブバワでは想像もできなかった広大な空と、その先にある宇宙。汎濫体はまさにあの宇宙からやって来た。かつて人間が行けると、わがものにできると信じていた遠い星から。宇宙を夢見ていた人間は、宇宙のかけらが地上に不時着するのを許した。これまでテリンは、それを破局だと考えていた。宇宙を夢見た人間が悪いわけでも、地球に不時着した塵が悪いわけでもない、この世にはだれのせいにもできない破局があるものだと。でも、それは本当に、むごたらしい破局、たんにそれだけだったのだろうか。いまはなぜか、そう言いきる自信がなかった。

一度は寝床に横たわったものの、テリンははっとまぶたを開いた。

重要なことを見逃していた。ソールが起きていた。さっきからずっと覚醒した状態で、スーベンとの会話を聞いていた。そして、これまでテリンが決して忘れたことのない、ひとつの強力な疑問を思い起こさせた。記憶のなかのもっとも古い過去から現在まで、テリンを地上へ導いた原動力について。

テリンは囁くように言った。

あなたは真実を知ってるのね？　なぜだかわたし、このすべてを事前に予感してた気がする。なにかを知る前から理解できるなんてことがどうしてありえるんだろう？　そんな先験的な知識が可能なの？　もしも可能だとしたら、それはたぶんあなたと関連があるんでしょうね。わたしはまだ、真実と向き合う準備ができてない。でも、すでにここまで来たんだし、あなたがどうしてもと言うなら……もう逃げない。

すると、巨大な波のようなものが頭のなかに押し寄せた。ソールの答え。それは人間の言葉ではなかった。新しいかたちのコミュニケーション。ソールは声で答えたわけではなかったが、いまのテリンにはソールがなんと言っているのか、なにを望んでいるのかわかった。

当たり、真実を望んでる。ソールはそう言っていた。

そしていま、テリンもまったく同じことを望んでいた。

5

　真夜中に沼からチャポン、という音が響いてきた。

　まだ起きていた沼人のひとりがそれを聞いた。沼人が言った。「なにかが沼に入った」周りの氾濫体たちが振動をキャッチした。

　すると氾濫体と繫がっているほかの氾濫体たちが一緒に振動しはじめた。電気信号が活性化し、化学物質が連結網を通じて情報を運ぶ。氾濫体の連結網が、その複雑な根と絡まった土が振動する。連結網の局地的エリアで思考が生まれる。新しい分子だ。これまでなかった分子。われわれはこれをのみこむ。消化する。

　思考が別のエリアへ伝わった。すると、また新たな思考が生まれた。さまざまな思考がぶつかり合い、重なり、分離する。だれが来た？　だれかが来た。地下都市から来たあの女の子。三人のうちのひとり。そう。いや、人間だけじゃない。そのなかになにかいる。沼人たちは地面に伏せて、広がっていく表面振動を聞いた。氾濫体の言葉を理解することはできなかったが、彼らが忙しなく思考していることはわかった。沼人が訊いた。「止める？　ほかの人間たちを起こす？」

連結網のどこかで新しい思考が生まれた。

止めようか？　どうしたらいいだろう？

大丈夫。話をしに来たんだよ。

会話が可能だと？　あれは人間だ。

人間だけじゃない。あれは混合体だ。もうすぐわれわれの一部になるよ。われわれに新しい分子を加えてくれるはず。

氾濫体たちが大丈夫という意味の振動を送り、それを理解した沼人は伏せていた身を起こした。もう表面振動は感じられない。すべてが一瞬で静まった。どんな音ものみこんでしまう息詰まるような沼の静寂が一帯を包んだ。沼人は顔を上げて、沼の中心へゆっくりと進んでいく人影を見守った。

＊

沼へ入るとき、真っ先に襲ってきたのは恐怖という感情だった。テリンは怖かった。でも、ソールが望んでいる。それだけではない。ソールと同じくらい、テリンもこうすることを望んでいた。怖いけれど、心から望んでいる。なぜだろう。なぜ沼に引き寄せられるのだろう。

死を望んでいる？

違う。沼は死の空間ではない。沼は分解と腐敗の溶液だ。腐敗からまた別の存在が誕生する。ゆっくりとした粘り強い息が沼を満たしている。ここにはある別の存在がいる。互いに繋がり、広がっている、全体と部分が同時に思考する存在たちが。

テリンは裸足でゆっくりと沼の中央へ歩いていった。ねとねとした泥が足にまとわりつき、踏み出すたびに底が沈んでよろめいた。腐った木の枝とアシが足に巻きついた。羽虫が集まってきては散っていく。もう腰まで水に浸かっていた。

ソールが暴れていた。頭のなかで激しく動いていた。その恐怖がテリンにも伝わった。だが、テリンは歩きつづけた。沼がゆっくりとテリンを引き寄せ、テリンはそれを拒まなかった。次の瞬間、よろけてバランスを失い、手に持っていた夜光氾濫体の明かりが沼に落ちた。光が水面の浮遊物を照らす。雲が流れ、月を隠した。暗くなった視界のなかで、体中にへばりついた氾濫体が振動するのを感じた。

それらは体を震わせていた。なにか話していた……

テリンはさらに奥へと入っていった。

ゆっくりと、さらなる深みへ。

水に胸を押さえつけられ、呼吸が苦しくなった。ここまでにしたい。テリンは内なる声を押し殺してもう一歩進んだ。

首まで水に浸かると、窒息するかもしれないという恐怖がよぎり、テリンは目をつぶった。すると、さっきまでの恐怖が羽毛のように軽くなった。

全身を包む声という声が降り注いできた。

〈人間だ〉

〈自発的に入った人間〉

〈オーウェン以前にはいなかった〉

〈オーウェンも自発的ではなかった〉

〈この声が聞こえる？〉〈われわれの声が聞こえる？〉〈どうやって？〉〈人間には聞こえない〉

〈なにか違う〉〈何が違う？〉〈外にいるほかの人間たちと〉〈彼らはすでに人間じゃない〉〈彼らはすでにわれわれだ〉〈かつて人間だった〉〈そう〉〈違う〉〈彼らはもともと違った〉〈そうじゃない場合もあった〉

　この沼を埋めつくす、テリンを包む氾濫体。彼らが話している。テリンも話しかけたかった。でも、方法がわからない。どうしたら話しかけられるのかと、テリンは尋ねたかった。またもやバランスを失った。口へ、鼻へ水が迫ってくる。沼の底に沈んでしまいそうだった。濁った水、腐りかけたアシの葉、氾濫体たちが目前で飛び跳ねた。

〈力を抜け〉〈そうそう〉〈死にはしない〉〈そう、死にはしない〉

　テリンは不安に思いながら体の力を抜いた。すると、下からなにかに支えられるようにして体が持ち上がった。顔が空気に触れた。しきりに寄りついていた羽虫たちがなぜか静まった。次の瞬間、声が波のように押し寄せた。

〈どこから来たの？〉〈なにかおかしい〉〈なにをしようとしてる？〉〈なにかおかしい〉〈取り

除かないと〉〈分解されるよ〉〈いや、それは困る〉〈どうして？〉〈まだ決まってない〉〈まだ理由を知らない〉〈でもおかしい〉〈なにが？〉

　頭からつま先へと通り抜けていくようなかすかな響きがあり、テリンはふいに、彼らに話しかける方法を悟った。

〈あなたたちはだれ？〉

　舌を動かしたわけでも、声帯を震わせたわけでもない。代わりに、頭から体の端々へと繋がっているなにかが、全体的に振動した。

〈もう知ってるはず、われわれがだれなのか〉

　雲間から再び顔を出した月が沼を照らし、テリンは目の前に広がる氾濫連結網がヴゥン、ヴゥン、と震えるのを見た。

〈氾濫体。あなたたちが話してるのね〉

〈そう。人間たちにそう呼ばれてる〉

〈自分たちの呼び方はあるの？〉

〈いや。われわれは、われわれ〉

　テリンがまた訊いた。

〈どうやって人間の言葉で話してるの？〉

　あたかも笑うかのように、周囲の氾濫体が震えた。

〈学んだから〉〈吸収されてわれわれとひとつになった人間の精神が教えてくれた〉〈とくにオー

ウェンが〉〈彼は賢い〉〈でも、われわれは話していない〉〈こっちは体を震わせて、そっちがそれを読み取ってる〉〈ときどきは話すけど〉〈木と木をぶつけて〉〈あれは大変〉〈ごくたまにね〉〈ふつうは聞き取れない〉

〈ちょっと……ちょっと待って〉

テリンが制止した。テリンを中心に、ゆっくりと振動が収まった。彼らは人間の言語を知っていた。人間についても。人間を吸収したから。

にわかに怒りがこみ上げ、テリンは訊いた。

〈人間について知ってるなら、どうしてわたしたちを殺すの?〉

氾濫体はいかなる自意識ももたない、ただ増殖して広がるという本能のみで生きる生物だと思っていた。そう思っていたときは、氾濫体を憎みながらも、同時に魅了されている自分がいた。でも、氾濫体がこんなふうに自意識をもつ存在だとしたら。意識的に人間を傷つけ殺してきたのだとしたら。

〈意識のある生物だと知りながら、あなたたちは人間の脳に入りこんで自我を破壊してる。わたしたちはこの星をあなたたちに奪われた〉

腹立たしかったが、彼らのやり方で話そうとすると怒りをこめることができなかった。発話の仕方がテリンの感情をも制約していた。そのため、怒りは言葉を発するごとに静まっていき、好奇心だけがそこに残った。テリンは腹立たしさを感じるとともに、彼らの考えていることを知りたかった。理解したかった。

〈われわれが人間を殺す？〉

さっきのテリンの言葉が周囲へ広まっていくと、氾濫体たちがざわざわと騒ぎはじめた。テリンはその内容に追いつけなかった。

〈違う〉〈そうだ〉〈殺していない〉〈人間はあれは死と考える〉〈でも、死にそれほど大きな意味はない〉〈彼らにとっては意味がある〉〈われわれにとっても意味があるかも〉〈違うよ〉〈意味ってなに？〉〈死なないのに〉

意見がぶつかり合った。彼らは全体が繋がり合っていながらも、局地的には別の意見をもっていた。個別の個体でもなければ、単一の集団でもない。

〈われわれの言葉を理解できていない〉〈同時に話すのをやめろ〉〈まだ準備ができていないんだ〉

あまたの声が自分をすり抜けていくのを、テリンは傍観していた。すると時間がたつにつれ、声はしだいにいくつかの大きな筋にまとまっていった。似たような声同士で合わさり、異なる声は枝分かれした。意見を交わし、さらに交わして、完全に均一ではないけれど統合した声が出来上がった。

ひとつになった声が言った。

〈地球に到着したとき、われわれはきみたちが知性をもつ存在だと知らなかった。初めのうちは、いまのような連結網もなかった。だからわれわれの部分は、単純に本能に従って四方へ枝を伸ばし、この星を探査しはじめた。意図したのではなく、本能的に。個別の枝はそれぞれの本能をもっているから、それを統制することはできない。われわれが意図と思考、意識をもつのは、この沼のような場所で連結網を作り上げたときだ〉

〈地球に着いたときに気づかなかったなんてことがある？　人類は地球上でもっとも繁栄した生命体のひとつだったのよ。それに、人類が築き上げた文明がそこらじゅうにあったはず……〉

〈われわれが世界を感知する方法は人間とは異なっている。きみたちは目に頼る。われわれは表面振動と分子の拡散を通じて世界を感知する。きみたちが築いた文明は、われわれにとって印象的ではなかった。だから知性をもつ存在だと知るまでに時間がかかった。そうだと知ったのは、すでにわれわれの枝が地球全体に伸びたあとだった〉

〈じゃあどうして、地下都市には入らないの？　それがあなたたちの最後の思いやりだとか言うんじゃないでしょうね〉

　すると氾濫体たちがまた振動した。

〈われわれは本能的に、自分たちに似た生物が支配する場所を避ける習性がある。地下は地球上の氾濫体と思われる生物ですでにいっぱいだった。きみたちが菌類や黴と呼ぶもの、それからアリも。われわれはそれらを知的生物とみなした。生物学者オーウェンは菌類を知性体ではないと言うが、われわれは判断を保留してきた。人間について理解して以降、コントロール可能な枝に関しては地下都市への接近を防いだ。だが、完璧に制御することは不可能だ。われわれは人間のような統治システムをもたず、それを作る必要もなければ、作ることもできない〉

〈だけどいままでも、地上へ出たり氾濫体にさらされたりした人は死んでるでしょう？　それは個体

の仕業だから仕方ないって言うの?〉

〈そのとおり。われわれの枝は『個体』とも呼べない。氾濫体の小さな塊と大きな塊、部分的な繋がりと巨大な繋がりがあるだけ。そしてなにより、われわれは人間を殺さない〉

テリンが答えた。

〈どういうこと? 人間を殺してるじゃない。あなたたちは人間の脳に入りこんで、それまでのように考えることも行動することもできなくさせて、結果的に自己破壊に導いて死に至らせてる〉

〈そう。われわれと結合した人間は、それまでのように考えることも行動することもなくなる。でも、それは死とは違う〉

〈人間にとっては死よ。わたしたちにとって自我の喪失は、人間性の喪失と同じ〉

〈なぜそれが死なんだ? ほかの種を見るといい。人間以外の生物はわれわれと結合しても繁栄している。変化し、変異したうえで。われわれが彼らの体に、神経細胞に入りこんで変化させた。それでも生きつづけてる〉

〈あのね、よく聞いて……〉

テリンはむかっ腹が立っていたが、やはりいま使っている言語では怒ることができなかった。

〈わたしたちはただ生きること、呼吸することより大事なことがあると思ってるの。それは魂とも呼ばれれば、意識や自我とも呼ばれる。とにかくわたしたち人間には、個体として世界を主観的に感覚すること、世界を一人称で経験すること、それ自体が大切なの。あなたたちのしてることは……そうね、人間をすぐさま殺してるわけじゃないかもしれない。わざとしてるわけでもなさそうだ

し。でも、あなたたちは人間の神経細胞に入りこんで魂を、自我を破壊してる。それは人間にとって死なの。明らかな死〉

テリンの言葉に、氾濫体たちがややざわめいた。彼らはいま、自分たちにしか理解できない振動で話していた。テリンの言葉に納得できないのか、振動が波のように押し寄せてきた。やがてざわめきがやむと、ひとつの声が尋ねた。

〈その意識はきみたちの頭のなかにある塊、われわれに似た連結網の塊から始まるのだろう？〉

〈人間の脳があなたたちと似てるかはわからないけど、意識が脳から始まるのは合ってる〉

〈われわれはその塊を細かく調べた。人間について学習するとき、沼に投げこまれた人間を消化するとき、それから、人間の言葉を学ぶときに。そしてこう結論づけた。自我とは錯覚だ。主観の世界が存在するという錯覚。きみたちはたった一度の個体中心的な生しか経験しないから、それが唯一の生の在り方だと錯覚している。われわれを見てごらん。われわれは個体じゃない。それでも、考え、世界を感覚し、意識を感じる。意識がひとつの区分された個体に宿らねばならない理由はない。われわれと結合した状態でも、きみたちは意識を保ちつづけることができる〉

テリンは言葉に詰まった。彼らは自我の感覚を理解できない。どんなに人間を分析し、人間の言葉を理解しても、人間が自我の死について感じる根源的な恐怖まで理解することはできないだろう。そもそも、彼らにとって個体の死はなんでもないのだから。彼らは個体ではないのだから。それなら、いったいどう説得すればいいだろう。

〈仮にそれが錯覚だとしても、わたしたちにはその錯覚が必要なの〉

〈本当にそうかな？　きみの言う「わたしたち」というのはだれ？　人間全体？〉

氾濫体が訊いた。テリンはまたも動揺した。氾濫体に自我を破壊されることは、死を意味する。大方の人間はそう考えるだろう。人類はそう考えるだろう。でも、それは確かなのかと、いま氾濫体は訊いている。頭が混乱した。当て推量ではなく、尋ねたことがあったろうか？　氾濫化した人間に直接尋ねたら、彼らもまた、自分は死んだということに同意するだろうか？　錯乱症を発現した者たちは？　沼人たちは？

いけない……これでは彼らのペースに巻きこまれてしまう。だがテリンの確信は揺らいだ。人間の恐怖を説明できたとして、彼らの侵入を止めることなどできるだろうか？　人間がみずから心臓を止めることができないように、氾濫体も自身の枝が伸びていくのを止められないとしたら。

〈じゃああなたたちは、自分たちの観点では死に当たらないから、これからも人間のなかに入りこむってこと？　そうしないって意思はないの？〉

〈意思ではなく本能。だから止めることはできない〉

だがそのとき、ある声が意外なことを言い出した。

〈そうだな、方法がないわけじゃない。そうだよね？〉

すると、別の部分が騒ぎだした。

〈どんな方法？〉〈ここにあるよ〉〈それが方法？〉〈そう〉〈方法がある〉〈でも、受け入れるかな？〉〈だめだよ……〉〈可能だ〉〈不可能だ〉〈望まない〉〈彼らも望んでるはず〉〈違う〉〈言ってみて〉〈いや、言わないで〉〈どんな方法のこと？〉

さっき方法があると言った声がまた言った。

〈沼人たち。われわれは彼らと結合しながら、彼らの自我を完全には支配しない方法を学んだ。初めて人間を沼の一部として吸収したとき、彼らは個別の個体としての自意識と自我を大事に思っていると教えてくれた。きみが言ったように。一部の人間は完全に消化されることを望まず、自我の塊を守ると言い張った〉

別の声が受けた。

〈そうそう、オーウェンのやつみたいにね〉

〈そこで、次に人間が沼にやって来たとき、われわれは彼らの望みどおりゆっくりと体に入っていった。脳を避け、体に棲みついた。そうすれば人間は、自我を保ちながら地上で生きられる。地上に育つものを食べても問題ない。腐敗と分解によって養分を吸収できる。彼らもまたわれわれの一部だから……。時がたてば、いつかは彼らの脳もわれわれとひとつになり、そのころには彼らがこだわる自我という概念は消え失せているだろう。だがそれは、人間ならだれもが最終的に経験することでは?〉

〈うん。そういう方法がある〉

〈結合しよう。そうすればきみたちも地上で生きられる〉

声たちが言った。

〈われわれを食べてくれ。吸収してくれ〉

〈そうしたらわれわれもきみたちを食べるよ〉

テリンは沼で見た沼人たちの姿を思い浮かべた。ああいった生き方をみんなが受け入れられるとは思えない。テリンは言った。

〈そんなこと、だれも望まないはずよ。支配されたいと思う人間なんていない〉

〈でも、きみがそう言うのは変だな〉

〈どうして？〉

〈きみはすでにわれわれと一緒にいる〉

〈わたしがあなたたちと？〉

〈きみの頭のなかにいるもの〉〈そう。それは氾濫体だよ〉〈覚醒できずに、じっと息を潜めてるけど〉〈きみはすでにわれわれとともにある〉

短い沈黙の果てに、テリンはその言葉の意味に気づいた。

〈ソールが……あなたたちだと？〉

〈われわれかな？〉〈われわれの一部ではある〉〈変わった形態ではあるね。ふつうはそんなふうに単一の個体みたいに行動しないから〉〈そいつに名前をつけたの？〉〈名前をもつ氾濫体か〉

〈アハハ〉〈ハハ〉〈われわれのなかにもいるよ、名前をもつ氾濫体〉〈ハハ〉〈それはオーウェンの特別な塊だけだろ。もとは人間だったから。でもそいつは、初めから氾濫体だよね〉

テリンはいま感じている衝撃が、自分のものなのかソールのものなのか区別がつかなかった。テリンの思考と感情をかき乱し、記憶の底から想像外のなにかを引っ張り出していたあの動きと声……

あれは、ソールが氾濫体だから可能だったのだ。

たんなるニューロブリックではないと予想していたが、前例のないエラーかと思うぐらいで、ソールが宇宙から来た有機体だと考えたことはなかった。どうしてそんなことがありえるのか。

〈きみの脳内のそいつは、とてもおもしろい形態をしてる。われわれと同じだけど、一方では異なる。われわれは個体として存在しないと言ったよね。ところがきみのなかに入りこんだそいつは、自分をひとつの個体と認知してるみたいだ。違うかな？〉

ソールが答えた。〈違う、おまえらなんかと同じじゃない！〉続く話し合いは、テリンには理解できない氾濫体の言語だった。だが、テリンには想像がついた。ソールはいま氾濫体たちに言い返している。自分はおまえたちとは違うと。テリンも同じ考えだった。ソールは彼らとはまったく違う。人間の脳に勝手に入りこんで、錯乱させ、最終的に死に至らせる彼らとは……

氾濫体たちがまたもや波を起こしながら振動した。大声で笑うように。

〈きみがそいつに名前をつけたせいか、少し人間っぽい行動をするようになってる。まるで感情があるみたいに。われわれには感情なんて必要ない。感情とは個体単位で存在する生物が、主観的な身体感覚を解釈するために生み出した文化ツールだから。なのにそいつは、感情を示してる。あたかもきみから身体感覚の解釈法を学びでもしたみたいに〉

〈しかも、そいつはわれわれとは違って、脳の付近に局地的に存在してる。不思議だね。自身を四方へ伸ばすのではなく、そうやって一部分に限定して留まるのは簡単なことじゃないのに〉

〈待って、いいかな……〉

テリンが氾濫体たちの波のような言葉のなかに割って入った。

〈ソールが本当にあなたたちのような氾濫体なら、いったいどうやって私の脳内に入ったの？　それと、どうしてソールだけが違った行動を取るの？〉

〈それはわれわれにもわからない。もしもそいつがわれわれと結合するなら、そいつの記憶を隅々まで探ってみるんだけど……〉

頭のなかで大きな波が立った。ソールが〈嫌だ！〉と叫んでいた。

〈ほらね。そんなに嫌がられちゃ、こちらとしても打つ手がないよ。どういうわけで、われわれの一部が人間の脳内に入って個体づらするようになったんだろう？　われわれも知りたいよ〉

ソールが言い返した。〈ボクをおまえらの一部だなんて言うな！〉

〈ソール。それがきみの呼び名なの？　きみはわれわれと同じ。分離して長いから、自分のことを忘れてしまったんだね〉

〈違う！　違う！〉

テリンにはソールが激しく困惑しているのが、さらには怒りを感じているのがわかった。困惑しているのはテリンも同じだった。

氾濫体たちが笑うように波打つあいだに、テリンは、黒々としていた空がほの白くなっていくのに気づいた。

〈沼人たちが向かってきてる〉〈彼らが来てる〉〈朝だ〉〈目覚める時刻だ〉

氾濫体たちがおしゃべりしながら振動した。テリンが周囲を見回しても、まだ沼に近づいている沼人はいなかった。彼らは表面振動によって沼人の接近を知ったようだ。

〈最後に、ひとつだけ訊きたい〉

テリンが言った。

〈これまでにわたしみたいな人はいた？　つまり、氾濫体と結合してるけど……めいめいが自我を保ってるっていう〉

氾濫体たちが答えた。

〈初めてだ〉〈じつにおもしろい〉〈われわれに自我は必要ないから〉〈名前も必要ないし〉〈きみたちはおもしろい〉〈吸収されてみない？〉〈われわれと繋がろう〉〈そうそう、繋がろう〉

〈きみたちを分析してあげる〉〈きみたちについて教えてあげる〉

〈ううん。いい。もう……行かないと〉

全身の筋肉がうずいた。テリンが口を閉じて沼から出ようとしたとたん、氾濫体たちは自分たちの言語で騒ぎはじめた。テリンは体を動かそうとしてよろめいた。彼らに支えられていることをうっかり忘れて、体がその糸に絡まってしまった。

〈陸へ連れてってあげる〉

氾濫体たちが言った。テリンはもがくのをやめ、体の力を抜いた。すると沼にいた氾濫体たちがテリンを取り囲み、陸へ上がれるよう手伝ってくれた。不思議な気分だった。恐れていた存在に身を預けるだなんて。

〈おもしろい人間〉〈おもしろい氾濫体〉〈また遊びに来て〉

地面に手をついて沼から上がった瞬間、体を包んでいた振動がすっかり消えた。忘れていた瞬間がよみがえった。沼で一緒に踊ったダンス。体と体の外との境界が一瞬だけなくなったような気がしたこと。あれは氾濫体によるものだったのだろうか。じつはあれが、最初の遭遇だったのだろうか。沼から出てみると、体中に泥とアシ、氾濫体がまとわりついていた。ぽたぽたと水滴を垂らしながら歩いていたテリンは、はたと立ち止まった。

静寂に包まれた明け方、空気中にはいまだ静まらない困惑がたゆたっていた。もはやソールのものか自分のものかを区別することが無意味となった感情が渦巻いた。テリンはソールに、大丈夫かと訊かなかった。大丈夫じゃないことを十二分に感じていたから。

濃い静寂が肩に降りた。いまだ信じがたい遭遇が、いつしか久しい夢のように遠ざかっていた。

6

「この沼の氾濫体が連結網を作り、知性を備えたかのように行動するということまではわかりました。しかしなぜテリンだけが彼らと会話できるんですか？　沼人たちだって氾濫体とじかに話すことはできないのに」

昨晩の出来事をマイラに納得させるのは容易ではなかった。朝を迎えるなりテリンは小屋を飛び出し、この沼について、そして氾濫体についてつきとめた事実をマイラに報告した。だがマイラは、氾濫体が人間の言語を知っていること、人間について理解していること、コミュニケーションが可能だということ、そのどれについても信じられない様子だった。

テリンは返事をためらった。だがもっとも重要な事実を抜かしてしまったら、マイラは信じないであろうと知っていた。

「わたしの頭のなかに氾濫体がいるからです」

マイラの瞳が大きく揺れた。

「確信はないけど、おそらく。彼らに言われたんです。なにがどうなってるのかはわかりません。沼人や錯乱症にかかった人とはまた違うようです。彼らもわたしみたいなのは初めてだとか」

「それって、いつからそんな……」

マイラのこれほど当惑した顔は初めてだった。テリンが黙っていると、マイラが硬い表情で尋ねた。

「いまは大丈夫なんですか？　錯乱症のほうは」

「はい、いまは平気です。都市にいたときはコントロールできませんでした。わたしがこの危険な任務に投入されたのも、じつは氾濫体がしでかしたことのせいだったんです。でも地上に来て以来、むしろ問題は改善しています」

「派遣本部にもこの事実を報告するつもりですか？」

そう訊くマイラをテリンは見返した。すでに心を決めていた。

「いいえ。氾濫体が知性をもつ、コミュニケーション可能な存在だとは知らせますが、わたしについては報告できません」

派遣本部が錯乱症を発現していない沼人たちまで無残に殺したのなら、脳内に氾濫体を擁するテリンに対してどう出るかは火を見るより明らかだ。だが、マイラはどうなのか。マイラも黙っていてくれるだろうか。氾濫体がコミュニケーション可能な存在だという事実を報告しなければならないなら、テリンの秘密もまたそうせざるをえないのではないか。マイラの反応を待つあいだ、テリンは乾いた唾をのんだ。マイラはため息をついてから言った。

「ネシャットには黙っておいてください」

テリンは深い安堵のため息をついた。もちろんそのつもりだった。氾濫体を極度に嫌うネシャットがこの事実を知れば、すぐさま本部に知らせるに違いない。それどころか、ラブバワへ帰る前にテリンを始末しようとするかもしれない。

「ともあれ、テリンのおかげで重要な事実がわかりました。そろそろ都市へ戻らなくては。この場所についてどう報告するかは道々話し合いましょう」

テリンは沼を見ながらうなずいた。沼の位置をそのまま伝えるようなことをして、沼人たちをまたもや虐殺の犠牲者にしたくはなかった。それはマイラも同じだろう。とはいえ、いつまでもここで捕らわれの身になっているわけにもいかなかった。

「やすやすと送り出してはくれないはずです。わたしたちが沼の場所を教えると思っているし、ネシャットはあのとおりです。どうしたら帰れるでしょうか」

「ネシャットが正気のままではうまく運ばないでしょう。彼らに復讐したがってますから」

テリンも同じ考えだった。

「リュックに鎮静剤があるはずです。本来は猛獣用だけど……」

「人にも使えます」

「経験があるんですね」

マイラは沈黙で答えてから、話を続けた。

「沼人は夜更けに沼を去ります。そのときを狙いましょう。タイミングを決めたら即座に実行します」

ようやく都市へ帰れる。愛する人たちに会える。イゼフに会える。どれほど衝撃的な真実を目の当たりにしても、なんとしても都市へ帰らねばならない理由がある。テリンはふと、マイラにもいまもってそんな存在がいるのだろうかと思いを巡らせた。そして、迷いに迷ったが、いまでなければ話すチャンスはないと思った。伝えなければならない真実を。

「あの……お伝えしなければならないことがあります」

テリンはためらいがちに口火を切った。

「オーウェンの居場所を知っています」

テリンはマイラの目を正視できないまま、沼にいるオーウェンについて話した。死んではいないけれど、生きているとも言えない状態。数年前に沼に落ち、氾濫体によって分解されたものの、その強い自我のために、完全に消化吸収される代わりに固有の意識をもつ塊として存在していること、そして、オーウェンが氾濫体たちに人間と人間の言語について教えたことを。

「この話をどう受け止められるかはわかりません。本当に……残念です」

話すあいだ視線を落としていたテリンがようやく顔を上げたとき、マイラの顔には説明しがたい感情がにじんでいた。短い沈黙の果てにマイラが訊いた。

「ひょっとして、オーウェンと話を？」

「いいえ。それが、話せるのかどうかもよくわからないんです。沼はたくさんの、あまりに多くの声で満ちていました。一つひとつを聞き分けることもできません。でも、彼らはオーウェンについて話していました。オーウェンが固有の意識をもったまま沼のどこかに存在すると」

「そうですか」

マイラはしばらくぼうっと立ちつくしていたかと思うと、短く付け加えた。

「そう。ありがとう」

テリンはその表情を見て初めて、自分がマイラの目的について誤解していたことに気づいた。マイラはオーウェンの死を確かめに来たのだと言ったが、あれは本心ではなかったのだろう。ひょっとするとオーウェンが生きているかもしれないという、淡い期待を抱いていたのかもしれない。だとしたら、生きているとも死んでいるともつかないいまのオーウェンのありさまに絶望しただろうか。それとも、永遠に消えてしまうよりはと、ある種の可能性を抱いただろうか。テリンにはとうていその気持ちを推し量ることはできなかった。

だが、マイラに時間が必要だということだけはわかった。

「リーダー、大丈夫ですか？　先に小屋へ戻っていてください。リュックのある場所は知ってますから、鎮静剤はわたしが」

マイラは無反応だった。沼に視線を留めたまま、じっと物思いにふけっていた。

テリンはリュックの隠し場所へ行って、ネシャットを眠らせるための鎮静剤を確保した。そして確かめるように、リュックの奥へ手を伸ばした。イゼフがくれた小さな封筒がそこにあった。

必要なときに一度だけ。必ず助けに来るとイゼフは言った。沼にいるあいだはこの装置を使うつもりはなかった。沼の位置を知られてはならないから。だが沼から逃れ、氾濫体の森を抜けて都市へ向かう途中で必要になるだろう。テリンはリュックから封筒を取り出し、内ポケットにしまった。

その日、テリンは夜から小屋でおとなしくしていた。マイラにはひとりの時間が必要に見え、相変わらず憤っている様子のネシャットはそっとしておいたほうがよさそうだった。なにより、テリンはいまソールと話したかった。

昨夜、沼で氾濫体たちと話して以来、ソールはパニック状態だった。そんなソールが気がかりだった。自分以外の存在の脳に閉じこめられていたソールは、想像だにしなかった自身の正体を知ることになった。その衝撃は計り知れない。

「ソール、そこにいる？」

やさしく話しかけてみたが、ソールは小さく波を起こすだけだった。テリンが座って頭のなかを整理するあいだ、ソールはゆっくりと脳内を巡っていたかと思うと、ずいぶんたってからむっつりした様子でテリンを呼んだ。

——ねえ、テリン。

「ん？」

——ラブバワへ帰ったら、ボクを消しちゃう？

その言葉に、テリンは思わず失笑した。

「一日中話しかけてたのに返事がないと思ったら、いまになってなによ」

——でも、テリンは氾濫体が嫌いでしょ。

「まあ、そうね」

——ボクを消しちゃう？

笑いがこぼれた。不思議なことに、もうソールが怖いとか嫌いだとかいう感情はなかった。以前はいつなにをしでかすかわからず不安だったけれど、正体を知ったいま、まったく異なる感情が芽生えていた。言葉にするなら、憐れみに近いだろう。ソールが気の毒だった。そして、ソールをもっと理解したいと思った。考えようによっては、ふたりは同じ立場だった。テリンも自分が何者なのか、なぜこうなったのか、これからどうすればいいか、なにもわからないのは同じだったから。

「ソール、あなたが言ったんでしょ。自分は彼らとは違うって」

——違うけど、同じでもある。どうやら氾濫体で間違いないみたい。前に、テリンにニューロブリックだと言われたときはとうてい信じられなかった。でも、沼で彼らに氾濫体だと言われたときは、すぐにピンときたんだ。でも、本当の本当に氾濫体だったらどうしよう？　自分を変えることはできないのに、本当のボクは——。

「うん、ソール、ちょっといい？」

テリンは、震えているかのように不安定な流れを生むソールを呼び止めた。

「ソールは消えたいの？」

——ううん……

「わたしと一緒にいるのがつらい？」

——よくわからない。

「わたしも同じ。わたしだって自分の正体がわからないし、どうしていいかわからない。それでも……これだけはわかる。あなたと一緒にいることが、そうつらくはないの。うん、嫌じゃない。考えたんだけど、もしソールが本当に氾濫体なら、わたしたちは分離できないはずよ。錯乱症の発現者を治療する方法もなければ、沼人をもとに戻す方法もないように。氾濫体は奥の奥まで入りこんで結合する性質があるでしょ。たとえソールが、ほかの氾濫体と違って個体であるかのように行動してるとしても、わたしの体の至るところに広がってるはずだもん」

――ごめん。

「自分の存在を謝ってるの?」

冗談めいた言葉にも、ソールは答えなかった。かなりしょげているようだ。自分が氾濫体だという事実を、テリンよりもずっと受け入れがたい様子だった。テリンが胸に抱いてきた氾濫体への恐怖と拒否感がうつったのかもしれない。

「最初にどうやってわたしのなかに入ったか憶えてる?」

ソールは記憶をたどるように波打ちながら言った。

――ううん、なにかが記憶を抑えこんでてよくわからない……

「最近のことじゃないのね」

だとしたら、ソールはずっと以前からテリンと一緒にいたのに、なんらかの理由で抑えこまれ、とつぜん目覚めたのかもしれない。ひょっとすると、この地域が発信源となっている振動がソールを目覚めさせたのだろうか。信号が聞こえはじめた時期と、頭のなかで奇妙な声が聞こえはじめた時期は一致していた。だとすれば、あの信号はなんなのか。

まだ、振動信号についてスーベンから話を聞けていなかった。彼も表面振動を使ってワニたちを制したのだから、その正体について教えられるはずだ。なぜあそこから信号が発生するのか、どうやって正確に都市へ向かうのか、だれかが故意に生んだものなのか。テリンは夜が明けたらスーベンに会いに行こうと思った。

「ソール、なにしてる?」

テリンはめまいでよろけそうになった体をまっすぐに起こした。頭のなかがぐちゃぐちゃにかき乱されていた。

——記憶をたどってる。

「ちょっとストップ。めまいが……」

ソールがようやく動きを止め、テリンは壁にもたれて荒い息を整えた。記憶はソールの言ったとおり、うまく呼び起こせなかった。よみがえるのは感情の片鱗ばかり。不安、恐怖、怒り……そして好奇心。どうやら、ずっと幼いころまでさかのぼらなければならないらしい。ジャスワンの家に来る前、イゼフと暮らしはじめる前の時間へ。イゼフならそのころについて知っているだろうか。

イゼフのことを考えると、胸の片隅がきゅっと締めつけられた。都市を離れて地上へ来てからも、片時も忘れたことはなかった。無事に任務を終えてイゼフのもとへ帰りたかった。だがいまは、会うのが怖くもある。イゼフはテリンの問題をニューロブリックのエラーだと断言した。じつはそれが氾濫体だとわかったとき、自分を受け入れてくれなかったら。あるいは、見放さないにしても……大事にしたり大切に思う気持ちがなくなったりしたら。そう思うだけで、テリンは苦しくなった。

死ぬまで内緒にしておくのはどうだろう。

不可能なことではない。イゼフがテリンの脳を直接調べない限り、氾濫体の存在はばれないだろうから。ソールをうまくコントロールし、ともに生きることに慣れ、錯乱症の発現者だとやり玉に挙げられないよう気をつけていれば……

でも、それが可能だとして、果たして平気でいられるだろうか。大切な人を失いたくないがために重要な問題を隠していていいものか。ソールは決して小さな部分ではない。テリンの思考や感情に関わっている。ひょっとするとその度合いは、今後いっそう大きくなるかもしれない。

イゼフと一緒に地上へ行きたい、そう心に決めたときは、話せないことがこんなにも増えるとは思わなかった。

いつしか天井の隙間から光がにじんできていた。夜明けのようだ。イゼフの声が聞きたかった。それが無理なら、心のこもった文章のひとつでも読みたい。テリンは内ポケットから封筒を取り出した。メモをもう一度読みたかった。

ところが、封筒がやけに薄い。開けてみると、あるのはメモだけで、金属板がなくなっていた。

「そんな」

テリンは立ち上がった。リュックから出すときに落としたのだろうか？　よく憶えていない。小屋を出て装置を捜さなければ。

そのとき、外からなにやら騒がしい音が聞こえてきた。そして、それに続くネシャットの笑い声。おもしろくてたまらないものを見たというような、げらげらという大笑い。ネシャットがそれほどおもしろがることといったら……

テリンは外へ飛び出した。雰囲気がおかしい。沼地に五人ほどの沼人が集まっていた。そのうちのひとりが長い棒で沼をかき回し、別のひとりは地面に耳を当てている。なにかしら伝え合っているようだが、テリンにはわからなかった。小屋の近くの岩の上に足首を縛られたまま座っていたネシャットがげらげらと笑った。

「ほらね。やっぱりこうなると思った！」

「なにがあったんですか？」

「あーあ、リーダーったらかわいそうに」

「いったいどういう……」

沼へ向かうテリンの背後で、ネシャットの笑い声は止まることを知らなかった。

「自分の目で確かめてみたら？」

信じがたいことが起こっていた。

マイラが沼に身を投げた。まだ夜が明けきらない、沼にだれもいないときに。生きている可能性はなかった。沼人たちが棒を差し入れて、マイラの遺体が沼の底に沈んでいるのを確認した。氾濫体によって急速に分解が進んでいた。

ヒロモがテリンのもとへ来て、マイラがすでに氾濫体に覆われたことを告げた。それでも遺体を引き上げたいかという問いに、テリンはなんとも答えられなかった。その光景を見守っていたネシャットが嘲笑うように言った。

「こんなことになると思ったよ。氾濫化した実を食べてたと思ったら、結局あいつらみたいに変異しちゃったんだろうね。自分を受け入れられなかったんだよ！　ひどい姿になってくのを認められなかったってこと！　重要な任務でも引き受けたみたいにしゃしゃり出てたと思ったら、結末は自殺ですか！」

ネシャットがまくしたてていたが、テリンには答える気力がなかった。むなしさに包まれていた。マイラが沈んだ沼は静まり返り、表面を漂う浮遊物のほかにはなにも見えない。ソールが頭のなかで言った。

——マイラは自殺したんじゃない。

同感だった。マイラは死のうとしたのではない。オーウェンに会おうとしたのだ。それが、マイラがこの任務に志願した理由、本当の目的だったから。

それでもテリンは罪悪感をぬぐえなかった。

オーウェンについて話すべきではなかったのか？　マイラは沼に入れば本当にオーウェンに会えると信じていたのか？

——テリン、自分を責めないで。

ソールが囁いた。

——オーウェンがそこにいることを知ってたんだから……だから、知らないふりはできなかった。話して正解だったんだよ。

ソールの言うとおりだ。知らないふりはできなかった。とはいえ、その結果として起きたことをそっくり受け止めるのも難しかった。ぼんやりと沼を見つめていたテリンが訊いた。

「マイラ、オーウェンに会えるかな？　もしも全部分解されちゃったら？」

――沼の氾濫体たちはすでに知ってる。自我を破壊することなく連結網の一部に組みこむ方法を。彼らも学び、変化してる。マイラにもしっかりとした自我があって、意志があるよね。だからきっと……

ソールは言葉尻を濁した。確信などどこにもない。沼には、沼人たちがマイラの遺体を見つけるために使った長い棒だけがぽつんと置かれていた。あらゆるものをのみこんで分解してしまうあの沼が、マイラにとっては自身のゴールに思えたのだろうか。

テリンは沼の表面を見つめながらマイラの痕跡を、マイラの自我が散り散りになっていないという痕跡を見つけようとしたが、沼は無表情を崩さず、ときおりさざ波が立つだけだった。

その日一日、テリンは小屋に閉じこもっていた。この間、信じて頼りにしていたリーダーはもういない。マイラにはもう、都市へ帰る理由がなかったのだ。だが、テリンは違う。テリンは帰還しなければならない。イゼフがいる都市に。愛する人々がそこにいる。なにをするべきかちっともわからなかったが、少なくともここを発つべきだということはわかった。

翌日の午後、テリンはようやく気を取り直した。リュックのある茂みに行ってみなければならない。金属板の装置を捜し出し、ネシャットを説得するつもりだった。ネシャットに鎮静剤を飲ませて連れ出すというのはマイラがいてこそ可能な作戦であって、テリンひとりでは手に負えない。だがネシャットを残して、ひとり都市へ逃げ帰るのも嫌だった。

茂みにやって来たテリンは三つのリュックを順番に確かめた。だが、いくら捜しても装置は出てこなかった。ここじゃないとしたら、どこで落としたのか？　思い当たるところはなかった。

とつぜん轟音が響いた。

茂みの外へ飛び出すと、四方から悲鳴が聞こえてきた。呆然としていたのも束の間、見ると、沼人たちが血を流して地面に倒れている。驚いたテリンはそちらへ駆け寄った。ばらばらと散らばる、先のとがった破片が目に入った。

鋭利な石、ねじ、釘……人の手で作られた粗悪な爆弾だった。

沼のほうからまたしても悲鳴が聞こえてきた。テリンはそちらへ急いだ。ネシャットだった。作りは雑でも、明らかに殺傷を狙った爆弾。こんなことをするのはネシャットしかいない。

ポケットナイフを渡すときには、そんなもので沼人を殺すこともできないだろうとたかをくくっていた。間違いだった。ふと、いくばくかの薬を残して空も同然になっていた応急キットを思い出した……ネシャットはひとりで攻撃準備をしていたのだ。

テリンは急いでネシャットを捜した。だが、沼人たちが悲鳴を上げながら重なり絡まり合うなか、どこをどう捜していいやらわからなかった。どこからかひときわ耳を打つ悲鳴が聞こえてきて、テリンはそちらへ向かった。そこで、ポケットナイフを構えて立つネシャットを見つけた。

そして、脇腹から血を流しているスーベンの姿も。振り向いたネシャットがテリンを見てにやりと笑った。テリンが叫んだ。

「やめて！」

いた。

「どうして？　こいつらになにされたと思う？」

飛びかかってきた沼人の腕を慣れたしぐさで斬りつけながら、ネシャットが半狂乱状態でつぶや
「あたしに氾濫体を食べさせたんだ。従わせようとして。この脳を汚そうとした。なんて気味の悪い！　おぞましいったらないよ。吐き気のする虫けらだ。全員殺してやる」

テリンは地面に落ちている棒切れを拾ってネシャットににじり寄った。だが相手は熟練の派遣者で、テリンはせいぜい対人授業を数年受けただけのひよっこに過ぎなかった。テリンはネシャットに一瞬で制圧されてしまった。

「あんたも同じ。なんだって虫けらの肩を持つんだよ」

テリンを小屋のほうへ押しやったネシャットは、低く笑いながらポケットナイフをテリンに向かって振り下ろした。ナイフの刃が首ぎりぎりのところを掠めるようにして壁に刺さった。

「ファロディンがあんたにいいものをくれてたね」

「あれを持ってたの？　ダメ、あれを使ったら……」

「そろそろ海岸に着くころだろうさ」

「え？」

予想外の展開に頭が回らなかった。それでも、なんとかネシャットから逃れようと隙をうかがっているあいだに、背後からスーベンが攻撃を仕掛けた。

スーベンとネシャットの取っ組み合いが始まった。テリンは壁のポケットナイフを抜いて、ネシ

ヤットに飛びかかろうとした。だがネシャットを狙うには、ふたりがあまりに密着している。そこでテリンは、ネシャットの脚にしがみついた。激しく蹴られ、どつかれて、内臓が飛び出しそうなほどの痛みを感じたが、歯を食いしばって耐えた。すぐそばでまたもや爆弾がはじける音がして、肩に激痛が走った。爆発とともになにかがテリンの肩を貫通したに違いない。意識を失いそうだった。だがテリンは、必死でしがみついていた。苦痛で涙がこぼれたが、いまあきらめたら、スーベンが……

そのとき、熱い血がテリンの視界をふさいだ。

ネシャットがすさまじい悲鳴を上げた。蹴り飛ばされたテリンは地面を転がった。顔を上げると、ネシャットの首にナイフが突き刺さっているのが見えた。

「ああ……」

ネシャットは血を吐いたかと思うと、そのままぐったりとなった。数歩離れたところには、ネシャットの攻撃を受けたスーベンが倒れていた。

「スーベン！」

テリンは急いで駆け寄った。まだ息がある。だが、ひどい怪我だった。うろたえているあいだに、沼人たちがさっとスーベンを取り囲んで持ち上げた。テリンは引き留めようとしたが、沼人たちが慎重にスーベンを運んでいることに気づき、彼らのあとに従った。みなの歩いたあとに、おびただしい血痕が残った。

沼人たちが向かったのは、沼近くの大木の下、厚く積もった落ち葉の上を氾濫網がびっしりと覆う場所だった。彼らはスーベンをそこに下ろした。すると氾濫体の糸がするすると伸びてきて、スーベンの体を包んだ。テリンがスーベンの手をつかもうとすると、沼人のひとりがそれを制した。

「彼の半分、氾濫体」

スーベンの半分は氾濫体だから、これでいいという意味だろうか。テリンは差し出した手を引っこめ、スーベンのそばに座りこんだ。

スーベンの体は瞬く間に氾濫体に覆われた。信じがたい光景だった。

とつぜんの事態に衝撃がやまなかった。ネシャットはいったいなにをしようとしていたのか。たんに自分が嫌悪する氾濫体を、人間と結合した氾濫体を抹殺したかったのか。当人が死んでしまった以上、考えても仕方がないのだろうけれど……

——沼の位置が都市に知られる。

ソールが言った。テリンはようやくわれに返った。

ネシャットがテリンの封筒に手をつけたのだった。装置の仕組みを見抜き、こっそり作動させてしまった。間もなくこの場所が都市にばれるはずだった。そうなれば間違いなく、沼人たちの命が狙われる。

テリンは周囲を見回した。負傷して倒れている沼人たちが見えた。苦しげな表情の彼らを見ながら、心のどこかが剝がれ落ちていく気がした。なぜだろう。この沼にいたのはごく短い期間だ。彼らと深く心を通わせたわけでもない。それなのになぜいま、こんなにも苦しいのだろう。テリンはもう一度周囲を見回した。この場所を満たす氾濫体、そして、その氾濫体と繫がった沼人たちを見た。

ぞっとするような事実がひらめいた。彼らはテリンと無関係ではない。否定したくても、彼らはテリン自身がそうなっていたかもしれない姿をしていた。初めからそうだった。テリンは彼らと遭遇したその瞬間から、彼らに抵抗感と親しみの両方を抱いていた。その姿に当惑しながらも、不思議にも惹かれていた。それはきっと、自分が彼らと同じ存在だったから……

ヒロモが沼の前に立っていた。テリンはハラハラしながら言った。

「この場所がばれました。みなさん、もうここにはいられません。都市の攻撃が始まります。逃げてください、早く」

ヒロモが首を振った。

「ここを離れることはできない。この沼の氾濫体、われわれは彼らと一緒でなければ」

そう言われて思い出した。この沼の氾濫体は沼人から、破壊的でないやり方で人間と結合する方法を学んだのだということを。それはすなわち、この沼以外の氾濫体はいまも、人間にとって破壊的だという意味だった。彼らはこの沼を離れられない。この近くでともに暮らさねばならない。しかしもう、ここは安全地帯ではなかった。

「沼を放っておくはずがありません。必ず攻撃してくるはずです」

「きみが行くんだ。行って伝えなさい」

「わたしが？　なにを？」

都市へ帰って本部を説得しろというのだろうか？　でも、自分ひとりでどうやって？　あまりに無謀だった。可能性はゼロだった。

「そこにもいる。われわれのような存在が」

「沼人みたいな存在が都市にもいると？」

信じられなかったが、ヒロモはうなずくばかりだった。

テリンはスーベンが氾濫体に覆いつくされるのを見た。もはや彼だと見分けることはできない。彼が沼人の姿を取り戻すのか、それとも氾濫体の一部になるのか、テリンには予想もつかなかった。沼人たちが沼に手を浸しているのを見た。あの沼のどこかにマイラもいる。まだ氾濫体に吸収されていない、けれどいつかは彼らの一部になろうとしているマイラが。

護るべきものがはっきりした。そして、食い止めるべきことも。

「でも、だれかに攻撃されたら逃げてください。そうしてください。ほかの場所でも可能性はあるのだから……」

ヒロモは答えなかった。ほかの沼人たちも同様だった。

テリンが出発したのはその日の夕刻だった。ヒロモが彼らのやり方で地面に頭をつき、小さな表面振動を生み出した。これが、沼からある程度の距離まではテリンを猛獣から守ってくれるはずだと。テリンは歩きながら何度も後ろを振り返った。

そうしてあとにした。一度も望んだことはないけれど、不思議な平安をくれた沼を。

研究日誌

十数年前、イゼフはとつぜんバトゥマス研究所への赴任を言い渡された。伝えられた情報は、そこが児童保護施設を装った秘密研究所だということだけ。なにを装おうと勝手だが、よりによって児童保護施設とはついていない。舌打ちをしながら研究所にやって来た初日のことだった。

広い廊下に、カラフルなおもちゃや落書きだらけのスケッチブック、ブロック玩具などが転がっている。たまご色の服を着た子どもたちの鈴のような笑い声が廊下に響いた。続いて、ガチャンとなにかが砕ける音。

イゼフは担当研究員のほうを振り向いて言った。

「この子どもたちは？　もしやわたしは、間違って幼稚園に来てしまったんでしょうか」

研究員はやや困った表情になって答えた。

「この子たちは……実験体です」

イゼフは眉をひそめながら再び廊下を見回した。この研究を始めたのがだれだかは知らなくとも、悪趣味であることには違いない。研究員が空咳をした。

「オフィスに報告書があります。ご覧になれば理解いただけるかと」

背後から子どもたちが、せんせーい、と呼ぶ声に、イゼフは思わず振り向いた。おもちゃ箱を抱えた人たちが部屋へ入っていく。研究所のプロフィールで見た顔ぶれのような気もした。

研究員は設備の制御室、会議室、個別研究室を順に紹介し、最後にイゼフの個人オフィスに案内した。扉のネームプレートはすでに入れ替わっている。副所長イゼフ・ファロディン。研究員の言ったとおり、机の上には分厚い報告書が置かれていた。早くこの場を去りたいという顔で研究員が言った。

「ほかに必要な資料がありましたらお申しつけください」

「いえ、ひとまずはこれで」

ひとり残されたイゼフは報告書を読みはじめた。その日の午後から深夜まで報告書を読みふけっていたイゼフは、明確な結論を得た。どうやら自分は、試験台に立たされているらしい。ところがこの試験台は、ボロボロに腐った板切れでできている。実力を見せようとダンスでも踊ろうものなら、床が抜けるのがオチだろう。

研究員がどことなく煩わしそうな態度を見せていたのも、イゼフの置かれた立場に気づいていたからのようだ。

バトゥマス研究所では八年前から計十二回にわたり、子どもたちを対象に実験を行ってきた。目標は、成長する人間の脳内での氾濫体と神経細胞の相互作用を観察し分析すること、そして、脳形成が未完成の子どもたちが氾濫体と結合した状態で成長するとき、錯乱症の抵抗性を備えうるのかを調べること。

最初から子どもたちが実験体だったわけではない。保護施設と銘打った研究所がつくられたのは、八年前に起きたセンダワン事故の直後だった。採光窓の崩壊で数万人が氾濫体にさらされたその事故の直後、錯乱症の発現が多発し、彼らは治療所に運ばれるまでもなく死ぬか、移送されて間もなく死んだ。

だが奇妙なことに、六歳未満の子どもたちは平気だった。どんなに多くの氾濫体にさらされても。それ以前にも、氾濫体にさらされた子どもが生き残るという現象についての報告はあった。ただ、どこで氾濫体に接触したのか特定できることは稀だったため、きわめて例外的なケースとみなされていた。しかしセンダワン事故から生き残った子どもたちは、例外だとやりすごすには数が多いうえに、別途注目すべき点があった。

この子どもたちは発現者ではなかった。だが、完全に発現しなかったとも言いきれない。センダワン事故で氾濫体にさらされた子どもたちの脳を調べると、明らかに氾濫体が侵入した痕跡があるにもかかわらず、成人に見られるような自我崩壊現象はまったく起こらなかった。

当初、都市当局はこの子どもたちの処分に困った。治療所へ送るにも健康に問題があるわけではなく、かといってそのまま都市へ送り返すこともできない。保護者はみなすでに死亡していて、発現の可能性を残した子どもを養子に迎えてくれる人を見つけるのも難しい。なにより当局は、この時限爆弾を都市に解き放つことを望まなかった。氾濫体に侵されていないならまだしも、脳をスキャンした結果、脳に氾濫体が入りこんでいることは明らかなのだから。

イゼフも当時、子どもたちの「処分」を巡って話し合う学術院の会議に参加したことがあった。正しくは無理やり連れて行かれたも同然だったのだが、みなが困惑した表情を浮かべるなか、アイデアをひとつ出すには出した。子どもたちを隔離する保護施設をつくり、観察対象として、成長する脳の氾濫体への抵抗性または相互作用を分析してはどうかと提案したのだ。真面目に提案したのではなかった。会議場にいるのだからひとことぐらい発言しろというプレッシャーに勝てず、そう口にしたまでのことだ。おまけに、イゼフのその提案は、言うまでもなく子どもたちの命はそう長くないだろうという判断に基づいたものだった。

だが、子どもたちは死ななかった。一年が過ぎ、二年が過ぎても。

保護施設という名の研究所はずるずると運営を続けた。子どもたちが大量の氾濫体にさらされる事故は、規模を異にするだけでその後も続き、そのたびに生き残った子どもたちが保護施設に運ばれた。入所した時期や年齢によってグループに分けられ、観察の対象になった。

当局にこの子たちを外へ送り出す意向はなかった。だが、毎年のように増加する維持費用のために、重圧はしだいにひどくなっていった。前任の所長たちは、子どもたちを観察するだけでなく、意味のある実験結果を出さねばならないというストレスに苛まれた。観察のみを原則としていた研究所は、しだいに行動への介入、さらには身体と精神への介入を進めていった。そのころから子どもたちは、「観察対象」ではなく「実験体」と呼ばれるようになった。前任者たちはこの研究所の目的を、氾濫体への強力な抵抗性を擁する新人類を生み出すという大々的なものに差し替えた。そうして脳と氾濫体の相互作用についての研究が続くこと数年、その流れを乱す変化が起こった。

十歳から十一歳の子どもたちをまとめたグループで錯乱症が発現したかと思うと、一夜にして全員が死亡したのだ。正確な原因はわからなかった。有意の要因は年齢のみ。翌年も同じだった。そしてその翌年も。互いに数カ月の誕生差があるグループでも、ひとりが発症すれば残りの子たちもすぐに影響を受けた。

ある年、子どもたちは食べ物をいっさい摂ろうとしなくなり、死に至った。またある年は睡眠をまったくとらなくなり、気力を失った末に息を引き取った。名前や日付け、友だちの顔を徐々に忘れていき、とつぜん暴力的になって体をそこかしこにぶつけて死ぬという、成人の錯乱症と変わらない死に方もあった。

死に至る過程はグループごとに異なっていたが、確かなのは子どもたちが特定の年代になると死んでしまうという事実だった。

前任者たちはジレンマに陥った。すでに長らく続いてきた研究所であるだけに、実験には意味のある成果が求められた。だがいくら熱心にデータを算出しても、氾濫体にじゅうぶん耐えうるだろうという仮定のもとに観察してきた実験体が一夜にして死んでしまったとあれば、それまでの研究結果は水泡に帰してしまう。おまけに、この研究はコスト面でのリスクがあまりに高かった。子どもたちを対象とした実験は非倫理的だ。親のいない子どもたちだとはいえ、この研究所の存在が外部に知られれば、大きな波紋を呼ぶことになるはずだった。本部では毎年、機密維持に多額の金を投入していた。成功の可能性が希薄であることを知りながらも、これまであまりに多くの資源が費やされてきたため、なんとかして結果を生まねばならない状況にあった。研究所はなけなしの希望に賭けるかたちで維持されてきたというわけだ。イゼフは、前任の所長が見込みのない実験をくり返すなかでついに自殺してしまった理由がわかる気がした。

その、首の皮一枚で繋がっているような研究所が、イゼフのもとに回ってきたのだ。秘密研究所に行ってみないかと提案されたとき、なにか口実を作ってでも断るべきだったのに。これまで多大な成果を収めてきたとはいえ、責任を任されるにはまだ若かった。副所長というポジションを提案されたときに疑うべきだった。イゼフはため息をつきながら研究報告書を閉じた。

本当は、現場任務をしばらく休むつもりだった。自分の居場所は地上だと信じて疑わなかったが、一歩距離を置いて次なるプランを練るときなのだと。ところが、よりによってこんな始末に負えないポジションを任せられるとは。所長ではなく副所長であることを不幸中の幸いと思うべきか。だが、そのじつ研究総括を担わされたのだと思うと悩ましかった。やはりここは実力を発揮する部隊ではなく、やがて底の抜けることのわかりきった試験台だったのだ。

先のない研究だとわかった以上、ここでいつまでも遊んでいるわけにはいかない。

イゼフは結論を出した。とっととこの呆れた研究を終わらせよう。氾濫体を消滅させるために本当にやらねばならないことをしよう。研究所を出て、本来いるべきところへ行こう。地上へ。取り返すべきところへ。

副所長として働きはじめてからも、イゼフはこの研究所の主要実験体、すなわち子どもたちに関心をもたなかった。現在研究所にいるのは十一番目と十二番目のグループで、もうすぐ十歳と十一歳を迎える子どもたちだった。数年前に事故で氾濫体にさらされ、もうすぐ発現が始まるだろうとされるグループ。

「実験体の前では、この実験に関するいかなるヒントもほのめかしてはいけません。彼らは自分たちが、氾濫体を浴びる事故後、治療のために隔離生活をしているものと理解しています。そして、来年になればここを出られると」

最低限の義務として観察に赴いたとき、イゼフは子どもたちの前で「副園長先生」と紹介された。毎日見る大人たちのなかに新顔を発見した子どもたちは、イゼフの顔を不思議そうにちらちらと見た。正面からイゼフの顔をじっと見つめていたひとりの女の子は、目が合うととたんにそっぽを向いてしまった。黒髪と、濃い栗色の瞳が印象的な子だった。

「あの子はここで班長役をやっています。両親は浄化作業中に中毒で亡くなり、ひとりここに残されました」

背の低い痩せ型の男は、ここで唯一、実験体を「子どもたち」と呼んだ。まだ身の回りのことをひとりでこなせない実験体たちの、生活支援のために雇われた人物だった。実験体ひとりひとりの名前をきちんと憶えているのも彼だけと言えた。班長役だというその子の名前を教えられたが、イゼフはすぐに忘れてしまった。

その後の数カ月は新しい研究プロジェクトの設計に没頭した。この秘密研究所で行われた実験はすべて実験体の死で終わっていたが、その結果を利用する余地はあった。この間に、氾濫体が連結網を通してどのように情報と信号をやりとりするのかについてのデータは上がっていたから、それらの資料を活用してもう少し意味のある研究へ移行する計画だった。

氾濫体の連結網を使ってそれらを直接揺るがし、歪曲し、攻撃すること。完全に破壊すること。そうすることで地上を再び人間のものとすること。それがイゼフの最終目標だった。ずいぶん前の研究のなかにヒントがあった。すでに錯乱症が発現している人間をその中心に据えるのだ。子どもたちを対象にした観察実験よりも、こちらのほうがずっと見込みがあった。

この数カ月間、イゼフの見立てでは、イゼフは研究所の既存の研究には手をつけず、周期的に届く報告に目を通すに留めた。イゼフの見立てでは、子どもたちを対象とした実験は前提からして間違っていた。人間の脳が氾濫体によって変異した場合、自我を損なわずに生きる道は存在しない。氾濫体にさらされたのがどれだけ幼いころ、脳形成が完成する前だったとしても。

予想どおり、十一番目のグループが全滅したという報告が届いた。当然の結果だったが、特異事項がひとつあった。三十人中ただひとり、「ソノ」という名の少女だけが生き残ったのだ。その実験体を綿密に分析した結果、研究員たちは実験体がそもそも氾濫体にさらされていなかったものと結論づけた。脳スキャンのエラーである可能性が高いと。研究所では生き残った実験体を廃棄しようとしたが、それを知った元派遣者ジャスワン・クマタはこれに強力に抗議し、その実験体を養子にすると主張した。本部は実験体の後続観察を条件にこれを承諾した。

十三番目の実験体グループが確保されたという報告を受けたとき、イゼフは実験計画の承認を保留した。どうせ十二番目の実験も失敗に終わる。そうなればこの研究を無期限保留とする考えだった。これといった希望が見られないのなら、観察を続ける理由もない。

だが予想に反して、十二番目のグループの実験は続いた。研究員たちが予想するに、十一歳の誕生日を迎えた実験体たちの命は、長くてもそれから半年程度だと思われた。だが半年を過ぎてずいぶんたっても、命を落とす実験体はいなかった。このグループは発達状態もよく、さまざまなテストでも優れた結果を示していた。

イゼフの見立てでは、注意を傾けるべきではあるものの、早急に判断すべきではなかった。

「これまでの研究と比較したとき、実験の条件のうち如実に異なっている点は？　こういう結果を招いた原因はなんだと見ていますか？」

責任研究員に問うと、腑に落ちない答えが返ってきた。

「それがその……わたしどももまだ把握中でして。実験の条件を見る限り、さほど特別な点はありません。ですが、なにか理解しがたいことが起きているようです。子どもたちがお互いに教え合っているというか。とくに、Ｊという実験体を中心に」

興味深い報告だったが、あいにくイゼフは別のプロジェクトに没頭していて、ただ研究を続けるようにと指示しただけだった。

そのため、研究員の言うＪという実験体が「チョン・テリン」という名の女の子だということも、その子がひときわ輝く目と好奇心の持ち主だということも、イゼフはそれから数カ月がたってようやく知ることになった。

＊

以下はT12-26（チョン・テリン）と氾濫体の、情緒的相互関係の形成過程についての相談記録。インタビュアー（研究員）は太字で表記。

こんにちは、テリン。

こんにちは。

今日からこの会話を記録しておくね。先生がテリンの心の状態をちゃんと理解するために。いいかな？

ふうん、心は元気だけど……いいよ。大丈夫。

どうもありがとう。じゃあ、二日前にリジーとけんかしたことについて話してくれるかな？　あのとき、テリンとほかの子たちがおかしなことを言い出したそうだけど。

リジーがそう言ったの？

先生はどっちの味方とかじゃないよ。なにがあったのか教えてくれる？

けんかなんかしてない。先生も知ってるでしょ、リジーはわたしの言うことを否定したがるって。いつだってけちをつけたがるんだから。自分がリーダーぶりたいのに、いつもわたしのほうが先だから邪魔したいのかな？　まあいいや、とにかく、あれは美術の時間だった。
この一週間の出来事を絵に描いていて、わたしは「頭のなかの動き」を絵で表現したの。丸がポンポン跳ねたり、線がヒラヒラ左右を横切ったり、三角がツンツン刺してくる絵。先生になんの絵なのって訊かれて、少し前から頭のなかに丸と線と三角の動きが生まれたんだって答えた。先生はおもしろがってたよ。わたしの話を信じてないみたいだったけど、その想像力はとてもいいって。
問題は……リジーだった。頭のなかでなにか動くとしたら、それは虫とかヒルとかに決まってるのに、なんで早く取り除かないんだってバカにしてきたの。それだけならいつもどおり無視すればよかったんだけど、ほかの子たちが加わってきて。

ほかの子たちはなんて？

みんなも同じだったの！　頭のなかになにかいるみたいって、なんだか前とは違うって。サオコなんかはわたしとそっくりに感じてた。自分の頭のなかのはもう少しコロコロした、チェーンを繋いだ感じって言ってたけど。それを絵に描いて見せてくれたの。
そしたらリジーが怒りだした。みんな頭がおかしいんだって喚いて。ちょっとむかついたけど、たぶん、リジーも似たようなものを感じてたんだと思う。怖がってるだけ。

その頭のなかの動きっていうのは、どんなもの？

うーん……なんて説明したらいいかなあ。脳のなかには触覚みたいな感覚がないから、本当にそこでなにか起きてたとしてもわからないっていうでしょ。もしも寄生虫なんかに脳を食べられてても、人間にはわからないって。ってことは、わたしやみんなが感じてる頭のなかの動きは、実際にそこでなにかが動いてるんじゃなくて、そう感じさせてるなにかがいるってこと。**（だれに聞いたの？）**なにを？**（脳には触覚がないとかいう話）**図書館で読んだ。あそこにはたくさん本があるの。

説明が難しそうだけど、でも、テリンの経験をちゃんと理解したいな。その動きについて、もう少し話してくれる？

そうだな、えっと……あれはゆっくり動くこともあるし、走り回ってることもある。チクチク刺すときもあるけど、痛くはないよ。わたしが話しかけたら、答えてくれる。言葉じゃなくて、頭のなかを動き回るの。あ、リス！　そう、リスみたいに。あ、リスを直接見たことはないけど。ホログラムのなかのリスは、かわいくて、すばしっこくて、いつもちょこまか動き回ってるでしょ。ああいう感じ。

その感じが、気持ち悪かったり怖かったりはしない？　いままではなかった感覚でしょ？　それも、テリンだけじゃなくほかの子たちにまで同じことが起こってる。

反対だよ。楽しい。だって、あれはわたしたちを苦しめたり傷つけたりしないもの。ときどき邪魔だなって思うことはあるけどね。集中したいときとか……ひとりでいたいとき。ひとりでいたいのに、かまってほしそうに頭のなかを駆け回られると、ちょっと面倒くさくて苛々する。でも、ふだんは大丈夫。

ほかの子たちとも話しながら、この動きについて調べてるんだ。あれはわたしたちの言葉を理解してるみたい。こっちがボールみたいな動きを思い描いてみるでしょ。そしたら、そのとおりじゃないにしても、なんとなく同じように動いてくれるの。


もしもそれのせいでなにかあったら、すぐに先生に教えてくれるかな。

はい。でも、なにか起きても、先生たちに解決できるのかな？　これは先生たちの頭にはいなくて、わたしたちの頭にだけいるから。

それはそうだね。でも、先生たちも頑張るよ。みんなをサポートして、病気になったりしないように面倒みるのが先生たちの仕事だから。

そっか、わかった。


こんにちは、テリン。

こんにちは。いい天気ですね。

天気はよくわからないけど、なんだか気分がよさそうだね。そうそう、あれに名前をつけたんだって？

うん。気に入ってくれたみたい。名前を呼ぶとすぐに反応するから。ぐるぐる円を描いて。たぶん、「嬉しい」って意味だと思う。（どんな名前？）それは秘密。

そっか……秘密にする理由があるのかな？　それが秘密にしてくれって言ったとか？

ううん。わたしがそうしたくて。いまはまだあの子とわたしだけの秘密にしときたい。あの子はわたし以外の人を怖がるから、自分の名前を知られるのもよく思わないんじゃないかな。名前を教えて、先生があの子を呼んだりしたら、すごくびっくりすると思う。

怖がる？　それに感情がある、そういうこと？

そうなの！　最初は違ったけど、リスだと思って接してるうちに、あの子にも少し性格ができてきたみたい。ときどきわたしの冗談に笑うこともあるし、じっとしててって怒ったら嫌がることもある。

会話したこともあるの？

うーん、会話はまだ。必ず言葉が必要ってわけでもないし。先生、わたし、絵を仕上げなきゃいけなくて。今日はもう行っていいですか？

今日の記録を始めるね。

……

テリン、つらかったらあとからでもいいよ。

はい……ちょっと時間がほしいです。

少し落ち着いた?

もう大丈夫。

サオコが倒れたのがショックだったんだね。

うん……サオコは大丈夫かな?

大丈夫。さっきも言ったけど、ちゃんと回復してるから。それと、とりわけテリンに感謝してる。

どうしよう。わたしのせいであんなことになっちゃったみたい……

絶対にそうじゃない。サオコとどんな話をしたのか、昨夜なにがあったのか、先生に聞かせてくれる？

ん……あれは、数日前から始まったの。グループ全員に。自分にはいまだにそんな「動き」なんかないって、わたしたちがおかしいって言いつづけてるリジー以外は、みんなあの動きを感じてたんです。それから……

それが声を出すこともあるって聞いたけど。

……そう。わたしたちの話し方を学んだから。みんなじゃない。わたしとサオコ、それとエダン、ディアモのがそう言ってる。問題は、あれがだんだん成長しながら、わたしたちを苦しめてる気がするってこと。まるでハリネズミみたいに。ハリネズミを見たことはないけど、映画ではこう言ってた。針を立てなければやわらかいけど、針を立てたら痛いって。

それでテリンが対処法を教えてあげた？

うん。みんなにわたしなりの対処法を教えてあげたの。どうやるかっていうと……体をあの子に、その、あの子の名前はソールっていうんだけど、ソールに、一日のうち二時間くらいは明け渡すの。貸してあげるってこと。そうするとすごく不思議な、くすぐったい感覚になる。まるで小さいリスが全身を、それも、皮膚じゃなくて皮膚の内側を、頭からつま先まで泳ぎ回ってるみたいな。そんなにいい気分じゃないけど、そうすることで効果があるってわかったから。そうやって体を貸してあげると、ソールもあんまり苛々しなくなるの。

前は苛々してた？

うん。だって先生……自分が小さな球体に閉じこめられてると想像してみて。なのにソールは、自分がなんなのかもわからない、どうしてそこにいるのかもわからないの。わかってるのは、この球体が小さな人間の頭だってことだけで、世界はこの人間を通してしか自分に伝わらない。ソールにできるのは、信号を読み解いて、その合間を泳ぐことだけ。そこから出ることも、やめることもできない。消えちゃうこともできない。それで怒ってるの。

怒ると、テリンを苦しめる？

ちょっとは。わたしは痛みに強いほうだけど、痛みに弱い子は泣いて大変だった。だからみんなに対処法を教えてあげたの。すぐに苛々をぶつけずに、あっちの気持ちを理解しようとしてみてって。とつぜん自分が、出ていくことも消えちゃうこともできない丸くてふにゃふにゃした灰色の生地のなかに閉じこめられたら、すっごくもどかしいでしょ。わたしはみんなに、体を一度貸してあげてって、「開いて」みてって言ったの。そしたらあれを、少しはなだめることができるからって。でも、みんなはちょっと戸惑ってたみたい。体を開くってことがよくわからないか、不安がってる様子だった。みんな怯えてたの。

サオコが昨日あんなふうになったのも……わたしのせい。無理やりわたしの言うとおりにしようとしたんだけど、うまくいかなかったの。あのやり方は難しすぎたみたい。

じゃあ、もうあれを消したいと思ってるんじゃないの？

そういう子もいるけど……わたしは違う。**（どうして？）** ソールは……たとえば、先生も同じじゃないかな。リジーが先生をてこずらせて迷惑をかけても、リジーを消そうとは思わないでしょ？違うのかな、消そうと思う？

でも、リジーとそれとは話が違うよね？　そっちは、ある日とつぜん頭のなかに現れた侵入者。おまけに、テリンにとってなにかプラスになるわけじゃない。なんなら邪魔してる。

先生はそう思うかもしれないけど、わたしはソールがいてくれてよかったって思う。あの子は自分が何者なのか知らない。だから混乱してるし。でも、それはわたしだって同じだもん。悲しい日は、ソールが頭のなかを泳ぎながら、わたしの悲しみを取り去ってくれる。悲しみは、ソールが端から端へと動くたび、一束ずつに分かれて、揺らめくベールみたいになるの。わたしは目を閉じて、その悲しみの合間を歩く。そうすると……悲しみが少し軽くなってることに気づくんだ。

なるほど、そうだったんだね。テリンに悲しい気持ちがあるなんて、知らなかったな。

先生、じつは、こういう話をするのはちょっと気まずくて。**（気まずい？）** はい。だって、ソールはいま、この会話を聞いてるから。だから、これからはあんまり、ソールが嫌がりそうなことは言わないでほしいんです。

もう少し詳しい話をする必要がありそうだね。

それは、また今度。ところで先生、このあいだわたしたちをのぞきに来た副院長先生だけど、次はいつ来るんですか？

イゼフ先生のこと？

はい。イゼフ先生にまた会いたくて。

あの方はいつも忙しくて、簡単には会えないと思う。一応伝えておくね。

忙しいのは知ってるけど、でも、来たら必ず教えてください。わたしが待ってるって、必ず伝えてね。

＊

十二番目のグループで起こる奇妙な現象の中心には、チョン・テリンという子どもがいた。かなりの時がたっても、子どもたちは健康そのものだった。それだけではない。彼らにはこれまで見られなかった特異な点があった。氾濫体との、知的で、情緒的な相互作用。

研究員たちはイゼフに、子どもたちの変化した脳スキャン結果を報告した。通常なら、氾濫体は脳に入りこむ際に菌糸を脳の隅々に伸ばして、神経細胞と分離できないかたちで融合する。そして神経細胞そのものの特性を変異させて、本来の自我と感情、記憶を失わせ、やがて身体をコントロールする能力まで阻害する。

ところが今回の子どもたちの脳スキャン結果では、氾濫体はむやみに広がったり神経細胞を破壊したりすることなく、脳のところどころに塊をつくって落ち着いていた。その塊を中心に菌糸を伸ばしてはいるものの、一般的なケースに比べれば全体的な変異の程度はずっと小さい。おそらくそのために、子どもたちは変異に耐えられているものと思われた。

「その変化を生んだのが、氾濫体との相互作用というわけか」

氾濫体はあらゆる面で、人間には理解しがたい存在だ。菌糸の一つひとつをとってみれば、そこに知能と呼べるものはない。ウイルスやバクテリアのように、微生物単位での基本的な反応と行動があるのみだ。だがそれらは、密な集団連結網を成すと知性体のように行動しはじめる。非常に複雑な迷路の実験で成功したこともある。それにもかかわらず、氾濫体が本当に知性を備えているのか、実験の設計ミスによる結果ではないかという議論が毎度のようにくり返されていた。そんななか、この十二番目のグループの実験結果はすこぶる興味深いものだった。

氾濫体と人間の意思疎通が可能だとは。それも、人間の脳内にいる氾濫体との意思疎通が。イゼフはやや興奮気味に訊いた。

「テリンという子は、いったいどうしてそんなことができたんでしょう?」

「はい、じつに不思議なんですが」

研究員は眉根を寄せて続けた。

「こう表現していいものかわかりかねますが……手懐けたようです」

「その子が氾濫体を?」

「いえ。子どもと氾濫体がお互いを」

＊

話の主人公らしからぬその子は、好奇心の塊のような子だった。黒髪のおかっぱ姿で、焦げ茶色の瞳をキョロキョロさせながらイゼフの部屋を見回していたテリンは、うわぁ、と小さく感嘆を洩らした。その続きをじっと待っていたイゼフは、まったく予想外の言葉を聞いた。

「わたし、観察されてるんですよね。わたしは研究対象なんでしょ?」

あわや狼狽が顔に出るところだったが、イゼフは軽い微笑を浮かべてみせることに成功した。反応を期待してイゼフをじっと見つめていたテリンが、がっかりした表情を浮かべた。

「びっくりしないんだ」

イゼフは平然を装って言った。

「驚いたけど、知ってるかもしれないと思ってた。きみは賢い子らしいから」

「ほんとに？」

ふくれっつらがぱっと笑顔になった。生意気な口をきいたかと思うと、賢い子というひとことでいっきにご機嫌になる。そんな天真爛漫さに、イゼフはどぎまぎした。

おやつを用意するあいだ、テリンはイゼフの本棚を熱心に見学していた。一文字も逃すまいと本の背表紙に見入るテリンを、まずは席に座らせた。イゼフが出したジュースをひとくち飲んでから も、テリンの視線は本棚に釘付けになっていた。

「文字は読めるの？」

「もちろん。図書館のホログラム資料は全部読みました。こういう本が……こんなにたくさんあるのは初めてだけど」

「ここにあるのは、タイトルを理解するのも難しいんじゃない？」

「はい。でも、ちょっと開いてみてもいいですか？」

意外な要求だった。期待に目を輝かせている子どもを前に、イゼフは努めて厳しく言った。

「それは許可できない。勉強にも順序があるから」

やや悔しげな表情を浮かべたテリンは椅子の上で姿勢を正すと、クッキーを食べはじめた。勉強に順序？　口からでまかせもいいところだった。本当は別の理由があった。実験体には外の世界についての情報が制限されているためだ。この子が地上について知ったところで一大事に繋がるはずもないだろうに。

「きみが観察対象だとしたら、なにを観察しようとしてるんだと思う？」

「うーん、ソールかな？　先生たちはソールのことばかり訊くから」

テリンはそう言いながら、やや上を見た。あたかもソールがそこにいるかのように。

「ソールが頭のなかでどんなふうに動くのか、ソールとどんな話をするのか、なにをして遊ぶのか。そういうこと。わたしのことも訊いてくるけど、ソールについての質問のほうがずっと多いみたい。ときどき、わたしのことはそんなに興味ないいんだなってふうにも感じる。自分のことを話しても、先生たちが話題を変えるから」

「残念？」

「ううん。わたしもソールのことを話すほうが楽しいし」

テリンが、シシ、と小さな歯をのぞかせて笑った。

「でも、なんでも話せるわけじゃない」

「秘密にしておきたいことが？」

「というより、言葉じゃ説明できなくて。うまく伝わらないの」

「それでも、詳しく聞いてみたいな。たとえば？」

イゼフがそう尋ねながらじっと見つめると、テリンは両手を宙に上げた。そうして空気をつかむように軽く手を握り、開いた。

「ソールの世界とわたしの世界は違う。ときどきそう感じるんです。ソールに体を預けると。そうすると、世界は目の前にあるんじゃなくて、肌に触れてる。風景は、風みたい。廊下の匂いみたい。くっついて塊になったり、広がっていったり。もしソールの目でイゼフ先生を見たら……塵と土のにおいがするだろうな。涼しい風が吹くだろうし。それと……少し甘いにおいも」

ふっと笑いがこぼれた。最後に地上に出てからずいぶんたつが、いまだに氾濫体特有の甘いにおいが染みついているのだろうか。もしかすると、そのソールなるものが氾濫体であるために、同族の痕跡をより敏感にキャッチしているのかもしれない。

テリンを前にしていたイゼフは、ふと奇妙な感じを覚えた。これまではたしかに氾濫体を、氾濫体が分解し腐敗させていく過程とその結果物を毛嫌いしていた。だが、この子にはそんな感じをまったく覚えない。氾濫体ともっとも密接に繋がっている子どもだというのに。

あるいは、まだ腐敗が始まっていないから……？

イゼフはテリンの無邪気な顔を見つめた。これまでの実験でも例外はつねにあった。平均生存期間を大幅に超えて生きた実験体たちもいた。だがそれらの例外も、大前提を否定する結果には繋がらなかった。変えられない前提。人間と氾濫体はひとつの体を共有できない。氾濫体は人間の自我を崩壊させてしまうから。

この子もいずれそうなるだろう。たとえこの子の脳内にいる氾濫体が、破壊の代わりに善良さを学んだ知覚をもつ存在だとしても、本性に完全に抗うことはできまい。地球の岩石層がみずからを統制してすさまじい地震を止めることができないように、ウイルスがみずからの増殖を防げないように。

そんなことを考えながらも、イゼフはテリンとの次の面談を決めた。テリンの「氾濫体として感覚する世界」の描写がおもしろかった。そのまた一週間後には、テリンのほうから面談を希望していると研究員たちが渋い顔をした。どうやら、イゼフの事務室でジュースをお供に遊ぶのが楽しいらしい。さらに、次の面談はイゼフのほうから言い出した。

このあたりで認めないわけにはいかなかった。イゼフはテリンに興味があった。初めのうちは、この興味は実験体の頭のなかに対するものだとはっきりと一線を引いていた。だがいま、イゼフはテリンという子どもそのものに興味を抱いていた。テリンは賢くて好奇心が強く、なにより実験に意欲的だった。自分の頭のなかにいる氾濫体と、毎日あらゆる遊びをしていた。

お茶を飲んでいるイゼフに、テリンがふと尋ねた。

「イゼフ先生は、ソールが何者か知ってる？」

おそらくはこの先、きみが憎悪することになるだろう、きみを破壊する存在。すぐにそう思い浮かんだが、イゼフは答えなかった。いつか知ることになろうとも、いまはまだ言いたくなかった。

「ソールは……自分が人じゃないことをちゃんと知ってる。なぜって、自分には人間みたいな体がなくて、わたしの体を借りてるだけってことがわかってるから。ソールとわたしは、考える方法も、世界を心のなかで描き出す方法も全然違う。でも、じゃあ、ソールは何者なんだろう？　ホログラム図書館の資料を全部読んでみたけど、答えは見つからなかった」

この利発な子はどこまで予想しているのだろう。子どもたちに氾濫体の概念や地上についての具体的な説明をしてこなかったのは、もしや自分の頭のなかにいるのは氾濫体ではないかと気づいたときのショックを防ぐためだった。だがその前提について、イゼフは疑問を抱いていた。そもそも、氾濫体が人間をどんなふうに破壊するか知らない彼らにとって、それが脳内にいるという事実がシヨックとなるだろうか。

イゼフは悩んでから、短く答えた。

「それをつきとめるのが、わたしたちがきみたちを観察する理由だよ」

「もしもつきとめたら、どうなるの？」

そう問うテリンのまなざしには、かすかな苛立ちがにじんでいる。

つきとめたらどうなるか。イゼフはしばしその問いを噛みしめた。テリンの質問は間違っていた。そもそも子どもたち以外は、その頭のなかにいるのが氾濫体だとすでに知っている。結論も決まっていた。氾濫体と人間は共生できない。つまるところ、子どもたちがそれを知ろうが知るまいが、行く末は同じ。

イゼフは嘘をつきたくなかった。テリンを騙したくもなかった。だから可能な限り曖昧な返事をした。

「つきとめたら……観察が終わるだろうね」

じっとイゼフを見つめていたテリンが訊いた。

「そしたらわたしは自由になるの？」

イゼフは一瞬たじろぎ、長い沈黙の末に言った。

「うん、きっと」

ふたりの面談が続くと、研究員たちはイゼフがこの研究でなにか興味深いものを見つけたのだと考えた。実際にそうだった。テリンとソールのユニークな関係、ひとつの体をふたつの意識が共有しているさま、世界を異なるかたちで感覚しているふたつの種が互いの感覚を交換する方法。どれも前代未聞のことばかりだった。

しかし、イゼフがテリンに会う理由はそればかりではなかった。

最期の日、死刑囚には最高の食事が出される。いつだったかその話を聞いたときは、馬鹿らしいと思った。どうせ死ぬのだから、豪華な食事など意味がないと。ところがいまのイゼフには、死刑囚のために真心こめて食事を用意する気持ちがわかる気がした。

テリンは世界のあらゆることを知りたがった。生命はなぜ存在するのか、子どもはなぜ成長して大人になるのか、食べ物や飲み物はなにからできているのか、なぜおもちゃを押すと進み、壁に投げると跳ね返るのか。そしてイゼフは、テリンに世界のかけらを教えてやった。イゼフにとってはくだらない知識に思えても、テリンはそれらを宝物のように愛おしんだ。イゼフはテリンに、ますます多くの物事を教えこんだ。信頼を得れば、より多くの情報がついてくる。内心でそんな算盤を弾いてはいたものの、それだけが理由ではないことはとっくにわかっていた。

いつしかイゼフは、純粋にそうしたいからそうしていた。世界は不思議な、驚くべきものであふれていて、そのかけらを集めればぼんやりとではあれ全体を描くことができるのだと教えてやりたかった。その風景をすべて理解することはできなくても、それが与えてくれる巨大な感情を味わうことはできるのだと示してやりたかった。おかしな話だった。なぜなら、テリンはもうすぐ死ぬことが決まっていて、そういった風景を見たとしても、先はないのだから。それにもかかわらず、イゼフは面談を続けた。

イゼフがテリンに差し出すのは小さなかけらにすぎなかったが、テリンはそれらを組み合わせて全体像を描いていった。ときには、子どもの推論能力をはるかに上回るテリンの思考水準に驚かされることもあった。その能力が、テリン本人ではなく、頭のなかにいるソールに起因するものではないかと思うこともあった。もしかすると、そのふたつの混合体として可能なことなのかもしれない。机を挟んで座っているテリンの目をのぞきこみながら、イゼフはしばしば考えた。いまのこの子は氾濫体なのだろうか。わたしが憎悪する対象なのだろうか、それとも……

「先生は、本当は先生じゃないんでしょ？」

そう訊かれたときのイゼフは、もう予想外の質問に驚くことはなくなっていた。テリンがいかにしてそれに気づいたのか知りたくはあった。そういえば先日、なぜ一度も教室に顔を出さないのかと訊かれた。ほかの子どもたちはイゼフと面会しないのだと、どこかで耳に挟んだのかもしれない。

イゼフはしばらくテリンを見つめてから言った。

「そう、わたしは派遣者だった」

「派遣者？」

「地上を調査する人のことよ」

これまでも、たくさんの知識のかけらと世界を構成するものの一端を教えてきたが、いざ地上のこととなると、そこは氾濫体に覆われていて人間はもう行けない場所なのだとは言っていなかった。伝えていたのは、人間はいまこの星の地表面の下で暮らしているということだけ。すぐさま、派遣者とはなにか、地上はどんなところかという質問が続くと思いきや、予想は外れた。

「いまは違うの？」

「また戻るつもり」

そのときが来たら、という言葉をイゼフはのみこんだ。テリンは、それはいつかとも訊かなかった。代わりに、しばらく口をつぐんでいたかと思うと、小さな声で言った。

「じゃあ、わたしも派遣者になりたいな」

それがなにか知っているのか、知らないならなぜ派遣者になりたいと言うのか。子どもならではの、浅はかで軽はずみな言葉かもしれない。でも、もしも本気だとしたら……

イゼフが疑問を口にする前に、ドアのほうからノックの音がした。テリンを部屋へ戻しに来た研究員だった。テリンはイゼフと目を合わせることなく立ち上がった。ドアを開けて出ていく前に、いつものようにぺこりとお辞儀をすることも、挨拶をすることもなかった。代わりに、イゼフを見つめた。イゼフからある質問を待っているかのように。

だが、イゼフは黙っていた。テリンは最後にもう一度イゼフを見つめると、踵を返してすたすたと出ていった。

ドアが閉まってからも、イゼフはテリンのいた場所にじっと視線を留めていた。たくさんの思いと、たくさんの葛藤が頭のなかを行き交った。

不思議なこともあるものだ。

なぜきみに、きっぱりと、派遣者にはなれないと言えなかったのだろう。

氾濫体についての見方が変わったのもそのころだった。

氾濫体は人類の敵。氾濫体は人間と共存できない。イゼフはその前提を絶対的なものと信じ、だれよりも氾濫体を憎んできた。だがテリンを見ているうちに、疑問が湧いた。果たして、氾濫体は本当に人類の敵なのか？　そこに盲点はないのか？　もちろんわかっていた。テリンはごく特別な、例外だということ。例外を全体として見ることはできない。にもかかわらず、確かな例外が存在するということ、それがイゼフの信念に亀裂を生んだ。

＊

「ファロディン。非常に変わった提案をされていますね」

シーング所長が眉をひそめながらスクリーンをオフにした。机の上にはイゼフが提出した後続実験計画書があり、そこにはびっしりと赤字が書きこまれている。

「共生の可能性を後続観察する……この提案がどれほど不穏な印象を与えるか考えたうえでのことですか？」

「氾濫体を受け入れようというのではなく、今後の生存可能性を見極めようとするものです。このたびのグループ実験体に見られる現象は、すでに起きた、否定できないものです。それならば、積極的にデータを集めるべきではありませんか。氾濫体が脳内にいても自我が崩壊することなく生きられるなら、それが次世代の生存法になるかもしれません」

「次世代の生存法……なんとも無邪気な表現ですね」

シーング所長が冷笑を浮かべて、計画書をぱたりと閉じた。

「まさかあなたがこんなことを言い出すとは」

所長がイゼフの目をじっと見据えて訊いた。

「実験体の相談記録を確認しましたか？」

「はい」

「チョン・テリンという実験体は氾濫体に名前をつけ、友だちと認識し、さらには自分の体と心を探索させ制御させています。これが錯乱症と、根本的になにが違うというのでしょう？」

「錯乱症は自我の崩壊で、宿主は最終的に死へと追いやられます。一方、この実験体たちの身に起きているのは自我の崩壊ではなく――」

「そこです。ひとつの体にふたつの自我が宿りうるとでも？　そうでないなら、これもやはり自我の崩壊にほかなりません。自明のことではありませんか」

シーング所長が手で払うようなしぐさをしながら、イゼフの話を遮った。

「わかりきったことです。『想像上の友だち』。子ども時代のイマジナリーフレンドが生涯の友だちになりえるとでも？　その実験体をそのまま成長させると仮定しましょう。では、成長後は？　あなたの一挙手一投足を観察する、もうひとつの意識体系があると想像してみてください。離れたくても決して離れられず、自分の体を思いどおりにコントロールできる存在を。どうにかなりそうだと思いませんか？　いまは平気に見えても、結局はおかしくなってしまうでしょう」

イゼフは口をつぐんだ。独立した自我で生涯を生きてきた大人の観点と、子どものころから別の自我と共生してきた子どもの観点は違うはずだと言いたかった。だが、すでに答えを出している所長が耳を貸すとは思えなかった。

　シーング所長はさらに踏みこんで言った。

「ファロディン。子どもたちと氾濫体を分離する実験をしてください」

　イゼフの顔が強張った。

「性急すぎませんか。急いで分離する必要はないのではありませんか」

「たったひとつの例外をもとに、あなたは共存の可能性に言及しました。もしもこの話が外部に洩れたら？　穏やかでない話がそこかしこで囁かれるでしょう。実験を中断するわけではありません。この方法だけが、実験体たちを正常に戻すチャンスだと言っているのです」

「しかし、まだデータが……」

「ファロディン、あなたにもわかっているはずです。だからこそ早々からほかのプロジェクトを準備していたのではありませんか？　この実験は即刻処理して締めくくったほうがいいでしょう。もしも分離実験に成功したなら、それこそ朗報です。子どもたちが抵抗性を獲得し、氾濫体まで消滅させることができたら、そのときこそ真正なる新人類が誕生したと言えるでしょう。いまのように氾濫体に脳を食い破られるのではなく」

　異議を唱えたかったが、理由に欠けた。つい先日まで自分もそう思っていたから、別のプロジェクトに没頭してきたのだ。テリンを知る前までは。そしてテリンは、やはり特別な例外にすぎない。

イゼフ自身、その事実を決して無視できなかった。

シーング所長の指示が下りてからも、イゼフは十二番目のグループを観察しつづけた。もう少し進展した結果が得られれば、所長も考えなおすかもしれないと。だがそれからほどなく、テリン以外の子どもたちに深刻な問題が発生し、イゼフは二度と共生の後続研究について言い出すことができなくなった。

汨濫体と安定した相互関係を形成したテリン、サオコ、エダン以外の多数の子どもたちから、致命的な問題が見つかった。当初の汨濫体は頭のなかにさまざまな波を起こす、話しかければ返事をする愉快なイマジナリーフレンドといった程度だったが、しだいに子どもたちの体と精神に直接影響を及ぼすようになった。子どもたちの感覚は二重化し、事物をきちんと見分けられず、記憶に混乱を来した。頭痛や吐き気、嘔吐といった比較的軽い症状から、ひどい高熱、幻聴、幻覚、せん妄に至るまで多くの症状が現れた。

なぜ一部の子どもたちにのみ、汨濫体との安定的な関係が成立したのか。イゼフが推論するに、開放性の差異がその原因だった。たとえばテリンは、ひとつの体にひとつの自我というかたちにこだわらなかった。ソールが自分の体を思うままに探究し利用できるよう開放した。そのために違和感や不快さ、苦痛を感じることがあっても、ソールにもそうする権利があると考えているようだった。テリンにとって体は自分だけのものではなく、ほかの自我と分け合うことのできるものだった。しかしほかの子どもたちにとっては、とうてい受け入れがたい考え方だった。そしてそれは、ほぼすべての人間に共通するはずだった。

それからひと月後。事務室に戻ったイゼフは、机の上に実験承認を求める書類を見つけた。子どもたちを氾濫体と分離する実験についての。

「安全性が保障されるまでは承認できません。計画の細部が雑すぎますね。こんな状態で無理に氾濫体を除去すれば、子どもたちの命が危ぶまれます」

安全でないという理由で承認を拒んだものの、イゼフ以外の研究員たちは実験を行うべきだと主張した。とうとう、シーング所長みずから実験を承認した。もう止める手立てはなかった。

問題は、子どもたちが氾濫体を手なずけただけでなく、氾濫体もまた子どもたちを手なずけたという点にあった。それはタブーだった。氾濫体が人間を支配する、それはみずから人間であることを放棄することだった。シーング所長と研究員の目に、テリンは氾濫体と親密すぎる関係を結んでいるばかりか、氾濫体に依存しているように映った。

またも訪ねてきたイゼフに、シーング所長は厳しい顔で言った。

「われわれは氾濫体を征服するために研究しているのです。氾濫体を制御し地上から消し去るために。ところが反対に、人間が氾濫体にコントロールされています。こんな研究結果を歓迎する人がいると思いますか？」

イゼフは言い返せなかった。テリンがソールを制御しているだけでなく、ソールもテリンを制御していることは間違いない。ときには、ソールがテリンに及ぼす影響のほうがずっと大きく見えた。ふたつの世界は、別々に存在すると同時に混ざり合っている。そのことに、イゼフでさえもときおり、本能的な拒否感と嫌悪感を感じた。イゼフもまた、氾濫体を憎まないではいられないよう育った人間だった。

　翌日、テリンが部屋にやって来た。このところの「先生」たちから、異質な空気を感じ取っているようだった。子どもたちとのあいだにあった出来事をしゃべっているテリンを、イゼフは黙って見つめていた。

「イゼフ先生、どうしてこのごろ、面談に誘ってくれないんですか？」

　ややすねた様子のテリンを見て、イゼフは複雑な心境になった。話してやるべきだろうか。ソールはもうすぐ消えるのだと。きみは本来のテリンに戻るのだと。つらくても、そうするしかないのだと。

「ソールとはうまくやってる？」

「はい！　新しい遊びを開発したんです。電気が消えてるときにしかできないんだけど、わたしが目を閉じたら、ソールがわたしの指を動かして布団をつかんで……」

　布団を使って感覚遊びをしたのだと楽しそうに話していたテリンが、ふいにこんなことを言った。

「でも、最近はちょっと腹が立つこともあります」

「どうして？」

「わけもなく頭痛を起こしたり、指をチクチク刺したりするから。怒り出すこともあるし。なんだって自分がわたしの頭のなかにいるのか、どうしてほかの子たちはわたしと同じようにしないのか知りたいって。でも、わたしにはどうにもできないでしょ？　ソールが何者なのかわからないのはわたしも同じなのに……」

テリンを見つめていたイゼフが尋ねた。

「それでもソールと一緒にいることは、テリンにとっていいこと？」

「そりゃあそうだけど……いまはよくわかりません。いいことばかりとは言えないかな。うん、いつもいいとは言えない」

「嫌なときもあるってこと？」

テリンは少し悩んでから、うなずいた。

「うーん……そう、そういうときもある」

イゼフはようやくテリンの目を見た。過去に観察対象だった子どもたちが、ある時点を超えて生きられなかった理由がわかった気がした。人間に生まれた以上、子どもたちの自意識は成長に伴って育っていく。ふたつの意識が共存することは決してありえないのだ。固有の人間としての自我が、氾濫体と激しく衝突してしまうから。

イゼフは主に、テリンとソールがかたちづくる関係のプラスの側面に注目してきた。だがそこで、重要な事実を看過していた。子ども時代の友だちは永遠ではない。なにより、ソールは友だちなどではない、まぎれもなく寄生して生きている存在なのだ。テリンがいなければ、ソールもいまのように自我をもっては生きられない。

だからテリンも、この関係を持続することはできない。イゼフはテリンの成長を見たかった。無事に育って、もっと広い世界へ羽ばたく姿を見たかった。できるなら、自分がこの子に世界を見せてやりたい。それなら、テリンとソールの関係はここで終えるべきだ。どのみち、氾濫体が脳内に残っている限り研究所の外へは出られない。派遣者になるという夢はおろか、ラブバワで暮らすことすら許されないのだ。

イゼフはみずから分離実験に参加することにした。準備はよどみなく進んだ。実験を控えたある日、ひとりの子どもに深刻なパニック症状が見られた。隔離室内で子ども同士のけんかが始まり、テリンもけんかを止めようとして、顔に大きなひっかき傷を負った。シーング所長は、実験体たちの状態が悪化するまえに一日も早く分離を実施するよう指示した。

予定が早まるや、イゼフのなかに不安が芽生えた。

これは本当に正しいことなのか。実験が成功したあかつきには、子どもたちも新しい人生を模索することができるし、抵抗性を獲得する方法があれば人類のためにもなる。でも……もしも実験が失敗に終わったら？　そうしたら実験体たちは、テリンはどうなるのか。

だが、いまさら考えても仕方がなかった。すでに決定は下されている。イゼフはこの決定を正しいものにしなければならなかった。テリンのために。そして、自分自身のために。

そして、実験体たちに分離のための薬物が注入された。

＊

最初の一週間は問題なく過ぎていった。感覚異常とパニック症状はぴたりとやみ、状況は好転しているように見えた。子どもたちは氾濫体との相互作用がぱたりと途絶えたことに面食らっていたが、少なくともはた目にはよくなっているようだった。

続く一週間、研究員たちは子どもたちの身体と心理を毎日つぶさに観察した。身体指標はあらゆる面で改善していた。子どもたちはぐんと健康になり、活気を取り戻したと報告された。ふだんから氾濫体と親密な関係を築いていた数人が心理相談で不安感を訴えはしたものの、それ以外の問題はなかった。

研究所はいつになく明るい期待感に浮き立っていた。錯乱症の抵抗性テストで、子どもたちは完璧に近い点数を出した。後続実験が成功した場合、抵抗性を人為的に獲得する方法が得られるというわけだった。毎朝の研究会議で提示されるのは、楽観的な見通しばかりだった。

凄惨な事件はその後に起きた。

深夜四時。イゼフはだれかがドアを叩く音で目覚めた。ホログラムスクリーンが起動し、二十件の未読メッセージが表示された。ドアを開けると、研究員が真っ青な顔をして立っていた。

夜のあいだに半分の子どもが死んだ。アラームを聞いて駆けつけた研究員たちが、吐き気をこらえながら外へ飛び出した。だれかの手で管理カメラの向きが巧妙に変えられ、非常呼び出しボタンも壊されていた。そのせいで研究員たちは、アラームが鳴るまでなにが起きたのかわからなかった。カメラに録画されていたのは、ぶつぶつとつぶやく子どもたちの声だけ。

出して。ここから出して……

その部屋で唯一、死ぬことも傷つくこともなかったのはテリンだけだった。テリンはなにが起きたのか証言することを拒んだ。

だがほかの部屋のカメラで、子どもたちのあいだでなにがあったのか確認できた。子どもたちの脳内で、ふたつの自我が激しくぶつかり合っていた。互いに殺し合おうとしていた。薬物による除去という脅威にさらされた氾濫体が、すさまじい勢いで脳と体に広がっていき、子どもたちの脳を完全に覆ってしまったのだ。研究員たちは、残りの子どもたちが自身を傷つけないように手足を縛った。だが、子どもたちはすでに内側から死にかけていた。

真菌類に感染したときのような、青と緑の奇妙な斑点が皮膚に広がった。視力が低下し、筋肉が衰えた。会話が難しくなり、感覚異常が現れた。敵対的で攻撃的な行動が顕著になり、時間と空間に対する認識が失われた。

「症状が発現した子とそうでない子を分けましょう」

「発現していない子は、もはやひとりだけです。副所長もご存じのはずです。錯乱症は伝染するものではないし、子どもたちはお互いに離れたがっていません。無理やり引き離そうとすれば心理的にも……」

「分けなさい。ほかの実験体がテリンを傷つけるかもしれない」

「テリンが拒んでいるんです」

「いいから！」

「しかし……」

研究員のためらう姿に、イゼフはむかっ腹が立った。廊下をずんずん進んでいった。隔離室のドアを強引に開放し、なかへ入っていった。

テリンは隔離を拒んでいた。最後まで一緒にいると喚いていた。研究員が数人がかりでテリンをみなから引き離した。テリンはイゼフを振り仰ぐと、しがみつくようにして言った。

「先生、わたしがソールのことを嫌だって言ったから？　だからソールを連れてっちゃったの？　ごめんなさい、違うの。だから、わたしからソールを消したりしないで……」

イゼフは心が押し潰されそうだった。テリンの、世界を奪われたような顔。絶望に打ちひしがれたような顔。

「わたしたちを騙したのね？　サポートなんて嘘。でも大丈夫。許してあげる。だからソールを連れていかないで。一緒にいさせて。お願い」

かつて憧憬と愛情のこもっていた視線は、いまや絶望に染まりつつあった。イゼフはなにも言えなかった。謝ることすらできなかった。自分もこの実験に同意したから、正しい決定にしようと努めたから。研究員たちはテリンに無理やり安定剤を打った。ほかの子どもたちは手を施す間もないうちに死亡した。

安定剤を打って以降、テリンはほぼ眠っていた。研究員たちの話では、テリンの脳スキャン結果は非常に不安定で、まだ死んではいないがまったく状態を読めないとのことだった。氾濫体がまだ残っているように見えることもあれば、次のスキャンではきれいに消失しているように見えた。

実験体たちの死亡を順に宣告していた医者はテリンの状態を見て、脳内の氾濫体はかろうじて消えたものの、脳機能の一部が永続的に損なわれるかもしれないと言った。記憶障害の可能性がもっとも大きかった。分離実験の直後にショッキングな出来事を経験したせいで、自身を守るために防衛機制が働いているらしかった。

眠っているようでも死んでいるようでもあるテリンをそばで見守りながら、イゼフはどこで歯車が狂ったのか考えた。親しみを覚えてはいけない子に親しみを覚えてしまったから？　この子を固有の存在と考え、そのためにこの子の言葉に過度に注意を傾け、共生という雲をつかむようなアイデアに振り回されたから？　そのためにこの一連の出来事が引き起こされてしまったのか？

「……イゼフ先生？」

そのうつろなまなざしが向けられたとき、掠れた声でイゼフの名を正確に呼んだとき、イゼフはその場でくずおれそうになった。テリンを失わずにすんだのだ。テリンはイゼフのことを忘れていなかった。この子はここにいる。

そのことになぜこんなにも安堵し、なぜこんなにも胸を揺さぶられるのか。

腕を広げてテリンを抱きしめた。それしかできなかった。なにも言えなかった。

腕を伝ってテリンがむせび泣いているのがわかった。イゼフの服がじっとりと濡れていった。テリンは泣いていた。なにも憶えていないのに涙を流していた。自分がなにを失ったのか、この子はこれからも思い出せないはずだ。永遠に。

＊

イゼフはテリンを引き取って一年間同居した。短い期間だった。分離手術後に実験体たちが死亡したことを受け、本部はテリンを廃棄したがった。テリンの脳から氾濫体の反応は消えたものの、氾濫体との共生可能性と残酷な実験の証拠ととらえたからだ。残しておけばいつか厄介なことになると。

テリンを都市へ連れ帰るため、イゼフはキャリアのすべてを賭けた。もっとも危険かつ長期間の任務に志願した。テリンの成長後も派遣本部の監視下から外れないよう責任をもつと誓った。その後は長期の派遣任務に出るまで、テリンの記憶回復状態について定期的に報告しなければならなかった。

一緒に暮らすなかで、テリンが氾濫体についての記憶をすべて失くしていることがわかった。保護施設についての記憶も。だがテリンは、イゼフのことだけははっきりと憶えていた。イゼフが見せた世界のかけらを記憶していた。地上で沈む夕日と星の瞬く夜空、そこを探査して戻る派遣者たちの話を鮮明に憶えていた。イゼフとの出会いについては忘れていたが、自分がイゼフと同じ派遣者になりたがっていたことは記憶していた。

イゼフはテリンに地上をプレゼントしたかった。夕焼けと星のきらめきを贈りたかった。たんに派遣者となって地上を経験してくるだけでは事足りない。いつかテリンが派遣者になればともに地上を目にすることになるだろうが、それでは渇望を膨らませるばかりで、本当の意味で地上を得ることにはならない。地上を贈るために、地上を取り戻さなければ。星と夕日と海のある惑星は、再び人間のものとなるべきなのだ。

そうして取り戻したこの星を目撃すれば、テリンにもわかるだろう。この星は本来、人間のものであるべきなのだと。

一年後、イゼフは五年にわたる長期任務のリーダーを命じられた。出発直前になっても、その事実をテリンに言えなかった。それは非常に危険な任務で、ややもすると永遠に戻れないかもしれなかった。以前なら一寸の迷いもなく出発していたはずだが、イゼフはいま初めて、都市へ戻らねばならない理由ができたと感じていた。死ぬのが怖かった。

面と向かって明日から会えないとはどうしても言えず、眠っているテリンの枕元に手紙を置いた。そうして荷物をまとめ、ジャスワンの家へ向かった。

ジャスワンが冷たい表情で言った。

「あなたがその探査に出るのは、その子のためなんかじゃない。その子にしたことを考えれば、その憎悪はほかへ向けられるべきだ。違うか？」

イゼフはジャスワンをにらみつけるだけで、なにも答えられなかった。

イゼフはこう考えた。この数年間で身に沁みて感じたのは、地下の人々は絶対に氾濫体との共生を受け入れないだろうという事実だった。それならこうするしか答えはない。地上へ赴いて、地上を奪還する方法を見つけること。

地上での五年間で、ありとあらゆる出来事があった。長きにわたる狩りで葬り去ったとばかり思っていた沼人の棲み処を発見し、知性体として行動する氾濫体についての証拠を集め、氾濫体を決定的に破壊する方法を見つけた。ときおり死の脅威に直面するたびに、自分の知るもっともまぶしいまなざしを思った。

あの子は星を見ることになるだろう。ともすれば、星に向かっていくことになるだろう。人間が追い出されたこの世界に再び招かれることだろう。イゼフの望みはそれだけだった。だが、そのためにやるべきことが山積みだった。

地上での任務を終えて都市へ戻ったとき、テリンはすっかり成長していた。学術院ですれ違うたび、イゼフを避けているような、気まずそうな様子を見せた。ところが二十歳の誕生日を迎えるやいなや、イゼフのデバイスに一枚の写真を送ってきた。アカデミー派遣者課程の入学志願書だった。派遣者課程に入学したテリンは、教官など任されたことのないイゼフを担当教官に選んだ。それまでアカデミーの授業をことごとく断ってきたイゼフは、テリンのために仕方なく授業をひとつ引き受けた。

事務室のドアが開き、テリンがドアの向こうから顔を出した。はるか昔の、ある瞬間を思い出した。地上についてなにも知らなかった子が、好奇心いっぱいの目で机の前をうろついていた、そして、真鍮色の地球儀から目を離せないでいたあの日々を。

いつしかイゼフも、そしてテリンも、そこからずいぶん遠くまで来ていた。それでも、いまも変わらないものがあった。世界のありとあらゆるものを吸いこもうと輝く瞳、もっともっと知りたいと訴えるあの表情。そしてあのころとまったく同じに、目が合えばいつまでも見つめ返すそのまなざし。あのときもここで向かい合って座り、テリンは派遣者になると、イゼフと一緒に地上へ行きたいと言っていた。本棚の前に立つテリンにイゼフが訊いた。

「まだ憶えてる?」

イゼフと視線を交えながら、テリンが答えた。

「当然、憶えてる」

そして笑った。

第三部

1

ガシャン。頑丈な鉄鎖にぶら下がる立入禁止の表示板が揺れた。

ソノは明かりひとつない闇に向けて懐中電灯を点けた。丸い明かりが、むき出しの骨組みを照らす。センダワン南部の閉鎖区域。かつてはラブバワでもっとも活気あふれる一帯だったが、事故があってからはだれひとり近寄らない場所。ソノはそこに来ていた。

入り口の四重の鉄鎖は、絶対に立ち入りを許すものかといわんばかりにピンと張られていた。だが、ソノはそこらじゅうをつついて回り、ゆるんだ部分を見つけ出した。地面に這いつくばり、ずるりと体を滑りこませる。それから、土埃にまみれた体をパンパンはたいた。

懐中電灯で左右を照らすと、荒廃した建物が立ち並んでいた。壁にはスプレーで、判読できない文字が書かれている。都市が過密度を増すにつれ、センダワン南部を再建しようという議論がもちあがったが、氾濫体残存の危険があるため毎度白紙に戻された。危険を承知であえてここに足を踏み入れる者はおらず、ひとっこひとり寄りつかない場所だった。怖いもの知らずの子どもたちが廃墟を探検しようとこっそり忍びこみ、のちに死体で見つかるといった噂が出回っていた。これまでラブバワのありとあらゆる禁止地域に踏み入ってきたソノも、ここは初めてだった。予想にたがわず、荒れ果てた不気味な風景。でも、どこか腑に落ちない。

「あれだけの噂にしては、なんだかなぁ」

ソノは首を傾げながら懐中電灯を切った。氾濫体の感知能力においてはベテラン派遣者にも引けを取らないと自負しているソノだったが、ここではいかなる痕跡も感じ取れなかった。目を閉じて空気中のにおい、気流、音、足下の振動などに集中してみても同じだった。

成人の背丈ほどに積もったガラス片を慎重によけて通った。土と岩、栽培室で使われていたのだろう植木鉢や肥料などがこんもりと山を作っていた。どこにも氾濫体の痕跡はなかった。

「じゃあここは、なんだって閉鎖されてるんだろ？」

ソノのひとりごとがこだました。いつの間にか闇に慣れた目が、前方にある物の輪郭を見分けはじめた。巨大な金属タンクがいくつか見えた。タンクから延びる長いパイプが、フェンスに囲まれた一棟の建物に続いている。パイプのなかをなにかが流れていた。ソノは目を凝らして建物を見回した。人の気配はない。だが、稼働していた。

奇妙だった。本当にこのエリアに氾濫体が残存し増殖しているなら、工場で生産される物も工場自体もたちまち損傷する。氾濫体に耐えうる工場を作れるなら、地上にはすでに無人の工場団地が立ち並んでいるはず。つまり、ここに氾濫体はないと見るべきだった。それなのに、当局はこの場所を閉鎖しつづけ、氾濫体が増殖しているという噂も訂正しなかった。それはおそらく……ここになにかを隠すため。

ソノは闇に目を凝らしながら考えた。なにを隠そうとしているのか？　なかへ入ってみる？　ひとりでは危険すぎた。ここにいること自体、すでにじゅうぶん危険ではあるのだが。テリンも一緒なら、見張りを頼んだのに。

ソノは、地上へ出てひと月以上も消息のないテリンのことを思った。どこまで行ったんだろう？　帰還中だろうか？　もしやなにかあったのでは……？

派遣者の最終ミッションでテリンが氾濫体テロを起こしたとき、ジャスワンはテリンを止めようとして氾濫サンゴで負傷し、マシンによる鎮圧にまで巻きこまれて四日ものあいだ昏睡状態にあった。目覚めるなり口にしたのは「テリンを逃がさなければ」という言葉だった。当局はテリンを追放するはずだから、テリンを連れてスラム街へ逃げようと。最初はうわごとかと思って聞いていたが、ソノはすぐに理解した。地上を経験した派遣者として、犯罪者がたむろしているスラム街のほうが地上よりずっと安全だと知っているのだと。

だが、先手を打ったのはイゼフだった。テリンは追放刑の代わりに、派遣任務に投入された。ジャスワンとソノは、テリンの出発後にそれを知った。試験に合格したばかりのひよっこを地上に送るなんておかしい、いますぐ追いかけようとソノが憤ると、ジャスワンは意外にも落ち着いた声で答えた。

——イゼフ・ファロディンがみすみすテリンを死なせるはずがない。

イゼフのこととなるといつも冷淡なジャスワンだったが、イゼフが自分なりのやり方でテリンを大切にしていることまでは否定しなかった。あの女なら手段を選ばずテリンを守り抜くだろうと言った。ソノはイゼフをどうとらえていいかわからなかった。テリンの口からは、イゼフについての褒め言葉しか出てこなかった。他人は知らない、イゼフのやさしい一面を自分はよく知っているというように。だからこそ、ソノはイゼフを信じきれなかった。テリンのイゼフへの気持ちに気づいていたし、愛情がときに相手の闇を見えなくすることも知っていた。

でも、ジャスワンの言うことなら信じられた。だれよりもテリンを大事に思っている人だから。それに、テリンの無事を漠然と楽観しているのではなく、イゼフを冷静に評価したうえでの判断だったから。ソノは、テリンを追って地上へ出るのをやめた。いまはそれより、テリンの「あの問題」のほうが重要だった。

ソノは例の問題について調べてみたかった。とつぜんテリンに聞こえはじめた、あの声。イゼフはそれをニューロブリックのエラーだと決めつけていたが、ソノは初めからその推論を信じていなかった。ニューロブリックの不法施術所で手伝いをしながらそれとなく院長に訊いてみたが、頭ごなしにこう言われた。

——まあったく、おつむの弱いお嬢さんだ。言っただろ！　ニューロブリックの原理からすると、そんなことありえないって。その子が嘘をついてるか、本当におかしくなっちまったかのどっちかだ。錯乱症治療所に収容されるんじゃないなら、こっちで調べてみたいとこだがねえ。

院長に何度もだれのことかと問い詰められ、これ以上は危険だと思ったソノはさりげなくその場を逃れた。次の目的地は、ソノとテリンが幼少期を過ごしたバトゥマス児童保護施設だった。ふたりとも記憶の定かでないその時期になにかあったのではないか。ソノは平気だったがテリンには影響を及ぼした、あるいは、ソノとテリンに異なるかたちで影響を及ぼしたなにかが。

しかし保護所は閉鎖されて久しく、そこに通じるすべてのルートがふさがれていた。おまけに、保護所が閉鎖された経緯さえもすべての記録が削除され、データベースはもちろん実物の資料も見つからなかった。

ソノは迂回ルートを探すことにした。

半年前から続いていたあの信号。地上のどこかから始まって地下へ届く、都市を囲む岩石を奇妙に響かせる振動パターン。初めてあの信号をキャッチしたときは、地震か地盤崩壊の前兆だと思った。でも、都市のどこにもそんな事態は起こらず、少しすると振動のパターンが変わっていた。

何カ月ものあいだ振動に耳を澄ませた結果、ソノはそこになんらかのメッセージがこめられていると確信した。ひょっとすると、だれかが地上から送っている救助要請では？　でも、どうも変だ。地下でその信号をキャッチできる人はごくわずかだろうに、そこへ助けを求めるなんて。

信号を感知したのはソノだけではなかった。ソノほどではなくても、振動と音に敏感なテリンも感じていた。奇妙な声まで聞こえ、それは信号に反応しているようだとも言っていた。テリンを暴走させた「あの問題」、地上から聞こえてくる振動信号。ふたつのあいだには明らかに関連性があった。その信号をたどってきたソノはいま、ここセンダワン南部の閉鎖エリアにたどりついたのだった。

膝を折って地面に耳を当ててみる。追いつづけてきたあの信号は、ここに来ていっそう鮮明になった。だが、まだクリアに聞こえるとは言えない。ソノは立ち上がって再び歩きはじめた。

狭い道の両側に、廃棄された管理ロボットがごろごろしていた。腐食や埃の積もっている度合いからして、古いものではない。しばらく歩くとある建物が現れた。懐中電灯で照らすと、小さな窓のついた部屋がずらりと並ぶ、ラブバワでは珍しいデザインの建物だった。大人数を収容する施設のようだが、人の気配はいっさいしない。いまはだれも住んでいないようだ。周辺にはまっさらな生活道具やぬいぐるみなどが転がっている。どう見ても、最近までだれかが住んでいた形跡に思えた。どういうことだろう?

ソノは信号を追ううち、細い路地に出た。

その先にはなにもなかった。道を作りかけてやめたように、岩石の壁が行く手をふさいでいる。引き返して別の道を探そうとして、もしやと思い壁を触ってみた。ただの岩石ではなかった。人の手による溝が感じられた。ソノはぐっと壁を押してみた。

すると、岩石が擦れる音とともに扉が開き、通路が現れた。

人がひとりやっと通れるぐらいの、狭く、天井の低い通路。ソノは足元に気をつけながら慎重に進んだ。怪しいにおいがぷんぷんした。この道はどこへ続いているのだろう?

つきあたりに扉があった。最低でも十年はたっていそうな、古いタイプの生体認証装置が見えた。まだ電源が繋がっているのか、赤い作動ランプが点いている。下手に触れれば警報が鳴るかもしれない。ソノは少し迷ってから踵を返した。不用意に入れば窮地に追いこまれるかもしれなかった。

でも……ひょっとしたら……。ソノはふとこの空間が、そしてこの入り口が、どこか懐かしいものに思えた。前にこういうところへ来たことがあっただろうか。はっきりとした記憶はない。言葉で表現できるものでもない。でも、この通路に満ちた粒子や音が、本能的な感覚を刺激した。

ソノは入り口に向き直った。扉に近寄り、そろそろと生体認証装置のカバーを上げた。出入り可能な人でもエラーは起こりえるのだから、一度間違えたぐらいですぐさま警報が鳴ることはないはずだ。だとしたら、一度くらい試してみる価値はある。

ソノは認証装置に手をかざした。

「へ？」

作動ランプが緑に変わった。

びっくりして退いたソノは、右側の装置がホログラムスクリーンを立ち上げているのを見た。認証された生体指紋と一致するプロフィール。そこにその名があった。カン・ソノ。そしてその上にあるのは……幼いころのソノの顔だった。十歳にもならないだろうか。

スクリーンのいちばん下に、さらなる情報が表示された。

［タイプ分類：実験体］

ガチャリという音とともに扉が開いた。

事を理解したと同時に、背筋がざわりとした。この先にあるものがわかる気がした。いっときはバトゥマス児童保護施設だった、あるいは、保護施設を装っていた実験室。はるか昔に閉鎖されたはずがそうではなかった、もしかするといまも実験が行われている場所。なにが起きているのかこの目で確かめねばならない。ソノは懐中電灯を消して闇へと踏み入った。

薬品のにおいと、肌寒い空気。音に耳を澄ませた。歩みを進めるたびに足音が大きく響く。天井が高く巨大な、それでいて閉ざされた空間。空気中にざわめきが満ちていた。ふつうの声ではなく、なにか別の方法で伝わるざわめき。ソノは前進を続けた。まっすぐな通路を進むうちに、ざわめきが強くなる場所に来て立ち止まった。ソノは懐中電灯の照度を最小にしてから、右方向に向けてスイッチを入れた。

ガラス壁の向こうに人のシルエットが見えた。

ひとりではない。何人も。まるで囚人服のようなものを着た人々が立っていた。一様に短髪で、体にはくっきりとした傷跡がある。ソノは後ずさった。

「あなたたち、だれ？」

声が聞こえるのかわからなかった。それでもソノは、彼らが自分の言葉を聞いていると思った。全員の目がいっせいにソノを追いかけた。

「だれかに閉じこめられたの？」

不思議な感覚が浮き上がってくる。彼らと目が合った瞬間、ソノはとてつもなく複雑な気持ちになった。戸惑いと親しみが同時に湧いた。初めて会うのに、自分と似た存在だという感覚。見かけや過去の経験のためではなく、存在そのものが……同じ種だという感覚。人間に紛れて暮らしていた亜種が同族を見つけたらこんな気分だろうか。

「いったいどうして……」

この感覚はどこから来るものなのか。彼らを見ているだけで、自分も閉じこめられたかのように息苦しかった。体中にある傷跡を見るだけで、自分も痛みを感じた。初めてなのに近しい気がする彼らは、いったいだれだというのか。

ソノは懐中電灯を手に、彼らを見つめながら歩み寄った。彼らもガラス壁に近寄ってきた。そして手を上げ、ガラスを叩きはじめた。ドン、ドン、ドン。ガラスが振動した。壁を壊そうとしているのだろうか。違う、これは……言葉。一種の言語だ。ある振動が、聴覚的符号が話していた。彼らはソノと同じだった。ソノと同じ目に遭った存在だった。同じように変異した存在だった。ドン、ドン、ドン。音が続いた。ガラス壁が激しく揺れた。だがガラスは割れず、彼らはなかに閉じこめられたままだった。

このガラスを割らないと。ソノはガラス壁を調べはじめた。ドン、ドン、ドン。どこかにドアがあるはずだ。ガラスを割る道具が見つかるはずだ。彼らを外へ出してあげられるはずだ。でも、暗すぎてどこになにがあるのか……

とつぜん通路に明かりが灯った。

まぶしさに目の前がくらりとした。いつの間にか、通路の先からだれかが歩いてきている。ソノはそちらを振り向いた。

「その顔、久しぶりだ」

聞き知った声が響いた。

「だれかが来るとしたら、きみだと思ってた」

刺すような明るさで目に痛みを感じながらも、ソノは近づいてくるその人から目を離せなかった。

肩より長い赤毛、魅力的な茶褐色の瞳とは裏腹の、冷たいまなざし。たしかに知っているけれど、ここで出くわすとは夢にも思わなかった人、イゼフ・ファロディンが目の前にいた。

「どうしてここに……」

「戻ってきた感想は？」

立ち止まったイゼフがソノをまっすぐに見据えた。

「懐かしくてたまらない。違うかな？」

イゼフがにこりと笑いかけた。そしてソノが答える隙もなく、手のなかのなにかをぐっと押した。

次の瞬間、強烈な痛みがソノを襲った。

＊

イゼフはホログラムスクリーンで地図を広げた。すべての準備が着実に進んでいた。目的地の座標を確保し、そこまでの運搬体も待機していた。そして、もっとも心を割いていたテリンに関する問題もうまく解決に向かっていた。少なくともいまのところは。

テリンは無事に都市へ帰還しているところだった。二日前、ヌタンダラ東部の海岸へ派遣されていた救助チームから連絡があった。海岸付近で疲れ果てた様子のテリンが見つかったと。負傷と脱水症状が見られるものの、幸い危険な状態ではなかった。救助チームは、テリンの容態を見ながらなるべく早急にラブバワに移送し、ベヌアの病院に入院させる旨を報告してきた。

嬉しいニュースだったが、救助チームから伝えられたテリンの最初のひとことが引っかかった。

「絶対に沼を攻撃しないで」

イゼフに必ずそう伝えてくれと頼みこんでから、テリンは意識を失ったと言う。救助チームの通信担当者は、その意味をつかみかねながらもイゼフに状況を伝えた。イゼフにはすぐにわかった。とうとうテリンが沼人に会ってしまった。悲しいことに。

イゼフは長いあいだ、テリンと地上をそぞろ歩く日を思い描いてきた。もしかすると、テリン自身が想像していたよりはるかに強く。地上の美しいものと残酷なものを一緒に見たかった。魅惑と憎悪を同時に抱くということについて、派遣者の矛盾しつつも価値ある人生について分かち合いたかった。だがそのシナリオのなかで、テリンが沼人の存在を知るのはずっと未来のことだった。テリンは見知らぬ存在に対しても寛大だから、沼人たちを殺さねばならないと知れば心を痛めるに決まっていた。派遣者として生きることを拒むかもしれなかった。だから、時間が必要だと考えた。派遣者の生き方には避けられない悲しみと苦しみがあり、それを受け入れてこその歓びがあるということを、そのために苦悩に耐えて前進しなければならないときがあるということを理解するための時間が。そうすれば、彼らを殺すときの罪悪感さえも、遠くへ赴くための動力となるはずだから……

汎濫体。またしても汎濫体がすべてを台無しにした。

イゼフは、汎濫体はテリンの脳内から完全に消えていないのかもしれないという事実を念頭に置いていた。だが、それが派遣者資格試験の間際に目覚めるとは予想できなかった。アカデミーで自分との関係について周囲から妬まれていたのを知っていたため、イゼフはできるだけ目立たないように問題を解決しようとしていた。しかし結局、派遣者の最終ミッションで氾濫体が一線を越えた。幼少期の親密な関係は、もはやなんの意味ももたない。時が流れ、氾濫体も残るは本性だけとなったのだ。何度となくよみがえって人間を支配しようとする、ついには破滅に至らせるという本性。

それを考えると、いっときでも共生の可能性を探ろうとしていた自分が情けなく思えた。みずからを制御することもできない存在を対象に、共生などと。

テリンの追放刑はなんとか食い止めたものの、危険な任務への投入は防げなかった。派遣本部にとってテリンは目の上のこぶであり、今回の出来事はいいチャンスと受け止められた。だがイゼフは、テリンが危険にさらされるのを黙って見ているつもりはなかった。

どのみちその任務はイゼフの所管だった。イゼフはこの全プロジェクトの設計者だった。だから、目的地の座標とそこまでのルートに手を加えた。本来の目的地は、次なる基地の有力候補地にして氾濫連結網の中心であり、なおかつ沼人たちが集まり住む場所と推定されるエリアだった。だがイゼフは、テリンが沼人たちと遭遇するのを望まなかった。とりわけ、いまのように脳内の氾濫体が目覚めている状態で人間と氾濫体の境界をうやむやにする奇怪な存在を目の当たりにすれば、自分のアイデンティティに混乱を来す可能性もある。

変更した座標は実際の目的地からやや離れた、調査の価値はあるが危険の少ないエリアだった。生還の可能性が九十パーセントを上回る場所。目的地が変われば本部から怪しまれるだろうが、エラーについてのアリバイも用意しておいた。今回の任務で成果がなかったとしても、処罰の代わりに任務を完遂したことになるのだから、それでじゅうぶんだった。あとは経験者でチームを編成して新たに送り出せばいい。

ところがイゼフの予想に反して、隊員たちは変更後の座標を目指さなかった。一行がなぜ本来の目的地に気づいて探査を続けたのかはわからない。テリンの頭のなかで暴れだした氾濫体のためだろうか、それとも、派遣隊のリーダーの意見？　調査過程で記録は破損し、いまとなってはそれもわからない。

もちろん、こんなこともあろうかと、テリンに特殊信号装置を渡しておいた。結果的にはそれがテリンを救ったことになる。救助チームに発見されたのは沼ではなく海岸地域で、ほかの隊員は死んだか行方不明になっていた。実際の任務は危険を伴い、テリンも死の危機にさらされたのかもしれない。それでも生き残り、救助された。イゼフにとって重要なのはそこだった。

テリンは、沼を攻撃しないでくれと言った。それでもイゼフは、ゆっくりテリンを説き伏せるつもりだった。初めは対立するかもしれないが、最後には聞き入れてくれるだろうという確信があった。自分への気持ちがたんなる憧れだけではないことも知っていた。同じ気持ちを返すことはできなくても、イゼフは自分なりにテリンを愛していた。いつかテリンも、このすべてがテリン自身のためだったとわかってくれるだろう。だから、計画通りに進めることが最優先だった。

ところが、ひょっこり現れたもうひとつのアクシデント。

イゼフはガラス壁の向こうで騒いでいるソノをにらんだ。昔から妙に神経を逆撫でするやつだった。ガキの分際でなにがそんなに知りたいのやら都市中を嗅ぎ回っていたから、いつかやらかすだろうとは思っていた。よりによってそんなやつがテリンのそばにいることも不快だった。そもそもテリンをジャスワンの家に預けることがなかったら……だが、すでに起きたことは仕方がない。

「すまないけど、テリンが帰ってきたものでね。だからおとなしくしててくれないかな。ふたりを会わせるわけにはいかないから……」

イゼフの言葉に、ソノがガラスを叩いた。声はガラス壁で遮断されており、なんと言っているのか聞こえなかった。イゼフはソノに向かってほほ笑んだ。

殺す気はなかった。たとえ目障りでもテリンとは姉妹であり、友人同士だった。殺せばテリンは悲しむだろう。それは困る。イゼフは能う限り、テリンに幸せでいてほしかった。だが、テリンがソノの不在に気づいて捜し出そうとすれば、またもや困ったことになる。

だから、しばらくここに閉じこめておくつもりだった。すべてが順調に進むまで。引き返せないところに至るまで。橋を燃やすまで。ひとまずスタートを切れば、テリンにもソノにも邪魔することはできない。なにかを変えようと考える者を押し留めるより、すでに起きてしまったことを受け入れようと説き伏せるほうがはるかに簡単だ。

そのときにはテリンも、このすべてが贈り物であることを理解するだろう。

かつてイゼフに憎悪以外の推進力を与えてくれた、後悔と罪悪感を乗り越えて前進させてくれたあの子は、無事に育って成人となった。だが、大人になるまでの道のりはまだ長い。以前のイゼフがそうだったように、テリンも無数の混乱のなかで答えを見つけ出していくだろう。それは、目まぐるしくとも輝かしい道となるはずだ。

テリンはいま、なにを考えているだろう？　パニックに陥っているだろうか。それとも、甘い眠りをむさぼっているだろうか。ともに地上へ行きたいと、いまも変わらず思っているだろうか。

イゼフは、はるか彼方まで突き進むつもりだった。テリンが望むなら、もちろん一緒に。そのためなら、なんでもやる覚悟だった。

2

はるかな地平線が広がっている。生まれて一度も見たことのない薄桃色の夕焼けが、視界の端から端まで空を染めていた。地上はこんなにも広くて美しいのか。地下にいるあいだ、知らなかった風景。なぜか自分は裸足で、足の裏に当たるやわらかくしっとりした土も心地いい。隣にはイゼフがいる。オレンジ色の探査服を着たイゼフは夕日から生まれたかのような美しさで、魔法のような夕焼けとよく似合っている。目が合うと、イゼフが笑った。いつの間にかイゼフの腕が伸びてきていた。頼もしい手が頭に触れ、テリンの髪が乱れる。自分が間の抜けた顔をしていそうで、頭を垂れた。永遠の夕方なんてものはないんだろうか。永遠に続く夕焼けみたいなものは。この時間が果てしなく延びて、いつまでも終わらなければいいのに。そう思いながら顔を上げた瞬間、空を横切っていく黒い鳥がとてつもなくゆっくりと羽ばたいているように見え、風が信じられないほどじわじわと吹きつけ……

と、テリンの足元の地面がボコリと沈んだ。ガラガラと音がした。なにかが手にバンッと当たった。

「うわっ」

——起きて！　しっかりしてよ！

頭のなかがぽこぽこと泡立った。神経細胞の一つひとつをぎゅっとひねり上げられたような感覚。脳が引きつったように世界がひりついた。

「ちょっと、ソール！　やめて。頼むから！」

そうしてようやく静かになった。

ひんやりとした空気と薬品のにおい。口内にどんよりと残る甘い味。肌に触れる毛布のやわらかな触感。テリンは体を起こした。それが数年ぶりのことのように全身が重い。床にひっくり返っているトレーや薬のケースが見える。少し前のことを思い出した。夢を見ていた。そこへソールが介入して……テリンの腕を勝手に動かし……テーブルの上の物をひっくり返した！

「ソール！」

——ん？

「どういうつもり？」

——どうって……テリンが起きないから！

まごまごしていたソールは、とたんにまくし立てはじめた。

——もう十日以上も眠ってたんだよ。ときどき目覚めたと思ったら、ボクのことを忘れてたし！あの人たちがくれるおかしな薬を飲んだら、意識の表面にのぼれなくなるんだ。この十日間でテリンがやったことと言ったら、ほんのしばらく起きてぼんやりベッドに座ってるか、イゼフといつ話せるのか看護師にくり返し訊くか、メモ用紙にいきなり大陸の地図を落書きしだすかくらいのものだったんだから！

「わたし、十日も眠ってたの？　ほんとに？」

——ほんとだって！　信じられないなら確かめ……

テリンが病室を見回すと、ソールがはっと言いよどんだ。病室内には時間を確認できるものがいっさいなかった。テリンが顔をしかめると、ソールが慌てて言った。

——テリンの生体時計は二十五時間くらいに設定されてる。ボクにはそれが感知できるんだ。定かではないけど、最低でも十日、長ければ二週間たってるはずだよ。わかるかな？

「そんなに長く？　わたしの体、ずいぶん悪いのかな」

テリンは立ち上がってみた。十日以上眠っていたというのは事実らしく、体がうまく言うことを聞かなかったが、とくに痛いところもなかった。体がきしむのは、筋肉をしばらく使っていなかったからのようだ。包帯で覆われている右脚を軽く押してみても、痛みは感じなかった。

「だれがここに運んだの？」

——ほんとに憶えてない？

「ソールは憶えてるの？　ここに来てからのこと、全部？」

——だいたいは。テリンの無意識下に埋もれてたんだ。あの人たちがくれる薬のせいで、きみの意識が目覚めてるときは出てこられなかった。だから、きみが無意識の状態のときに、感覚を乗っ取って周りで起きてることを把握してた。目を閉じてたから、見ることはできなかったけど。

ソールが掘り起こす記憶をなぞりながら、テリンはどうやってここまで来たのかを知った。沼を出て海岸へ向かう道々は思い出せた。できるだけ沼から離れたところで、救助チームに出会わなければならなかった。彼らが沼人と遭遇すれば、大きな衝突が生まれるのは明らかだったから。もちろん、無謀な計画だった。ネシャットとの揉み合いで怪我を負っているうえ、ひとりでの移動だったのだから。結局、もうすぐ海岸地域だというところで猛獣に追われ、丘を転げ落ちてしまった。

目を覚ますと、救助チームがいた。朦朧とした意識で受け答えをしていた気がする。ほかのことはよく憶えていないが、テリンは何度も頼みこんだ。すぐにイゼフに伝えてくれと。沼を攻撃してはいけないと。

「……伝えてくれたかな？」

テリンがはっとわれに返ってつぶやいた。

――何度も念を押してたよ。彼らもわかったって言ってたし。

「でも、ちゃんと伝わってるか信じられない。イゼフに会わなきゃ。いますぐ」

――それも言ってた。何回も。

「え？」

――ほんとに憶えてないんだ。

ソールはその後の記憶を補ってくれた。医療陣に毎日なにかの薬を飲まされ、するとテリンはひどく気だるくなって、ソールを呼ぶことも、ソールの呼びかけに答えることもなかった。そしてときおり目覚めては、イゼフに会いたい、ソノとジャスワンに無事を伝えてくれと頼んだけれど、看護師はこれといって返事をしなかったと言う。

――でも、テリンが寝てるときにイゼフが来てた。

「イゼフが？」

――二回ね。そばに座ってたよ……ずいぶん長いあいだ。

言われてみると、イゼフに頭を撫でられていた気がする。あれは夢じゃなかった。ということは、様子を見に来るくらい心配し、気遣ってくれてもいるけれど、話したくはないということだった。テリンが話したいという意思を伝えたにもかかわらず。どうして？　沼を攻撃するなと言ったから？　イゼフが沼人の存在を知っているだろうとは予想していた。スーベンは沼人を狩るよう命令されたのだから、イゼフほどの職位にあればその計画に直接、あるいは間接的に同調しているはずだった。

だが、テリンの知るイゼフなら、会話を避けるのではなくテリンを説得しにかかるはずだった。イゼフを信じたいが、どこか釈然としない。

テリンはベッドを出て、床に散らばっている薬を拾い集め、浴室へ持って行って水に溶かした。ソールを抑えこむための薬かもしれないが、少なくとも、これがテリンを朦朧とさせるのは明らかだ。薬をすべて溶かし、廊下へ続くドアを開けてみた。鍵はかかっていなかった。

廊下はいくつもの病室と繋がっていたが、テリンの部屋以外は明かりが消えていて、だれもいない様子だった。つきあたりのドアは開かなかった。

テリンは自分の病室に戻った。室内には手首用のデバイスもテレビもなく、外部の状況を知りえる装置はいっさいない。日付けや時間、外の気温や湿度のわかる計器盤さえも。病室内の引き出しを順に開けていった。物が入りそうなところはすべて開けて見たが、使えそうなものは見当たらなかった。唯一外と繋がっているのは浴室の換気口だけだが、せいぜい片腕が入るくらいのもので、そこからの脱出は無理そうだった。しばらくすると、ソールがつぶやいた。

——ところでさ、都市へ戻ってから、なんだか気分がよくないんだ。不快な感じ。うまく説明できないけど……

「わたしも同じこと考えてた」

薬の効果が薄れてくるとともに、不快感が押し寄せてきていた。負傷や病気による不快感とは違う。重力のある場所から無重力の世界へいきなり投げこまれたとしたら、こんな気分だろうか。地に足のつかない、ふわふわした感覚。手に触れるあらゆるものの感触、目に映るあらゆる場面がことごとく奇妙に感じられた。

ふと、視界に羽虫が飛びこんできた。虫はゆっくり円を描いたかと思うと、ふっと消えてしまった。テリンは目をこすった。なにかが飛んでいたけれど、本物の虫なのか幻覚なのか区別がつかなかった。振り向くと、浴室のほうにも虫が見えたが、それもまた視界から消えてしまった。

「変。なにかが変よ」

室内を探し尽くして見つかったのは、安全ピンひとつ。廊下から足音が聞こえてきた。テリンはベッドに横になって寝ているふりをした。それから目を開けると、白衣姿の男が驚いた顔をした。

男が薬と水、トレーを置いて出ていこうとしたとき、テリンは口を開いた。

「あの、すみません……」

声をかけられるとは予想していなかったのか、男はまたもや驚いた顔になった。テリンは平然と頼んだ。

「時計とラジオを持ってきてもらえませんか？　なにか見られるスクリーンだとか。あんまり退屈で」

男は不審そうにテリンをじろじろ見てから答えた。

「ちょっと探してみます」

「それから、わたし、いつここを出られるんでしょう？」

「さあ。それも確かめてみます」

男は終始、曖昧な表情を浮かべていた。ずっと眠っているか薬で朦朧としているかだったテリンがとつぜんはきはきした姿を見せたため、怪しんでいるようだった。ここは一芝居打つときのようだ。テリンがくらくらしたように枕に頭を埋めると、男はそばにある医療スクリーンを確認してから出ていった。

トレーにはパンとスープがあった。食欲よりも怪しむ気持ちが先立った。

「ソール、ここになにか入ってそう？」

――食べてみて。変だったらすぐ止めるから。

「わたしの顎を止めるってこと？」

——まあね。それがいちばん早いでしょ。

「言葉で止めてくれない？　それこそ変な感じがするから」

テリンはぼやきながらパンをかじり、スープを飲んだ。まずいだけで、ソールがじっとしていることからも、怪しい食べ物ではないらしい。食事を終えたテリンは、薬を砕いて浴室の水で流した。

時計とラジオがあるか見て来ると言った男は、しばらく待っても現れなかった。うたた寝していたテリンは、人の気配で目覚めた。男は今度も、テリンが眠っているあいだに食事と薬を置いて出ていこうとしていたのか、目覚めたテリンを見て驚いていた。男がついと小さな卓上時計を差し出した。ようやく時間がわかる。正午に近い時間だった。

「ラジオは患者用がなくて。あとでまた持ってきます」

男が出ていったとたん、ソールがつぶやいた。

——患者用のラジオが別途にあるなんて、怪しいったらないな。

「ソールが同じこと考えてくれるから、すごく楽ちん」

——意見が違ったら、またすぐぶつくさ言うくせに。

「まあね」

たわいない話をしながら、テリンは今回の薬も水に溶かして捨てた。驚くほど頭がすっきりしてきた。

顔を上げると、換気口の近くに虫が飛んでいた。薬を飲んではいないから、幻覚ではない。

「おかしいな。こんなきれいな病室に虫だなんて……」

換気口をじっくり調べようという試みは、またもや外から聞こえてきた足音で中断された。男は中途半端な姿勢のテリンをちょっと見やってから、ラジオを置いて出ていった。

点けてみると、チャンネルはふたつしか選択できなかった。ひとつはベヌア中央病院が運営している古典音楽チャンネルで、パーソナリティが曲の合間に心和む詩を朗読していた。もうひとつはオーディオドラマのチャンネルで、地下都市拡張プロジェクトを広報するドラマが流れていた。どちらも、いまほしい情報を得ることはできなかった。テレビスクリーンがあったとしても同じことだろう。

テリンはラジオの裏のふたを開けて、詳しく調べはじめた。

構造をじっくり把握したのち、安全ピンで部品をいじっていると、あっという間に夜が来た。テリンはラジオのふたを閉め、ベッドに横たわった。寝たふりをするつもりだった。ドアが開いたとき、テリンは薄目を開けて様子をうかがった。薬と食事を運んできたのは、藍色のガウンを着た女性だった。彼女がトレーを交換して出ていこうとした瞬間、テリンはもぞもぞ動きながら、いかにも人の気配で起きたように目を開けた。

「あの」

テリンはわざとしゃがれた声で訊いた。

「いつここから出られるんでしょうか？」

女は驚いたようだったが、さほど不審がってはいない様子だった。むしろ、さっきの男よりも好意的といえた。

「ああ、ちょっと待ってね！」

女が闊達に答えながらデバイスを確認した。

「そういえばもう少しね。ファロディン所長が言ってました。テリンさんのこと、任命式までお願いしますって。それから、ええと、ラブバワネットワーク通信によると、任命式はあさってだから……」

「任命式？」

「そう、派遣者の任命式。テリンさんは正式に任命される前から、とても危険な任務を果たしたでしょう？　所長に念を押されてだれも訊けないでいるけど、とっくに噂になってます。まだ研修中の派遣者が、すごいことをやり遂げたって！　任命式でも注目の的になるんじゃないかしら」

任命式など考えてもいなかった。こんなに早く開かれるものだったろうか。派遣者の試験にパスすれば研修生となり、半年間こまごました任務を遂行しながら現場での経験を積む。そうして晴れて任命式に臨むものと思っていたが、なぜか今回は時期を早めたらしい。

「じゃあ、それまでは出られないんでしょうか？」

女はテリンと視線を合わせ、きっぱりと言った。

「ええ。出られません」

「あ……イゼフ先生にも会えませんか？」

「任命式の日に会えますよ。すぐです」

女が明るくほほ笑んだ。テリンは礼をいい、疲れたふうを装って目を閉じた。出ていく気配がしないので、薄目を開けて見ると、女は卓上時計とラジオを手に取ってなにやらチェックしていた。女が出ていき、足音が完全に消えるまでテリンは待った。

任命式はあさってだと言っていた。その日には出られると。だとすれば、このまま待つべきだろうか？　いや、なにかがおかしい。確信があった。イゼフは任命式の日までテリンをここに閉じこめておくつもりだということ。でも、なぜ？

廊下にだれもいないのを何度も確認してから、テリンはラジオを手に取った。こんなふうに外部と遮断されているのも、患者用のラジオにチャンネルがふたつきりなのも、なにか裏があるに違いない。ラジオを調べていると、また虫が飛んできた。テリンは手で虫たちを追い払った。清掃システムが稼働しているのに、どこから虫が入りこんでくるのか。

テリンは再びラジオの部品いじりに集中した。

「これでよし」

ピッという音とともに、これまでとは別のチャンネルがとらえられた。テリンは安全ピンで裏側の部品をいじくりながら、チャンネルを調整した。

——ラブバワの交通状況をお知らせします……

安全ピンをさらに動かす。今度は料理チャンネルだった。

——溶き卵を泡だて器でかき混ぜてみてください！　さっき入れたパラフソースの色が変わって……

センダワン地域のニュース、子ども向けのままごと放送、学術院の歴史放送、そして……

――ラララ、ラララ、ラブバワのおしゃべりルーバックス！　みなさんこんにちは……ル……深夜の特別放送…………早くも本日最後のお便り……みなさんもこの事件を記憶されているかと思いま……その後新たな……

なにかがひらめいた。テリンは立ち上がった。羽虫。見過ごしていいものではない。彼らはなにかを伝えようとしていた。

「ソール、わたしが無意識に沈むから、バトンタッチ」

――ん？　なに、急に。

テリンは急いで浴室のドアを開けた。換気口から羽虫が下りてきていた。虫たちはゆっくりと円を描きながら天井へ向かい、再び下りてきて鏡の前でぶんぶん飛んだ。ソールが言った。

――あれ、ひょっとして……

その飛び方にはパターンがあった。鏡に近寄ってみると、表面に虫の死体が見えた。テリンはさらに近づいてみた。死体が一瞬、オパール色に輝いた。氾濫化の兆候だ。それなら、この虫たちは無意味に現れたのではない。だれかに送りこまれたのだ。

――見てみるよ。

ソールの言葉に、テリンはうなずいた。沼を出て海岸へ向かうとき、道を見つけるために何度もソールが意識の表面にのぼってきていたから、慣れたものだった。ソールが言った。

――目を閉じて、体の力を抜く。頭をできるだけ空っぽにして、あらゆる感覚を忘れる。そして、空気にだけ集中する。肌に触れる空気。かすかな風。そうしたらのぼってくよ。

ソールの指示に従うと、奇妙な感覚に包まれた。外部に向かって研ぎ澄まされていた感覚が鈍くなっていく。ソールの動きが徐々に強くなり、大きな渦となる。触覚と嗅覚と聴覚が色となって、まぶたの裏を満たしていく。テリンには読み取れない世界だが、ソールにはできた。感覚の枝が四方へ伸びていった。

そして閉じた目の前に、一匹の虫が飛んできた。

虫は曲線と円を描きながら飛行した。すると、空気の流れがわずかに変化した。変化した空気の流れがテリンのそばを通り、突き刺し、撫で、避けて通りながらなにか言っていた。虫の飛行が生む小さな音にも意味がこめられていた。病室を漂っていた分子が動き、ぶつかり、拡散した。

するとテリンは、はたとその意味を悟った。

〈信号を探して〉

忘れていた記憶がよみがえった。地上でテリンがたどった、そして、沼から都市へ向かっていた振動信号が。

テリンは病室内の壁や床から伝わってくる振動を聞いてみた。浴室からの振動のほうがよりはっきりしていた。椅子を浴室に運んでその上に立ち、天井の換気口に手を近づけた。換気口から振動が伝わってきた。

——ハラパン通り……今日で失踪十日目……情報を募っています。なんでもかまいません。失踪者……発見に役立つ情報がありましたら……

テリンは耳を澄ませた。ソールが意識の表面にのぼってきたいま、この信号もまた、氾濫体の伝達方法によるメッセージだと確信できた。沼から地下深くへと、意味をもつ信号が発せられていた。ソールがそれを口にした。

——「外の世界には氾濫体と結合した人間たちが暮らしている」

でも、なぜ？

沼人たちはその存在を隠そうとしていた。派遣本部の沼人狩りから生き残るために。それなのになぜ、この振動信号には彼らが隠そうとしていたまさにその内容が含まれているのか？　それも、ずいぶん前から。

ふと、テリンの頭を横切るものがあった。

沼人たち、氾濫体たちがここへ信号を送っている。この都市のだれかに、どうしてもその事実を知らせたいから。沼人たちを憎み、殺そうとする者たちへ送っているのではない。この信号を聞いて理解できる者たちへ送っている。その人たちこそ、この事実を、地上に氾濫体と結合した人間たちが暮らしていることを知るべきだから。

虫たちが換気口から浴室へと次々に押し寄せてきた。そして、鏡の前で飛び交っている。振動信号は沼人たちから都市へ送られたメッセージ、そして、この虫たちはだれかからテリンへ送られたメッセージだった。いま、ふたつのメッセージは互いに絡まり合っていた。テリンは目を閉じた。虫の生み出すかすかな気流を感じるのだ。それはこう言っていた。

〈あなたが必要〉

——くり返します。ハラパン通りでまたも失踪者が出ました。失踪者カン・ソノについての情報をお待ちしています。発見に役立つ情報がありましたら……

〈みんな死んじゃう〉

氾濫体を介してメッセージが続いた。

〈わたしたちみたいな人たちが〉

〈あなたも彼らの一部よ〉

〈時間がない〉

まぶたを開いた。ソノだった。メッセージはソノから届いたものだった。

ソノがこの都市のどこかに閉じこめられている。そこには沼人たちのような、そしてテリンのような人々がいる。彼らは死に瀕している。テリンはそこへ向かわねばならなかった。なかには理解できない言葉もあった。「あなたも彼らの一部」という言葉。頭が混乱した。初めて沼人たちに会ったときの親しみと抵抗感、それらがぐちゃぐちゃに入り混じった気持ちが胸によみがえってくる。テリンと彼らのあいだには共通点があった。でも、自分は彼らと同じではない。テリンはそれを知っていた。

それでも、向かわねばならない。ソノを助けるために。そして、さらなる死を防ぐために。でも、どうやって？

テリンの考えを読み取ったソールが言った。

――任命式の日には出られるよ。

「でもソール、その日が来たら……」

複雑な感情が押し寄せ、テリンはしばし言いよどんだ。

「そしたらわたしは、本当に派遣者になってしまう。それがどういうことかわかる？」

テリンはベッドにがくりと座りこんだ。胸中に激しい嵐が起こった。

「派遣者になることは、わたしの夢だった。ずっと思い描いてきた、唯一の未来。なのにいま……」

——うん、わかってる。

長いあいだ夢見てきた瞬間がそこにあるかもしれない。テリンは大勢の人々の前で派遣者に任命されるだろう。人類のために命を捧げると誓うだろう。そうなれば引き返せなくなる。ソールの存在を死ぬまで隠し通し、自分の存在についても騙すことになる。正しくないと思っても、任務を遂行することになる。だが、その隣にはイゼフがいるだろう。ずっと憧れてきた、いつからか、考えただけで胸が破裂しそうだった人が。たとえ一方通行の気持ちでも、地上の果てまで一緒に行きたいと思う、たったひとりの人が。

長い沈黙があり、ソールが尋ねた。

——任命式に出るの？

テリンはしばらくしてから答えた。

「うん、出ないと」

＊

派遣者任命式はベヌア塔で催された。

ラブバワのちょうど真ん中に位置するベヌア塔の広大なホールは、神秘的な空気に満ちていた。文明最後の砦が派遣者の手にゆだねられていることを暗示しているかのような雄大な外観。たとえいまは暗くて黴臭い地下に退いていても、永遠にこのままではないという人類の決意がベールとなって、ホール全体を包んでいるようだった。

派遣者の正装をした研修生たちが演壇の前に並んだ。その瞳には、関門をパスしたという自負心と、今後くり広げられる未来への緊張がにじんでいる。三十人余りの研修生は三カ月前に最終試験に合格し、派遣者となった。研修期間中にわずか一、二件の任務に就いた者もあれば、すでに十件以上の任務を果たした者もあった。いずれにせよ彼らは、ささいで、汚らしく、肉体を使った、無意味かつ難儀な任務でスタートを切った。研修者には死を覚悟するような任務は与えられない。通常は。

ただひとり、テリンだけがそんな任務を下された。そしてその任務から、ひとりだけ生きて戻った。最も危険な場所、だれも帰還を期待しなかった場所から。その任務は、大きなトラブルを起こして追放刑が議論されていた研修者を処罰することを目的としてもいたため、当人が生きて帰るなど、それも、貴重な探査情報をつかんで帰るなどと予想する者はほとんどいなかった。

今回の任命式は、異常な早さで行われた。ふつうなら資格試験の半年後というのが慣例だが、その三カ月後という異例のスピードだった。任務を全うしたテリンのためだという話も囁かれたが、不満の声は上がらなかった。正式な派遣者になれば、厳しい制約とともに確実な見返りもついてくる。時期が早まって喜ばない研修生はいなかった。

研修生たちが正装の上から羽織っている古風なローブは、彼らを前文明の司祭のように見せた。今日この場で最も多くの視線を集めている研修生、テリンは列の最後尾でフードをかぶっていた。拳をぎゅっと握りしめ、体が小刻みに震えていることから、よほど緊張しているものと思われた。そんなテリンを横目で盗み見る人もいたが、だれより注目されているのだからそれも当然だと、それ以上の関心は寄せなかった。

ホールにしっとりと響いていた音楽がやむと、全員が壇上を見つめた。学術院の院長、カタリーナが歩み出た。

「みなさん、おめでとうございます」

カタリーナの声以外には息遣いさえ聞こえないほど、ホールは静まり返っている。

「この三カ月間、みなさんは非常によくやってくれました。われわれ派遣者はみなさんの知恵と機知を見守った結果、人類を次なるステップへ導く派遣者として申し分ないという当初の判断を維持することにします。今日をもってみなさんは、正式な派遣者として機密に近づくとともに、機密を厳守するという大きな使命を授かることになります」

カタリーナは両腕を広げて歓迎の意を表した。静寂を破って拍手が湧き、再び静まった。

「任命式に先立ち、みなさんにお伝えすべき大事なお話があります。われら派遣者の重大な任務である氾濫体の調査が新しい局面を迎えました。なかでも、ある研修者が見事にやり抜いた任務のおかげで、プロジェクト進行に拍車をかけられるようになったのです。みなさんの派遣者としての人生が、このプロジェクトとともに幕を開けるという事実をお知らせできて嬉しく思います。われわれはいま、人類の地上を取り返すためのプロジェクトを準備しているところです」

　カタリーナが壇上の後方にかかっているカーテンを振り向きながら言った。

「今日がその第一歩となるでしょう。イゼフ・ファロディン、ご自身の口から紹介を頼みますよ」

　研修生たちのあいだにざわめきが起こった。噂でしかないと思われたその作戦が実行されるようだとだれかが囁き、みな高揚した表情になった。カーテンが開いてイゼフが登場すると、再び拍手が起こった。

「どうも」

　イゼフが凜とした表情で口を開いた。

「今日という日は、ある重要なプロジェクトの出発点となるでしょう」

　全員の視線を一身に浴びながら、イゼフがホログラムスクリーンを立ち上げた。背後に巨大な地図が広がった。

「これまでわれわれ派遣者は、氾濫体の調査のために地上に出ていました。言うならば、本格的な戦争を控えた探索戦であり、情報戦だったわけです。しかし、今日からその目標が変わります。われわれはいま……」

　イゼフが合図すると、地図の片隅に赤い点が浮かんだ。それはラブバワの上、ニュークラッキー基地を示していた。

「地上奪還プロジェクトをスタートさせるつもりです」

基地に始まる赤い点が、ラブバワがある島を横切って、ヌタンダラ大陸へと伸びた。ホール内にどよめきが起こった。

「ここに次なる目的地があります。この場所についての重要な情報をひとりの研修生が収集してきたことは、みなさんご存じのとおりです。おかげでプロジェクトは、成功に一歩近づきました。われわれは地上を取り戻してみせます。地球は再びわれらの星となるでしょう」

どこからか静かな拍手が起こると、それは徐々に広がっていき、うねるような拍手喝采となった。最後尾にいるテリンに送られたものだった。テリンは依然、フードをかぶったままうつむいていた。イゼフはテリンがよほど緊張しているものと理解した。今朝すれ違ったときも、テリンは顔を上げなかったのだ。イゼフが満足げに言葉を継いだ。

「間もなく最初の大規模攻撃が始まります。最も多くの氾濫体が繁茂しているポイントから、兵器が四方へと広がりながら連結網を破壊するでしょう。氾濫体はみずからを破滅へ導くことになります」

プロジェクトの概要が続いた。氾濫体が集中している連結網の真ん中に生分解性の兵器が向かう。氾濫体はそれを兵器とも思わず分解と吸収に入り、連結網を伝って広がりはじめた分子が徐々に氾濫体を破壊していく。氾濫体は、一度破壊された場所では二度と増殖できない。

みなが上気した顔でイゼフの説明に聞き入った。氾濫体を根絶しようとするこれまでの試みは、ことごとく失敗に終わっていた。だが、今回の計画なら勝算がある。イゼフの発表にはそんな決意がこもっていた。

説明が終わるとホールはいっとき騒がしくなり、カタリーナの登場で静まった。カタリーナが真剣な表情でホールを見回した。

「この偉大な道のりをみなさんとともに歩むことができて嬉しく思います。今日付けで正式な派遣者になるみなさん、それでは任命式を始めましょう」

厳かな空気のなか、式は進行された。演壇の前の研修生たちが宣誓を唱えはじめた。

われわれは真実と知識の護り人として、地上を取り戻すためにそこへ赴く。われわれは正直かつ誇り高く行動し、慎重に判断することをここに誓う。われわれはその任務の重要性と目前の危険を直視する。われわれは最後の防御線であり、いかなる逆境にも揺さぶられない。われわれはつねに人類の安全と安寧をわれわれ自身より優先する……

宣言も終わりかけたころ、スタッフたちが舞台袖から小さな宝石箱を運んできた。そこには、めいめいに合わせて制作されたホワイトメノウの指輪が収められていた。ヌタンダラ大陸でわずかに採れるこの宝石は、都市で最も栄えある人物のみが手にしうるもので、今日をもって正式に派遣者となる者たちにもそれだけの名誉と尊重が捧げられることを示していた。

カタリーナが演壇から下り、派遣者たちの手に指輪をはめていった。研修者たち、これをもって正式な肩書きを授かった派遣者たちが、それぞれに嬉しそうな顔で手を差し出した。ついにテリンの番となった。ほかの者たちには指輪をはめるだけだったカタリーナも、テリンにはなにかしら声をかけようというのか、しばし手を止めた。きっと、貴重な情報を手に帰還したテリンへの激励と賛辞があるものと予想しながら、みなが固唾を呑んでその場を見守った。

だが、カタリーナはぴくりともしなかった。スタッフから宝石箱を受け取るでもなく、テリンと向き合って声をかけるでもなく、その手を宙に浮かせたまま止まっている。

「あの、カタリーナ様？　最後の指輪がこちらにございますが……」

脇からスタッフに宝石箱を差し出されても、カタリーナは指輪には目もくれず、ぱっと手を伸ばしてテリンのフードを剝いだ。

ホールのあちこちから驚愕の声が漏れ出た。

「だれだ、そなたは」

カタリーナが、これまでテリンだと思っていた相手に向かって訊いた。相手の顔はこれ以上なく青ざめていた。

3

ソノは目を閉じて、空間を満たす気流を感じた。吐き出す息が壁にぶつかってはね返ってくる。だれかの足音がまた別の流れを生む。空気が動き、さらに動いて、振動を運ぶ。すると、この空間が「声」で満たされていることがわかった。

初めのうち、それはなんとも奇妙な認識だった。もしも空間に音も光もなく、外部から来るあらゆる刺激が遮断されていたら、ふつうの人はそこでなにも起きていないと感じるだろう。だが実際はそうではない。ふつうの目で見れば静まり返っている空間だとしても、それは同時に、ありとあらゆる活気にあふれた空間にもなりうる。どこからか電気の流れを感じた。表面振動が、部屋を取り囲む四つの壁をめいっぱい響かせた。ドン、ドン、ドン。遠くから信号が届いた。分子が拡散し変化しながら、ソノの鼻をくすぐる。まだ感覚の氾濫にはなじめなかった。目を開いた。たちまち視覚がそれ以外の感覚刺激を圧倒し、氾濫した感覚信号が静まった。

治まった感覚信号の合間から、生ぬるい熱気がにじんできた。なにかが部屋の近くにやって来たという証拠だ。だがその熱気は部屋には入らず、そのまま去ってしまった。

だれかが、思ったとおりだというように言った。

——やっぱりだ、その子は来そうにないよ。

また別のだれかもあきらめたように言った。

——これ以上は待てない。もとの計画どおりに進めないと。どのみち、危険は承知のうえだよね。その子と話したこともないのに、メッセージだとは気づかないよ。

ソノは確信をこめて答えた。

——いいから待って。必ず気づくはずよ。そしてここに来る。

イゼフに囚われてからどれほどの時間がたったのか見当がつかなかった。初めはコントロールルームの近くに閉じこめられていたのだが、往来するスタッフに向かって壁を叩いたことが気に障ったのか、いまの場所に移された。この独房は、ときおりスタッフが廊下を通る際に点灯する薄明かり以外には差しこんでくる光もほとんどなく、日に一度、食事のトレーが置かれる音のほかにはいかなる音も聞こえない。時の流れを感じられない空間だった。闇にもずいぶん慣れたつもりでいたが、ソノはいまにも発狂しそうだった。眠りから覚めると力任せに壁を叩き、疲れればまた眠った。そうして夢と現実の区別があやふやになりかけたころ、足下から奇妙な声が聞こえてきた。

——どうしてひとりぼっちで閉じこめられてるの?

初めはその声にどう答えていいかわからなかった。それは、ソノが経験したことのないコミュニケーション方法だったから。だが不思議なことに、ソノはその言葉を聞き取ることができた。そしてその奇妙な声が、何度でも話しかけ粘り強く教えてくれたおかげで、ソノにもやり方がわかるようになった。床を叩いて音を生み、振動が広がっていくようにした。すぐに、隣の空間にたくさんの人がいることがわかった。バトゥマス研究所に踏み入ったとき、ガラス壁で隔離されていた人たち。彼らが壁を隔てた向こう側にいた。

――ここにいるのは、みんな発現者。治療だと騙されて連れてこられた人もいるし、捕まれば死ぬと知っていながら逃げられなかった人もいる。

全員が、迫りくる死を待っていた。錯乱症を発症した当人たちも、初めは互いに通じ合えるとは知らなかった。彼らは絶望の淵で自害したり、乱闘のなかで死んでいった。氾濫体によって感覚の仕方を変えられたものの、そのことをだれからも教えてもらえなかったため、自分が感覚を失ったものと考えた。研究員たちは彼らを閉じこめて過酷な実験と虐待をくり返した。彼らの感覚は瓦解し、体と体の外、現実と幻覚を区別できなくなった。新しい発現者が連れてこられ、前の者たちは死に、また新しい発現者が連れてこられ……死のループだった。沈黙のループだった。

どこか遠い場所から、ある話が聞こえてくるまでは。

それは地上から地下へ、土と岩石を伝ってきた。奇妙なおとぎ話のように聞こえたため、ここにいる者たちも受け入れるまでにずいぶん時間がかかった。

地上のどこかに、氾濫体とともに生きている者たちがいるという。地上でも死ぬことなく、腐敗したものを食べられるばかりか、彼らも腐敗していくものの一部なのだと。彼らは地上で、おのおのが独立した意識をもつ個体として、だがときには、全体の一部として生きているという。自我という概念は時の経過とともに薄れながらも、完全に消えるわけではなく、多少は残っていると。ある日は個体として、またある日は全体を成す連結網のなかで目を覚ますのだと……。それは、それ以前の生き方とは異なっていても、また別の生き方があるということだった。

発現者たちがただの人間だったころなら、その話を聞き取ることはできなかっただろう。だが、彼らはいまや氾濫化していたため、振動にこめられた話を聞くことができた。遠くから届いたそれは、聞き方と、表現の仕方、感覚の仕方を教えてくれた。最速でそれを会得したのは幼い少女だった。アイサという名のその少女は、自分の隣にいた発現者にその話とコミュニケーションの取り方を伝えた。そしてその発現者が隣の発現者に、さらにその発現者が別の発現者に新たな生き方を教えていった。

いつまでも自身の変異を受け入れられない者たちもいた。彼らは壁に頭を打ちつけ、飲食を拒んで死んでいった。だが、大方の発現者は受け入れた。それは選択ではなく、認めるか否かの問題だった。変異は死ではないこと。人として壊れていくのではなく、別のかたちの生へ繋がったのだということ。彼らはそれまでの生き方に少しずつ区切りをつけ、見たことも聞いたこともない生き方を新たに学んでいった。新方式の会話は、ぶつかり合う意見を繋ぐだけでなく、ひとつにまとめていった。全体があり、部分があった。部分には部分ごとの意見があったが、同時に、全体と繋がっていた。

そのことをソノに教えてくれたのもアイサだった。ソノが初めて彼らのやり方で「わたしはハラパンから来た」と伝えることができるようになったとき、アイサが言った。

――そうなんだ。わたしもハラパンにいたの。

――ほんと？　わたし、ソノっていうの。あなたは？

――アイサ。

その名前を聞いた瞬間、ソノの頭にある顔が浮かんだ。白金髪の、よどんだ目をしていた中年女性。数カ月前、ジャスワンの店の前で監視マシンにひっつかまっていた彼女を助けた。娘を治療所に奪われ、ほどなく発現してしまった女。その娘の名がアイサだった。ソノには、この子があのアイサだとわかった。声も聞こえなければ表情を見ることもできなかったが、言葉ににじむやさしさを感じた。

アイサは、ソノが新しい対話法をあっという間に習得したことを不思議がった。

――まだ少ししか教えてないのに、あなたってのみこみが早いのね。

――前から似たようなことをやってたから。それが氾濫体流ってことはいま知ったけど。

――じゃあ、発現者なのにずっと隠れてたってこと？

――ううん、ほんとは、発現者とはちょっと違ってて。でも、根本的には同じなのかも。わたしももう、よくわかんないや。

――発現者じゃないのに、わたしたちと同じ？

アイサはソノの存在を不思議がった。ソノも自分がどんなふうに氾濫体と結合しているのか、いまだによくわからない。おそらくは子どものころに経験した事故のせいではないかと推測するばかりで。

――じゃあ、地下都市で暮らすのがつらいとか、息が詰まりそうだとか思わなかった？　ここは自分のいるべき場所じゃない、上に出なきゃって。

――気づかなかったけど、いま思うと……いつだってそうだった気がする。

ソノの考え方や感じ方は、ほかの人たちとは違っていた。地下ではなく地上を求めた。それが、自分に氾濫体が混じっているからだと考えたことはなかった。でも、そういうことなのかと受け入れてみると、かえってすっきりした。だから自分はじっとしていられなかったのだ、だから自分はこの世界に溶けこめなかったのだと。嫌悪よりも驚きが先に訪れた。そしてほどなく、安堵が。

――沼人たちは、わたしたちがここに閉じこめられてるのを知ってる。実験中に死んだり虐待されたりしてることも。彼らの多くが、地下都市から地上へ逃げ出した人たちだから。だから地盤振動で自分たちの存在を知らせてきたのよ。こういう生き方があるって。外へおいでって。

それを聞いたソノは、逃走して監視マシンに射殺された発現者の亡骸を思い出した。

――逃げるのは難しい。監視が厳しいから。仮に成功したとしても、沼にたどり着けるかは未知数ね。それにしても、イゼフはあなたたちをここに閉じこめてなにをしようとしてるの？

――都市では、わたしたちを生体兵器として使おうと考えてる。正確には、兵器の運搬体として。わたしたちに分子兵器を注入して、氾濫連結網の中心に送りこむの。氾濫体はすでにわたしたちを自分たちの一部ととらえているから、侵入するのは簡単でしょ。その後、注入された兵器によってわたしたちが死んだら、氾濫体はこれといった拒否反応を示すこともなく、すでに氾濫化した存在であるわたしたちを分解して吸収する。と同時に、注入された兵器が彼らの連結網を通じて広がっていくってわけ。

——このたくさんの人たちをどうやって連結網の中心へ送りこむの？

——海底通路を使うつもりでしょうね。わたしたちはもともと、兵器として使われる前に逃げようとしてたんだけど、いますぐ出られる方法はないとわかった。最近ますます制約を受けるようになってて。「転換」、彼らはそう呼んでる。研究員たちは、連結網の中心に送りこむ前にわたしたちを転換するつもり。それがもう目前に迫ってる。

アイサは淡々と説明したが、そこには憤りがにじんでいた。

——彼らはわたしたちのことを、気味の悪い、動く死体だと思ってる。だから、どこかに埋めてしまえばいいと平気で考えるのよ。どうせ埋めるなら、ついでに兵器に使ってやろうって。でも、わたしたちは死んでいない。存在の仕方が変わっただけ。それを望まなかったとしても。

発現者たちを助け出そうと都市の近くまで来た沼人たちもいたが、本部によって射殺される恐れもあってそれ以上は踏みこめなかったらしい。発現者たちは転換を前に脱出を目論んだ。研究所の発火物質を使って火災を起こし、海底通路へ通じる扉を爆破して抜け出すというものだった。被害を伴う危険があり、発現者たちも負傷したり死んだりする可能性があった。

しかしソノにも、ほかに方法はなさそうだと思われた。転換が開始されれば、どうせここにいる発現者たちも死んでしまうのだ。打つ手を探さなければ……そのとき、頭にひらめくものがあった。テリン。もしも、都市へ帰還したテリンにこの状況を伝えることができたら。テリンがイゼフの生体認証チップを盗んでくることができたら。

ソノはアイサに、テリンについて話した。姉妹であり友人でもあるテリンは、頭のなかに自我をもつ氾濫体がいるのだと。もしもテリンがその正体に気づけたなら、きっと助けに来てくれるはずだ。ソノはいま、テリンが自分と同じ、ここにいる者たちと同じ存在なのだと確信していた。

だが、アイサは不安げに言った。

——その子が信頼のおける子だってことはわかった。でも、イゼフと緊密な関係にあるんでしょう？　もしもその子が、イゼフの側についたら？　この状況をすべてばらしてしまったら？

ソノの計画を心配しているのはアイサだけではなかった。発現者たちは心許ない方法より、当初の計画どおりに進めたがった。ソノはテリンを信じていたが、それでも不安はあった。ソノはいま、ただ自分を助けてほしいと望んでいるのではなかった。この計画に絡んでくれと、共犯になって都市での暮らしをあきらめろと、なにより、イゼフと離ればなれになれと求めているのだった。ラブバワにようやく帰ってきた姉妹に、そして友人に。

——でも、ほかに手はないよ。最初の計画だと、素早く動けない発現者のなかからたくさんの死者が出てしまう。

アイサはためらった末に、ソノの代案に同意した。ほかの発現者たちも、ひとまず試してみようということで意見がまとまった。

あとは、どうやってテリンにメッセージを伝えるかだ。すると発現者たちが、羽虫を使えばいいと教えてくれた。氾濫化した虫たちを換気口から送りこみ、信号を伝えればいいと。もしもテリンが頭のなかの氾濫体を自覚していたら、その信号に気づくはずだった。ソノは発現者たちの助けを借りて、テリンが内容を理解できるようメッセージを組み立てて送った。

そして、ひたすら待った。

都市へ帰還したテリンは浄化のための隔離プロセスを経るはずで、イゼフみずからソノを閉じこめた以上、情報統制のために隔離は長引く可能性が高い。テリンはおそらく、ベヌアの中央病院にいるはずだ。氾濫化した羽虫たちが氾濫化した生物に向かう習性に賭けてベヌアへ送り出しはしたものの、どこまでも無謀な計画だった。テリンのもとまでたどり着かない可能性もある。メッセージを伝えたとして、テリンが理解できないことだってありえた。テリンにもこれといった手立てが見つからないことだって……

時が流れるにつれ、希望も薄れていった。羽虫を送りつづけたものの、どこからも返事はなかった。

発現者たちは当初の計画に戻そうと言った。犠牲者が出ても仕方がない、気が進まなければソノは加わらなくてもいいからと。転換が開始される際に隔離室のドアが開けられるはずで、そのときを狙って火事を起こすという計画だった。大きな被害を伴うに違いないが、ソノはひとまず、彼らとともに都市を離れることに決めた。彼らといると、都市にいるときのように苦しい気持ちにならなくてすんだ。だからといって、テリンをあきらめることはできない。ソノはひたすら待ちつづけた。

そのとき、研究所全体が大きく振動する音が聞こえた。表面振動を聞いた発現者たちが、大陸までの海底鉄路が動いていているようだと言った。

――転換が始まろうとしている。

――もう終わりだ。

――このままではみんな死んでしまう。

――脱出の準備を。

――いますぐ火を点けなければ。

――時間がない。

分かれ道が目前に迫っていた。彼らが兵器にされてしまう。自滅する兵器に。人生を奪われたまま、氾濫体と人間の永遠なる敵対に火を点ける道具に。そうさせないためには、爆弾を爆発させなければならない。都市が彼らを兵器にするより先に、こちらが火を放つのだ。待っている時間はない。どんなに大きな犠牲を払うことになっても。

恐怖で波打つ振動が部屋から部屋へとみるみる広がっていくなか、床に耳を当てていたソノが顔を上げて言った。

――待って、まだよ。この動きはなにか違う。

遠くからアイサが言った。

――ああ、あの子が来た。

＊

任命式が行われていたそのとき、テリンはうす暗いトンネルを走っていた。

氾濫化した虫たちが生み出す気流、それが助けを求めるメッセージだと気づいて、何度も読み返した。断片的な無数の情報がしだいに合わさっていき、はっきりとこう伝えていた。かつてソノとテリンが実験体として育ったバトゥマスの奥地にある研究所、そこでいま、またもや恐ろしい実験が行われようとしている。閉じこめられている発現者が兵器になろうとしている。死に追いやられようとしている。すべて理解したわけではなかったが、何が起きているのかはじゅうぶんに伝わった。自分が閉じこめられていた理由もわかった。イゼフがソノを隔離室に閉じこめ、それをわたしに知られたくなかったから。そして、わたしがその計画の邪魔になるから。

信じられなかった。信じたくなかった。この恐ろしい計画はもちろん、なにより、最愛の人であるイゼフがこの計画に関わっているという事実を否定したかった。

今朝ロビーで退院手続きをとっていたとき、イゼフが現れた。急かす秘書を無視して、テリンと話をしたがった。

「教官たちのあいだでも、テリンの話でもちきりでね。今日の任命式、主役はテリンだよ。わたしはいつだって信じていたけど、それでもこの日がこんなに早く来るとは……」

派遣者のローブを渡しながらにこやかにほほ笑むイゼフは、心から嬉しそうだった。それまでのように感情を隠すこともなかった。

「話したいことがあると言ってたよね。もう周囲の目を気にすることはないから、何時間でも聞いてあげられる。任命式が終わったら、すぐに執務室へおいで。いいね？」

そのまなざしは愛情に満ちていて、テリンの胸はなおさら痛んだ。イゼフと一緒に笑いたかったから。一緒に幸せになりたかったから。テリンはなにも言えないままうつむくしかなかった。

スタッフたちにベヌア塔へ案内されると、テリンはこっそり控え室を抜け出した。アカデミー時代、ある女の子の不正行為に目をつぶってあげたことがあった。その子に自分のローブを着せて替え玉になってもらったが、ばれるのは時間の問題だ。テリンは氾濫化した羽虫たちに伝え聞いた道をひた走った。トラムで移動し、狭い整備通路を通って研究所を目指した。

必死で走りつづけながらも、確信はなかった。なにが正しいのか、自分が本当に望んでいるものはなんなのか。派遣者の道をあきらめること、イゼフを騙して裏切ること……まだ実現していないけれど、もうすぐ現実となる事ごとが頭のなかで入り乱れた。それは自分が望んだ未来ではない。望んだ姿でもない。

ひょっとすると、地上へ出たあの瞬間、沼人たちに遭遇したあのときから、テリンには予定された未来など存在していなかったのかもしれない。だが、テリンは判断を先延ばしにしてきた。直面するのが怖かった。望んできたことをあきらめたくなかった。派遣者となってイゼフと一緒に地上を探査し、愛する人たちと安全な都市で幸せに暮らしたかった。だから目を背けてきた。自分が異なる存在だということ、この都市が最も憎悪する存在だということを。この都市がテリンのような者たちを追いやり虐殺してきたという事実が変わったことは一度もないということを。

テリンのローブをまとっているのが別人だとばれ、派遣者任命式に本人が参加していないことがわかったとき、なにより、テリンが都市の秘密を暴こうとしたことが知れたとき……みんなになんと言われるだろう。どれだけ後ろ指をさされるだろう。そして、あそこに閉じこめられている人たちとわたしが根本的に変わらないと知ったら、いったいどんな態度を取られるだろう。

泣きたかった。不安と恐怖で体が震えた。

それなのになぜ、そこへ行こうしているのか。

答えのないまま、テリンは走りつづけた。そして、迷路さながらの通路の前で立ち止まった。道を見つけなければ。氾濫体によって伝えられた具体的な経路は、ソールが把握していた。ソールが意識の表面にのぼってこようとしていた。テリンは目を閉じた。

——それだけじゃダメ。意識を完全に開いて。

「意識を、完全に?」

テリンは戸惑った。これまでソールと感覚を共有したことはあったものの、すべてをソールに任せたことはない。体の主導権はテリンが握っていた。いや、一度ソールが操ったこともある。派遣者の最終ミッション、信じがたいことが起こったあのときに……

怖かった。だが、テリンは再び目を閉じて手足の力を抜いた。

いまはあのときとは違う。いまはソールがどんな存在か知っている。ソールはテリンとはまったく別の存在だった。テリンを傷つけることも、破壊することもできる存在。テリンを狂わせることのできる存在。でも、テリンはソールを信じた。ソールがそういった危険な存在と知りつつも信頼していた。その危うい存在とともに生きると決心した。

意識を無にするのだ。テリンは考えるのをやめ、体の主導権が自分から別のどこかに移る感じを想像した。

　徐々に世界が、一人称の視点から別の視点へと移っていった。テリンはその勢いに乗り、ソールが頭のなかに生む動きを追った。ある記憶から記憶へ、動きから動きへ、流れる波をたどっていった。

　すると次の瞬間、すべてが一変した。

　ソールが意識の表面へのぼってきた。いまやテリンの代わりにソールが体を制御していた。トンネルで歩いていた人間の体を飛び出し、ねっとりとしたゆるい糸の海で泳いでいた。テリンはいま、本来の体に属する五感ではなく、四方へ伸びる迷路のような体が電気信号と化学物質を互いにやり取りするかたちで世界を感じていた。

　目の前の世界は、ふだんテリンがふたつの目で見ていた世界とは異なっていた。触覚的な世界。なにがどこにあるのか、どこへ向かうべきか見たり聞いたりするのではなく、その世界が肌に触れていた。それはしっとりしていたり、乾いていたり、でこぼこしていたり、つるつるしていた。向かうべき場所へと伸びている糸は振動がより速く、反対側にはここまでの道を記憶する糸がゆっくりと踊っていた。それはあたかも、数千の体を同時に動かし、同時に感覚するのと似ていた。その数千ある体の一部を活性化させたり全体を感じ取ったりというやり方で、自分がなにをし、なにを感知するかを選ぶことができた。活性化していないときもテリンの一部は感覚の末端をとがらせていて、情報は時間差で数万にも枝分かれした体を行き交った。

　それはまるで、自分が多数の空間に同時に存在しているかのようだった。一瞬にして「わたし」

という感覚がひらひらと四方へ散り、同時にあふれ出した。テリンはこれまで、ソールをひとつの自我ととらえて接してきたが、ひょっとするとソールはひとつではなく、テリンの神経細胞と体のあちこちに伸ばしたそれらすべての枝、数万の枝なのかもしれない。ソールの観点で世界を見るとき、一人称の世界は消え、代わりに数万の観点が現れた。

しばらくのあいだ枝を伸ばし、さらに枝を伸ばしていたとき、冷や水を浴びせられたかのような冷たい感覚がテリンを襲った。

——オーケー。

次の瞬間、テリンはいつもどおりの一人称の世界に戻っていた。

——テリン、道を見つけたよ。

暗いトンネル。天井から水が滴る音。黴臭い埃のにおい。テリンは周囲を見回した。目の前には古びた金属製の扉。埃をかぶったプレートに文字が刻まれている。バトゥマス児童保護施設。テリンが子ども時代を過ごした場所だった。長いあいだ忘れていたけれど、こうして舞い戻ることになった場所。また別の実験が行われている場所。この向こうに、メッセージを送った人たちがいる。

——ここが目的地だよ。

しかし、テリンの足は動かなかった。

ついさきほどのソールの感覚がテリンを変えた。ある記憶が戻りつつあった。さっきの経験から、眠っていた感覚がどっとあふれ出しはじめた。記憶と場面がよみがえった。

いつかこんな経験をしたことがある。初めてではなかった。ソールに体を預け、ソールの観点で世界を見ていた瞬間の数々。

「ソール、わたし、思い出した」

さまざまな瞬間が通り過ぎた。ソールに初めて会ったとき、それを、頭のなかを転がり回る小さくてやわらかなボールだと思っていた瞬間。名前をつけてあげたとき、それを気に入ったのか、ソールがぐるぐると円を描いていた瞬間。そして、小さなボールを全身に転がすように、ソールが全身を探索できるよう譲った日の、くすぐったい感覚。

ソールが丸いボールやリスなどではなく、じつはクモの巣に近い存在だと悟り、それでもソールを嫌だと思わなかったあの日。片時も離れられないほど近い存在でありながらも心を許せなかった最初のころから、子ども時代のあらゆる悲しみと喜びを共有する唯一の存在になっていった日々まで。

どうしてそのすべての瞬間を忘れていられたのか。

「全部覚えてる。ソールがどうやってわたしを救ったのかも……」

テリンは振り返って、歩いてきたトンネルを見た。

昔、このトンネルをイゼフと一緒に歩いたとき、テリンはとても大切ななにかを失って泣いていた。体にこたえるほど涙を流していたのに、自分がなにを失ったのかもわからなかった。あのときは、それを永遠に失い、二度と取り戻せないのだと思っていた。

最後の記憶。友だちが次々に死んでいった瞬間。テリンはみんなと繫がっていて、音と振動とにおい、あらゆるものがテリンにその苦痛を伝えた。そしてついにテリンの番が来た……テリンもソールも踏ん張ったけれど、注入された薬物が神経細胞に食いこんだ。それはソールを取り除くためのものだったが、テリンはすでにソールと完全結合していたため、ソールだけを削除することはできなかった。死が、神経細胞をびりびりに引き裂くような苦痛がテリンを襲ったそのときだった。

ソールがテリンのまぶたを閉じさせた。

——これはね、すぐに終わる夢。

美しい音と甘いにおいが一瞬にしてテリンの世界を埋めつくした。テリンはソールが作り出した幻覚のなかにいた。肌にあたるやわらかな布団の感触、濃いモモの香り、どこからか吹き寄せる風、暖かな日差し……それらは幻覚のなかでの真実にほかならなかった。苦痛は美しさと結びついていた。ソールがテリンにそう感じてほしかったから。

——大好きだよ。さあ、すべてを一緒に忘れよう。

そうしてソールはみずからを殺した。

氾濫体の本能にあるまじきことだった。ありえなかった。抑えこまれていた感覚が、ソールがその瞬間に感じた苦痛と恐怖が、束の間だけテリンに押し寄せた。ソールはこの苦痛に耐え、みずから消えることを選んだ。テリンの自我が崩壊して死に至る前に。

そうしてソールは消え、テリンはすべてを忘れた。そう思っていた。長いあいだ忘れたまま、なにかを懐かしがっていた。自分がなにを懐かしがっているのか、なにを失ってしまったのかもわからないまま、懐かしさを募らせた。

「でも、消えることができなかった。なぜなら……」

テリンは研究所の扉を手で押した。

「あなたはすでにわたしの一部で、わたしはあなたの一部だったから」

目を背けてきたむごたらしい現実が目前にあり、もはやそれを無視することはできなかった。

扉が開いた。

その先は、影をなんとか見分けられるほどの闇。だが、視覚とは別の感覚のほうが速くなだれこんできた。たゆたう空気。足下で広がっていく振動。ひそめき合う声。囁き。また囁き。色濃い金属のにおい。血のにおい。ざわめき。また別のざわめき。足下の振動。肌をくすぐるかすかな空気の流れ……

壁越しに見える人々が、その壁に手を当てた。

たくさんの人々がいた。心臓の奥がむかつきはじめ、体の末端まで広がっていった。彼らの存在を感じた。

テリンと同じ経験をした人たち。変わってしまった人たち。変化を選んだわけでも望んだわけでもないのに、ついに変わってしまった人たち。結合し、汚染された人たち。もう純粋な人間ではなくなった人たち。それでも彼らは生きていて、以前とは異なる目で世界を見ている。テリンが変化したまま生きることを選んだように、彼らもまた変わってはしまったものの、生きることを選んだ。生とはどこまでも生だった。ともすれば、以前よりも生き生きとしたかたちで存在する生。

彼らを助けに来たのではない。ただ知りたかった。このすべてが事実だとは信じられず、この目で確かめるしかなかった。いかなる確信も信念もなかった。扉を開けたいまこの瞬間も逃げ出したかった。否定したかった。けれどいま、テリンにはわかっていた。
彼らとわたしは……違わない。

4

テリンはソールの道案内を受けながら走った。廊下のつきあたりに制御盤を見つけた。朝イゼフに会ったときにひそかに複製した生体認証チップを当てると、開放ボタンが活性化した。それを一寸のためらいもなく押した。

轟音を響かせながら、隔離室と廊下を隔てる扉が順に開いていった。ガシン、という音とともに扉が開くたびに、発現者たちが歩み出てきた。テリンは彼らを見たが、彼らはテリンを見返さなかった。それとは別の感覚がお互いを繋いでいた。巨大な連結網の存在。そしてテリンは、自分がその連結網に組み入れられつつあると感じていた。

暗い廊下を、彼らはどこにぶつかるでもなく進んでいった。とつぜんの解放に戸惑っている者もいれば、この瞬間に備えてきたように見える者もいた。局地的な混乱を調整しながら、彼らは前進しつづけた。テリンはソールに意識をコントロールさせた。そうすれば、闇のなかでも彼らがどこへ向かっているのか感知できた。初めはバラバラだった動きに、少しずつ秩序が生まれていった。

エリアごとに制御盤があった。三つめの制御盤を見つけたとき、隔離室が開くと同時に羽虫の大群が飛び出してきた。テリンはさっと身をかわした。虫たちは群れを成して天井と廊下の隅へ飛んでいくと、監視カメラを完全に覆ってしまった。

発現者たちが向かうのは、海底通路行きのトラムだった。治安維持隊が駆けつける前にトラムで大陸に向かおうというのだ。大陸には氾濫体がはびこり、人間はもちろん、機械でさえもむやみには近づけない。ひとまずそこへ逃げれば、簡単には追跡されないはずだった。

テリンは彼らとは反対方向に走った。目指すは最上階にあるコントロールルーム。海底通路に繋がる道はそこで開放できる。そして、ソノが閉じこめられている独房の開放ボタンもそこにあった。

廊下を突き進むテリンをソールが引き留めた。

——前方に獣がいる。

角を曲がる前に、テリンはスランバー銃をかまえた。唸り声が聞こえる。どうしてこんなところに猛獣が？

氾濫化したもの特有の息遣いが聞こえた。発現者たち同様、実験用の個体かもしれない。相手はひどく興奮しているようだ。こんなに興奮していては麻酔も効かないはずだった。テリンはスランバー銃の殺傷レベルを最大に上げて照準を合わせ、撃たないですむことを願いながら角を曲がった。

牙を剝いたウンピョウが、鉄柵で隔離されているのが見えた。テリンは銃を下ろした。

「ごめんね。放してあげたいけど……」

沼人なら猛獣を扱えるが、テリンはまだほかの生物とうまく交感できず、うかつに解放してやることはできなかった。

テリンはその場を離れ、再びコントロールルームを目指して走った。時間がなかった。治安維持隊が来る前にすべてを終わらせなければ。テリンは最上階に向かって階段を駆け上がっていった。

分かれ道に来たとき、ソールが右を示した。右に大きくカーブすると、廊下の先に明かりの洩れる扉が見えた。テリンは全力で駆け寄り、扉を開けた。まぶしい明かりがこぼれ、大きな制御スクリーンが見えた。イゼフの生体認証チップを当てると、奥のガラスドアが開いた。ふと、このすべてを計画したのが本当にイゼフなのだという思いに胸が痛んだが、いまは考えまいと頭を振った。そしてなかへ飛びこんだ。

制御装置を触ったことがないため、なかなか要領がつかめなかった。いまあるのは、ソールが氾濫体から得た不完全な情報のみ。テリンは慎重に装置を調べていった。研究所内をリアルタイムで監視する何十ものスクリーンが、分割画面に映し出されている。そのほとんどは、羽虫が生むノイズでよく見えなかった。ただひとつ、海底通路の方向へ大勢の発現者たちが移動しているのはわかった。テリンは残りの隔離室をすべて開放した。このうちのどこかにソノが閉じこめられているはずだ。

だが、すべての扉が開いたのかはわからなかった。画面が羽虫に遮られていて、ソノの姿が見つからない。

テリンはヘッドセットを着けて、すべての隔離室のマイクをオンにした。

「ソノ、聞こえたら答えて！」

隔離室にテリンの声が聞こえているはずだ。

「出られる？」

返事はない。

「ソノ、聞こえてる？」

もう一度叫んだ。

「もし出られない状況なら……」

とつぜん分割画面のひとつが明るくなって、テリンを驚かせた。羽虫のノイズが消え、人のシルエットが現れた。ぼんやりとではあるが、ソノだとわかる。

ソノがカメラに向かって大きくOKサインをした。マイクが作動していないのか、ヘッドセットからはなにも聞こえない。ソノは続いて、外へ出るという手振りをして見せた。テリンにもすぐに海底通路へ来るよう言っているようだ。

画面が点滅し、また羽虫に覆われた。

「よし。ソノを出したから、あとは……」

テリンは急いで制御盤に向き直った。最後に大事な仕事が残っている。このなかに通路の入り口を開けるレバーがあるはず。

急がなければ。治安維持隊はすぐにもやって来るだろう。呼吸を整えながらレバーをひとつずつ調べていった。数多くのボタンのなかに、赤褐色の長いレバーが見えた。伝えられた情報によれば、このレバーに間違いない。何度も確かめた末に、レバーを持ち上げた。どこからかドンッという音がしたかと思うと、コントロールルームまで届く広範囲の振動が始まるとともに、右下の監視画面が大きく揺れた。

海底通路のトラムに通じる扉が開きかけていた。これで発現者たちはトラムに乗れる。

と同時に、けたたましいアラーム音が鳴りはじめた。コントロールルームだけでなく、研究所全体に響く音。侵入者への警告だった。

「しまった」

ばれるのは時間の問題だと思っていたが、予想以上の早さだった。

もう行かなければ。海底通路に下りて、みんなと合流しなければ。ソノに会わなければ。治安維持隊がやって来る前に、だれかに止められる前に。その前に抜け出さなければ。

慌ててコントロールルームのガラスドアから飛び出した拍子に、生体認証チップを落としてしまった。反射的に手を伸ばしてチップを拾い上げたテリンは、それを握りしめたまま立ち止まった。

なぜか足が動かなかった。にわかに、否定しがたいある事実がある衝撃をもって頭を貫いた。

本当に、イゼフがこのすべてを計画した。

そしてテリンは、それを台無しにしようとしている。

耳をつんざくアラーム。いまになって初めて、自分のしたことの実感が湧いた。テリンはいまイゼフを、いや、都市全体を敵に回した。本来なら、発現者たちは地上の氾濫体を滅ぼすための生体兵器になる運命だった。自分はそれを阻止し、全人類を再び氾濫体の脅威に追いやったのだ。

——早く出て！

ソールが叫んだ。それでもテリンは、なにかに足首をつかまれたかのように動けなかった。スクリーンを埋めつくす発現者たちの動きが、どこか遠くの出来事のように感じられる。自分とはかけ離れた存在のように。彼らはこれから、自身の生を営んでいくだろう。でも、自分はどこへ行けばいいのか。彼らのように地上へ？　沼人たちの暮らす沼地へ？　そこは自分の居場所ではない。自分の愛する人たちは都市にいる。じゃあ、再び都市へ？　でも、もはやそこにもいられない。

テリンには行くあてがなかった。

――止まっちゃダメだよ……

ソールがやきもきしながら言った。テリンも止まってはいけないとわかっていた。でも、心が壊れかけていた。行かねばならない理由も、残る理由もなかった。発現者たちと一緒に地上へ出れば、二度とイゼフに会えなくなるだろう。危険な任務から生きて帰りたかった最大の理由。でも、この恐ろしい計画を主導したのも、同じイゼフだった。子どもたちを実験体として利用し、発現者たちを兵器化しようとした。テリンはイゼフを許せなかった。それなのに、なぜ。

どうして動けないのか。

アラームはますます大きくなっていく。鼓膜がやぶれそうだった。テリンは耳をふさぎ、その場に座りこんでしまいたかった。よろめきながらスクリーンに手をついた。

ようやく体を起こした瞬間、時が停まったかのようにアラームがぴたりとやんだ。

はっと顔を上げた。スクリーンにはなにも映っていない。だれかが消したようだ。そして、背後から懐かしい声が聞こえた。

「もうよしなさい。このくらいで」

これは現実？　幻聴？

「まだ遅くない。いま止まっても」

現実というにはあまりに甘く、幻聴というにははっきりしすぎている。胸がずきりと痛んだ。

「まさか……わたしのもとを去ろうとしてたわけじゃないよね？」

足音がゆっくりと迫ってきて、近くで止まった。すぐ後ろでやさしい声が囁いた。

「違うの？　チョン・テリン」

恋しくてたまらなかった、心から愛していた、そしていま、だれよりも憎らしい人……

テリンはスランバー銃をかまえて振り返った。でも、そうしながらわかっていた。自分はその引き金を決して引けないと。

悲しげな目をしたイゼフがそこに立っていた。

*

静寂がふたりを包んだ。

息ができなかった。怒りがこみ上げた。あまりに多くの、言うべきことがあり、言いたいことがあった。でも、それだからなにも言えなかった。なぜこんなことをしたのか。なぜこうしなければならなかったのか。こうなるとわかっていて自分を閉じこめたのか。問いただしたいことは山ほどあるのに、そのどれもが口に出す意味をもたなかった。テリンを見つめるイゼフの視線はやさしくも悲しげで、もういいのだと語りかけている気がして、テリンは口をきけなかった。

どうして数々の決心が、この人の前では意味をもたなくなるのだろう。

イゼフはじっとテリンを見つめていた。なにをしたのかと問うこともなかった。あたかも、いつかこんなことになると知っていたかのように。そのまなざしがいかなる憤りも帯びていないことに、テリンはいっそう腹立たしさを感じた。

「イゼフ、どうして……」

テリンは口ごもりながら、ようやく続けた。

「どうしてなの？　知ってるでしょう？　わたしのなかにも氾濫体がいる。あなたが躍起になって滅ぼしたがっている氾濫体がわたしのなかにもいるの。あの人たちもわたしと同じ。みんなみんな、わたしと同じ存在なの。なのに、どうしてこんなことを……」

仕方なかった、イゼフにそう言ってほしかった。自分も本当はこんなことをしたくないのだと、上からの命令にすぎないのだと、断れなかったのだと言ってほしかった。そうすればほんの少しだけ許せそうだった。でも、聞こえてきたのはまったく違う言葉だった。

「おまえは彼らとは違う。あいつらとどこが同じだと言うの」

「よくもそんなことが……。わたしの脳内に氾濫体がいるのを、だれより近くで観察してきたのはあなたでしょう？」

「チョン・テリン、わたしはおまえを知っている。氾濫体がいても、消えても、テリンはテリンだった。おまえの固有の自我。輝く瞳。それらは氾濫体に汚染されたりしない。でも、やつらは違う。やつらは……」

イゼフのまなざしがさっと冷めた。

「汚染されている」

「わたしだってそう」

テリンがイゼフをきっとにらみつけた。

「憎しみでおかしくなってるあなたには見えないのかもしれない。否定したいかもしれないけど、わたしも同じなの。わたしと氾濫体は分離できない。すでに汚染されてるのよ。だとしたら、どうする？　わたしを殺すの？　あの人たちにそうしたみたいに？」

イゼフが微笑を浮かべた。

「わたしは、憎しみでおかしくなってなどいない」

「じゃあどうして！　なにがあなたにそうさせたの？　どんな立派な理由があったら、こんなむごいことができるっていうのよ？　いったいどういう――」

「おまえに地上を取り戻してあげたかったから」

テリンは言葉を詰まらせた。

「ずっと昔、いつか、おまえの瞳が教えてくれた。憎悪ではなく幻想が人を突き動かすこともできるのだと……あのときから、わたしには新しい夢ができた。地上の話をするとき、おまえの瞳はきらきら輝いていた。だからわたしは、そんなおまえを遠くまで連れていってやりたいと思った。おまえに世界を取り戻してやりたいと。もとよりこの星全体が、おまえが存分に踏みしめて然るべき場所なのだから」

「そんなこと、望んだこともない！」

「いや、おまえは望んでいた。テリン。わたしと一緒に地上へ行きたがっていた。そしていまも……」

イゼフがテリンをじっと見つめて言った。

「いまも望んでいる」

そんなことはないという言葉が喉元までこみ上げてきたが、吐き出すことはできなかった。なぜなら、それは嘘ではなかったから。テリンはイゼフと地上を歩きたかった。一緒にいたかった。美しいものを見たかった。それにもかかわらずいま、引き裂かれるような胸の痛みに耐えながら言わねばならなかった。

「こんなやり方じゃない。わたしと無関係とは言えない大勢の人たちを、道具扱いして行こうなんて言ってない。わたしはこのまま……地上へ出ます。変異を受け入れて。苦痛を受け入れて。以前と同じようには生きていけない事実を受け入れて、出ていきます。イゼフ、あなたのやり方には同意できない。わたしを行かせてください」

イゼフは答えず、テリンも口をつぐんだ。イゼフはその場に立ちつくしていた。銃をかまえることも、ほかの武器を出すこともなく。ただただ悲しい顔で。

「そう。おまえも生半可な気持ちでここに来たわけじゃないのだろう」

そう言いながらイゼフがふいに手を上げ、テリンもスランバー銃をかまえなおした。それを見たイゼフが傷ついたような苦笑いを浮かべ、テリンは思わず警戒を解いてしまった。

一瞬の油断が生じた。

イゼフが一歩近づくと同時に、テリンの背後でビーッという音がした。けたたましい轟音が響きはじめた。

何事かと振り向いた瞬間、冷たい金属ワイヤーが背後から襲いかかり、一瞬にして手首を体の前で結ばれてしまった。ほどこうとしたが、もがけばもがくほど締めつけは強くなった。

轟音とともに海底通路への扉が閉まりかけていた。コントロールルームのスクリーンに意味不明な数字が浮かぶ。赤い文字が画面を埋めた。

[転換プロセス準備]

隔壁が下りた。逃げきれなかった発現者たちが廊下に閉じこめられた。カウントが始まった。
1、2、3……
「やめて!」

画面の向こうで赤紫色の煙が上がった。

「いますぐ止めて!」

抵抗しようとしても、思うように腕が動かなかった。体ごと突進してイゼフを止めようとしたが、いとも簡単に脚を押さえつけられてしまった。押してみたり、体をひねって押し倒そうとしても、力が入ってくれなかった。テリンに格闘術を教えたのはイゼフで、だからイゼフにはテリンの動きが丸わかりだった。無意識をソールに明け渡そうとしてみたけれど、筋肉が緊張している状態ではそれさえもままならなかった。

「やめて！」

全力でもがいたが、認めざるをえなかった。イゼフは強かった。地上で生き延びた時間のぶんだけ。

やがて気力が果てた。死力を尽くした結果は、手首のワイヤーが少しゆるんだ程度だった。力をこめればほどけるかもしれなかったが、いまの状態ではイゼフを止めることはおろか、たちまち制圧されるのが落ちだった。とうてい勝てる見込みはなかった。

スクリーンを見てみたが、なにが起こっているのか正確に把握するのは難しかった。だが確かなのは、発現者たちの脱出計画が阻止され、このプロセスが終われば彼らは生体兵器化してしまうという事実だった。つらかった。イゼフを止めることができなくて。一瞬でも感情を揺さぶられた自分が情けなくて。

イゼフがテリンを見下ろした。そのまなざしにさまざまな感情がにじんでいた。

「わたしを憎んでいるんだね」

「ええ。あなたが憎い」

本当は憎んでなどいなかった。こんな状況にあってもイゼフを憎むことのできない自分を無力に感じた。

「イゼフ、お願い。あの人たちは生きてるの。わたしと同じ存在なのよ。彼らを道具扱いするなら、わたしにだけそうしないのはおかしい」

「生きているからといって美しいわけじゃない」

イゼフが静かに言った。

「わたしはおまえに素晴らしい生を与えたい。最善を。死はだれにでも訪れる。わたしたちの生とは、はかない花火のようなもの。それなら能う限り、最も美しく光り輝かなければね。そう思わない？」

イゼフが心底そう思っていることがテリンを苦しめた。テリンに世界を教えてくれ、その出口へと導いてくれた人がいま、テリンに世界を与えたいと言っている。その気持ちはどこまでも純粋で、それだけにテリンの胸をえぐった。

スクリーン上で、転換までのカウントが進んでいた。

「チョン・テリン。よく聞きなさい。頭のなかのそいつが気がかりなのだろうね。その氾濫体が自分の魂と深く結びついていると信じているから。でもテリン、わたしが、そいつを消すのではなく、分離する方法を見つけてあげる。死ぬまでほかの自我と繋がったまま生きることはできない。必ず方法を見つけてあげる、おまえのために。媒体があるはずよ。そいつをおまえと分離して移し入れることのできる媒体が。そうすればおまえとそいつは、別々に生きていける。いまのままではいつまでももたない。わかってるでしょう？」

イゼフのやさしい声。テリンは歯を食いしばった。幸か不幸か、イゼフの言葉はどこまでも甘くやさしく、テリンの胸を震わせた。

「想像してみなさい。苦しみは一瞬だけど、喜びは持続する。おまえが気にかけている沼はわれわれの新しい基地になり、そこを基点に、これまで行けなかったところにも足を運べるようになる。わたしたちはこの都市で、地球上の最も遠い場所まで行ったふたりになるはず。だれも目にしたことのない世界を、だれよりも先に……わたしはいつもその瞬間を想像しているのよ」

ある場面が目の前に広がった。発現者たちが沼に向かって歩いている。彼らは快く氾濫体に覆われ、腐敗して分解され、彼らに搭載された装置が作動すると、氾濫体は滅びはじめる。彼らがのみこんだものによって沼は衰亡する。代わりに、森に囲まれた人間の基地ができる。明るく降り注ぐ太陽の光。日差しをはね返してきらめく青葉。ときおり雨が降り、霧がかかるだろうけれど、そこは人間の大地となる。平和で美しい世界。人間はそこでゆっくりと地上を取り戻し、地球をわがものにしていく。再び人間の村と都市をつくる。氾濫体を滅ぼしていく……

カウントが終わりかけていた。

いつしか心の波が消えていた。イゼフの言葉にかき乱されていた心が、すっかりおとなしくなっていた。イゼフが約束する未来に魅せられていた。イゼフがしたことを知っている。許せないこともわかっている。でも、どうしていまこの瞬間、イゼフの言葉に耳を傾けたくなるのだろう。目の前に浮かぶ場面に身も心もそっくり預けたくなるのだろう。

テリンは答えを知っていた。いまだにイゼフへの気持ちを取り払えなかった。すべて投げ出してしまいたかった。イゼフの言葉を信じたかった。

「ということは、イゼフ」

テリンはイゼフの目を見つめた。

「あらゆる想像可能な未来で、あなたが望むのは、わたしと一緒に地上へ行くこと。ただそれだけなのよね」

イゼフがテリンを見下ろした。そのまなざしはいまもって、悲しみと罪悪感に濡れている。イゼフが低い声で囁いた。

「そう。それだけ」

理解できた。その気持ちに偽りはない、そう思えた。

「わかった。それなら……」

テリンはあらん限りの力でイゼフを押しのけた。ゆるんだ金属ワイヤーの合間から手を引き抜き、落ちていたスランバー銃を拾い上げると同時に撃った。

タン、という音とともに熱い血が飛び散った。ほとばしった。悲惨な事実を前に、テリンは悲鳴を上げたかった。ウンピョウと鉢合わせたとき、殺傷レベルを最大にしておいたことをいまになって思い出した。そうとわかっていたなら……だが、もう時間がなかった。テリンは泣きながら立ち上がり、制御盤に向かった。手を這わせて海底通路のレバーを探した。再び道を開き、隔壁を上げた。下からのぼってくる巨大な振動と轟音がコントロールルーム全体に響いた。どうにかして、転換プロセスを中断しなければ……。どうにか……。床に転がっていた生体認証チップを見つけて制御盤に当てると、スクリーンのカウントがようやく止まった。

チップを放り出して、急いでイゼフのところに舞い戻った。床は血で染まっていた。スランバー弾がイゼフの脇腹を貫通したようだった。

「いや！　お願いだから……」

テリンはコントロールルームの応急キットを見つけようと、キャビネットや壁沿いを探し回った。スクリーンに映る発現者たちが、道を見つけられずに互いにぶつかり合っていた。転換プロセスが始まった際にだれかが火を放ったのか、黒煙が充満している。煙は少しずつなかに流れこんでいた。研究所の外部から、銃を持った人々が突入してきた。テリンは素早くマイクを点けて叫んだ。

「走って！　急いで外へ！　沼へ行って！」

応急キットはいっこうに見つからない。手を貸してくれる人もいなかった。テリンはコントロールルームを出て、煙に満ちた廊下の壁をたどりながらまさぐってみたが、応急キットを見つけることはできなかった。すでに、コントロールルーム内にも息苦しいほどの煙が流れこんできていた。

テリンはごほごほと咳きこみながら自分の服を引きちぎって、イゼフの傷口を止血した。大量の血が流れていた。ここから出なければ。イゼフを連れて煙のないところへ。そうして傷を処置しなければ。でも、それも無駄かもしれなかった。傷はあまりに深かった。

「お願いイゼフ、お願い……」

床にますます大きな血だまりができていく。煙が濃くなった。イゼフが咳をし、意識を失いかけていた。出血のためか煙のためかもわからない。頬に触れると、まだ温かい。でも、いつまでもちこたえられるだろう。涙で前が見えなかった。外部からの侵入を伝えるアラームの合間に、またもや地下のどこからか、とてつもない振動と轟音が聞こえてきた。テリンの神経はイゼフただひとりに注がれていた。おびただしい量の血を流しながら、意識を失いかけているイゼフに。

テリンの意識も薄れつつあった。なにか言いたくても、声がうまく出せなかった。ごめんなさい。わたしもあなたと一緒にいたかった。でも、言葉にできなかった。イゼフのまなざしに憎しみや失望がこもってはいないかと怖かった。

視界が霞んできた。テリンは残る力をふりしぼってイゼフの手を握った。生温かい手がテリンの手を握り返すのがわかった。そしてすぐに力尽きた。

「ごめんなさい……」

最後の力で言った言葉がイゼフに届いたか知る由(よし)もないまま、テリンの意識も果てしない闇に落ちていった。

5

そして……

絶え間なく動き、動きつづけて地下から逃げ出したとき。あの騒音と振動から逃れて地上へたどり着いたとき。わたしたちは、自分たちがいるべき場所に行き着いたのだと知る。冷たい空気、足に触れるじっとりとした泥、肌に落ちてくる涼やかな雨水は、おまけにすぎないのかもしれない。わたしたちは、自分たちを根本から変えたその存在がこの惑星中に広がっていることを、地表面全体を感覚していることを知る。そして、わたしたちがこの地上を踏みしめている限り、そのあらゆる感覚が自分たちと繋がっていることも。この暮らしはそれまでとは異なるもので、これからも変わりつづけるということも。けれど、そのすべてに先立って、地表面に立つわたしたちのような存在が、自分たちだけだということにも気づく。おまえたちは狂っていて、すでに死んでいるも同然の存在であり、だから死んで当然なのだと、そんなふうに言う者たちがいない場所。孤独だから自由な場所。なにもないから生きていける場所。
その冷ややかな感覚が、わたしたちに語りかけている。
きみたちは氾濫体の星に来たのだと。

6

リポーター　続報です。バトゥマス地域で大規模火災が発生しました。原因は調査中であり、鎮火に時間がかかっています。火災が発生した爆薬製造施設は安全のために機密管理されていましたが、今回の火災で外部に知られることとなりました。爆発による轟音が続いており、近隣住民には避難命令が出されています。

　また、地上のニュークラッキー基地からも予想外のニュースが届きました。氾濫化した猛獣の群れが基地に近づいてきているとの報告です。都市では各マシンを総動員して防御にあたるとのことです。まだ接近が報告されているだけで攻撃の気配はみとめられませんが、緊迫したにらみ合いが続いているようです。万一に備えて基地周辺の換気口および採光窓は閉鎖される予定です。火災との直接の関連性は確認されていませんが、現場はすさまじい緊張感に包まれています。

　市民のみなさまは安全のため、外出を控えて室内に留まってください。バトゥマス地域は現在、完全な統制下にあり、接近が許されていません。

くり返しお伝えします。緊迫した状況が続いています。市民のみなさまは公式の指示に従ってください。くり返しお伝えします。緊急事態です。状況が落ち着くまで警戒を解かないでください。

(ビープ音)

ラララ、ラララ、ラブバワのおしゃべりルーバックス♬

ルー　みなさんこんにちは、ルーバックスです!

バックス　あれあれ、変だな。ルーバックスの時間じゃないけど、どうしてわれわれが登場したんでしょう?

ルー　そうなんです。おしゃべりルーバックスのルーとバックスが、本日は続報をお伝えに来ました!

バックス　そうそう。いままさに、バトゥマス地域でものすごい轟音が続いています。リスナーのみなさんも、今朝からニュースはお聞き及びですよね。幸いにも火がバトゥマスの居住地域に及ぶことはなく、避難命令は解除されました。ですが、一帯はいまだに煙に包まれています。

うーん、サイレン音は依然、大きく鳴り響いていますね。ところで、ルーバックスがこのタイミングで登場した理由！　それは、火災のニュースをお伝えするためだけではないんですよね。

ルー　もちろん。じつはお伝えしたいのは……

バックス　この火災に関するとびきりの情報！　提供者デビーさんから頂いた驚くべき情報を確かめるためです。ルー、それってどんな内容だったっけ？

ルー　三時間前、われわれはとうてい信じがたい情報を入手しました！　「デビー」という仮名の情報提供者は、ラブバワで清掃員の仕事をしているそうです。この都市に全部で四つある海底通路、つまり、都市と大陸を地下で繋ぐ設備を掃除しているとか。情報が届いたのは火災発生直後、バトゥマス全体に煙が広がり、轟音と振動が響いて、何事が起きたのかと騒然となっていたころです。ご提供いただいた内容を読みますね。

「今日午前、あのすさまじい火災が発生する直前のことです。ふだん閉鎖されているバトゥマス海底通路で尋常でない動きを感知し、確認のためにトンネルに向かいました。あれはなんというか、虫の知らせとしか言えません。すぐに行って確かめなければ、そう思いました。

真っ先に直面したのは、闇と埃っぽいにおい、そして静寂でした。気のせいだったかと戻りかけたとき……背後からドンッという音が聞こえました。振り返ったわたしは驚くしかありませんでした。たしかに閉鎖されたと、長らく使われていないとされていたトンネルがきれいに掃除されていて、おまけに、線路にはすぐさま出発できそうなトラムがあったんですから。いったいこのトラムは、どこになにを運ぶためのものなのか。トラムを観察していたわたしは、どこからか聞こえてくる轟音にまたもや驚き、あたふたと身を潜めました……。整備用の狭い通路に隠れて、扉の向こうからなだれ出てくるなにかを見ました。初めはモンスターが現れたのだと思いました。都市に出回っていた噂、地下都市の奥深くに氾濫化した怪獣たちを閉じこめて育ててるってのは本当だったのかと！

でも、よく見るとそうじゃありませんでした。それはみんな……人間だったんです！　子どもから老人まで、女も男もいましたが、みんな錯乱症の発現者のようでした。そうしてトラムに飛び乗りながらも、だれひとり声に出して話す人はいないんです。でも、彼らのあいだでのみ通じるやりとりがあるようでした。いまもそれをどう表現していいかわかりません。彼らは次々にトラムに乗りこみました。ところがそのときとつぜん……ドン！　というものすごい音がして、トンネルの奥の扉が閉まったんです。その下敷きになって腕を折った人もいました。さらにはその向こうから、赤紫色の煙が洩れ出てきて……。それでも彼らは、互いに助け合ってトラムに乗りこんでいました。決して止まらずに。そのあとのことはよく憶えていません。この煙のなかにいたら命が危ないと直感して、まっしぐらに自分の知っている通路から逃げたんです。ところが外へ出てみると、このとんでもない事件が、バトゥマス爆薬製造施設の火災なんてものにすり替わっているじゃないですか。

わたしは確信しています。あれはたんなる火災なんかじゃありませんでした。彼らの身になにか恐ろしいことが起きていたに違いありません。扉の下敷きになって腕が折れた人でさえ、悲鳴ひとつ上げずに立ち上がってトラムに乗るほど……それほど恐ろしいものから逃げていたんです。なんとしてでも都市から離れなければならなかったんです。彼らがなにをされたのか、わたしには想像がつきません。でも、この事態を傍観してはいられませんでした。あれは火災ではなく、決死の脱出だったんです。彼らから……ある決意のようなものを感じました。これがわたしが目撃したことです」

バックス　ありがとう、ルー！　そして、貴重な情報を送ってくださったデビーさんにも心より感謝します。リスナーのみなさん、じつにショッキングな内容じゃありませんか？　爆薬製造施設の火災というだけでも衝撃なのに、じつはそれが爆薬施設ではなかった……もしかすると、錯乱症の発現者を閉じこめていた施設だったかもしれないなんて！　わたしたちはこの情報をもらってすぐに、都市の海底通路で感知された動きというものを調査しました。その調査方法とは？　ルーバックスの企業秘密です！　そしてひとつ、驚くべき事実をつかみました。デビーさんが見たというトラムはバトゥマス海底通路とヌタンダラ大陸を結ぶもので、そのトラムがさきほど大陸に到着したという事実です！

ルー　なんてこと。彼らは本当に脱出して地上へ向かったんでしょうか？　でもでも、地上は本当に危険なところですよね？

バックス　ふたつのとらえ方がありそうです。ひとつは、彼らが閉じこめられていたバトゥマスの施設のほうが地上より危険だったから、いっそ地上へ逃げようとした。もうひとつは、氾濫体がはびこる地上で生き延びる方法を見つけたのかも！　つまり、彼らはすでに氾濫体に感染した発現者でしょう？　どこかしらふつうの体とは違いますよね。

ルー　両方というのもありえますね。

バックス　そうそう！　両方ってのもありえます。

ルー　この類の情報が、今日の火災直後からどんどん届いています。信頼できない情報かもしれないって？　いえいえ、信頼のシンボル、ルーバックスは情報の真偽をかぎわけるプロの腕を駆使して、これらの情報に一貫性があることを認めました。リスナーのみなさん、ルーバックスの結論はこうです。バトゥマスの深部ではこれまで、発現者たちを対象にむごたらしい実験が行われてきました。彼らが脳死状態も同じだとか息をしているだけの死体だとかいう説は、みなさんもご存じのとおり真っ赤な嘘です！　意思疎通ができないだけで、彼らは生きています！　それに、デビーさんの情報どおりなら、彼らは彼らなりのやり方で話すこともできる。おまけに、ねえバックス、リスナーのみなさんにとって驚きのニュースがあるんだよね？

バックス　そうそう。みなさんなら、わたしたちルーバックスがとつぜんの失踪者をお伝えするのに注力してきたことはご存じですよね。都市の治安維持隊にとってはたんなるお仕事なんでしょうけど、どんな失踪者もわたしたちの大事な家族、隣人だったはずです。そして、いつ自分が同じ身になるかもわからない。ところが、わたしたちのもとに入ってきた驚くべき情報によると、トラムで脱出した発現者たちのなかに、失踪者として届けられた人たちの姿が多数あったというんです！　つまり、彼らは拉致されてバトゥマスのどこかに閉じこめられていたというわけです。

ルー　そんな惨劇がこの都市の地下で起こっていたことに怒りを覚えるべきかな？　それとも、彼らがようやく脱出してくれたと喜ぶべき？

バックス　わたしの答えは、これまた両方！　でもやっぱり、そんな惨劇があったことへの怒りが先に立ちますね。

ルー　わたしも同じ、怒りが湧いてきます。とりわけ、泣きながら情報提供してくれていた、われらがルーバックスのリスナーたちのことを思えばなおさら！

バックス　でも、この事実に気づいたのはわたしたちだけではありませんでした。噂はどんどん広まっています。すごいスピードで！　ふだんなら、あーあ、わたしたちの独占ニュースじゃなかったのか！　なーんて思ったはずですが、今回ばかりは違います。

ルー　バックス、いまどこにいるのかな？　周りがなんだか騒がしいみたいだけど。

バックス　はい、わたしはいま、ベヌア行政区域の現場に来ています。このショッキングなニュースが広まるや、何十人もの人々が抗議に押し寄せています。そのほとんどが実験の犠牲者か、犠牲者になりかけた発現者の家族のようです。でも、家族以外の人もいますよ！　怒りを覚えた市民たちによって、抗議の規模が徐々に膨らんでいるところです。追撃中断を求める声が挙がっています！　同意する人も増えていますよ。追撃を中断しろ！　人々が声を上げています。治安維持隊員とマシンがぞろぞろと出てきました。集まった市民と対峙しています！　わたしは引き続きここから状況をお伝えしていきます。

ルー　現在、ラブバワの公式放送はこの事実を報道していません！　ですがこれまでどおり、わたしたちルーバックスはリスナーのみなさんに嘘偽りのない事実をお伝えしていきます。このすべてを、リアルタイムで。また新しい情報が入ればすぐにお届けしますね。追撃を中断しろ！　追撃を中断しろ！

＊

「あやつら、境界地域を設けようなどと言い出しましたよ」

ドアを開けて入ってきたデンテールが呆れたように言いながら、ガタンと椅子を引いて腰かけた。

会議室内の視線が一瞬そちらに集まってから、散っていった。椅子が引っ張られる音を最後に、室内に再び沈黙が訪れた。沈んだ空気だった。先に着いていた人たちも苛立たしげな表情で資料をめくったり、ホログラムスクリーンのニュースをにらみつけたり、あるいは宙を凝視していた。

デンテールは怒りで興奮冷めやらぬ様子だったが、次の言葉が見つからないようだった。これで集まるべき顔ぶれはほとんど揃った。おのおのが別の理由で腹を立てていたため、われ先にと口を開く者はいなかった。カタリーナもまた、険しい表情で資料に見入っていた。

ラシーレが短い沈黙を破って尋ねた。

「境界地域とはまたどこで聞いた話ですか？　この資料にはありませんが」

デンテールが不愛想に答えた。

「入り口で捕まってね。市民を挙げての公式要求事項だとか。発現者の家族が中心になっているようですが」

「正しくは、市民ではなく、ごく一部の市民でしょう」

だれかのぼやきを皮切りに、不満がいっきに噴出した。

「境界地域だなどと、馬鹿らしい。これだから素人は困りますな……」

「そんなことをすれば全人類が氾濫体にのみこまれてしまう。絶対にいけません」

「まあまあ、批判は甘んじて受け入れるべきです。しかし氾濫体を受け入れようだなんて、そんなたわごとを言わせておいていいんですか？」

さらなる不満の声が続いた。

「そうはいっても実験体、いや、発現者の家族は怒りに燃えている。刺激的な資料をばらまきながら都市全体をあおってますよ。見つけしだい阻止してはいますが、反感は相当なものです。追撃を中断することになったのもそのためですよ。彼らは追撃の完全中断と、研究所の閉鎖、境界地域の設定を要求しています。境界地域については、脱出した発現者たちからも提案がありました」

「実験がむごすぎたのは事実です。流出した資料がでまかせでないなら」

「そのプロジェクトの内容はこれまで機密に付されてきましたから、ここで初めて聞いた方もいるでしょう。しかしそれを理由に、氾濫体と闘うという都市の基本原則を変えるなんてありえない。あくまで正しい道のりで生じた過失と見るべきなのに、要求が大きすぎやしませんか」

「そのとおり。発現者たちはすでに一度死んだ人たちでしょう。氾濫体に感染して変わり果てた、死体も同じ存在です。むろん、死んだ者たちを対象に実験するというのもむごいことではありますが、氾濫体との戦いになくてはならないものだったのですから、ここまでの騒ぎになるというのは……」

「彼らは死んでいません」

だれかが冷ややかな声で割って入った。

「ふつうの会話ができないだけで、まぎれもなく生きた人々です。その事実は認めるべきでしょう」

しばし会議室の空気がひりついた。いまの言葉に同調できないという目配せが行き交うなか、ラシーレが再び口を開いた。

「いったい彼らはどうやって脱出を企んだのでしょうか？　隔離は万全だと思っていましたが、機密維持を理由に監視がおろそかになっていたということはありませんか？」

「その点は問題ありませんでした。ただ、外部の手助けがあったものと思われます。推測するに、沼人たちが独自のコミュニケーションを利用して、隔離されていた発現者たちに情報を伝えていたようです。都市の外に、氾濫体で変異した人間たちが暮らしていると。どういったコミュニケーション方法なのかはまだ把握できていませんが、氾濫体によって変異した人間は本来の人間とは異なるかたちで世界を感じ取っているようです。視力は弱くなるのですが、鋭い聴力や触覚を利用したのかもしれません」

年配の男が憤りながら言った。

「沼人たちをとっとと始末しておくべきだった。あのとき温情的な態度を取った派遣者たちのおかげでこのザマだ。不穏派遣者たちを放っておくべきではなかった。氾濫体と共生できるなどと、そんな生ぬるいことを考えている者たちが植えつけた種がこんな事態を引き起こしたのだ」

若い女が眉をひそめながら言い返した。

「沼人や不穏派遣者が今回の事態を主導したわけではありません。一方は都市からずっと離れた場所にいましたし、一方は都市内で身動きの取れない状況でした。詳細はまだわかりませんが、おそらくは、研究所に閉じこめられていた発現者たちのあいだで自発的な謀議があったのでしょう。その後、外部の者の協力が決定的な手助けになった。発現者たちが沼に向かったのは情況上確かですが、ひとまず地上で生きていこうと思えば、すでに沼人たちが暮らしているあの場所が適していると判断したのではないかと」

「なにか送られてきたメッセージは？　沼人からにせよ、発現者からにせよ」

「こちらが攻撃することがなければ、あちらも攻撃してこない。これが最初のメッセージです。その後送られてきたものはもう少し確認が必要ですが、非武装状態で来ないなら猛獣たちを動員するとか……」

どよめきが起こった。汚い言葉で激しい反応を示す人たちもいた。カタリーナがひとしきり場を鎮めた。そうして、発現者たちとのやりとりを担当している女に尋ねた。

「ひとまず、送られてきたメッセージをすべて読み解くまでのあいだ、ブリーフィングをしてもらえますか？　彼らの言う境界地域というのはどういうものでしょう？」

「はい。わたしが思うに、氾濫体と人間の共存区域を設けようということかと。その区域に氾濫体と結合した人たちが集まり、村か都市をつくって暮らしたいとのことです。氾濫体たちは、人間の自我をできるだけ残せるようにすると言っています。すでに結合済みの人間は地上で育ったものを食べても症状がひどくなることはないので、食糧は自給自足すると。追加の要求事項は次のとおりです。これ以上沼人と発現者たちを殺さないでほしい、都市で発現者が出た場合は境界地域に送ること。そして、氾濫体が地下を人間の居場所として尊重するように、都市の人間も地上を尊重すること。これが彼らの要求事項です」

「馬鹿な。そもそも地上は人間のものではないか！　それをまるで自分たちが譲歩するみたいに……だいたい、人間との意思疎通が可能で、氾濫体がそういう行動を取れるなら、なぜいままでそうしなかったんだ」

「氾濫体をわれわれ人間の観点で理解するのは困難です。彼らもまた、人間をゆっくり、長い時間をかけて学習したそうです。沼と密林地域の一部の氾濫体は人間とコミュニケーションできる知性を備えており、『人間を破壊しないこと』などの規律に従わせることも可能ですが、地球全体に広がっているすべての氾濫体を対象にすることはできないようです。ご存じのとおり、彼らには中心となる統治システムがありません。局地的な意思疎通は可能ですが、一つひとつ個別の存在として見ればウイルスやバクテリアと同じです。派遣者たちの調査で、氾濫体が知的生命体であると理解するまでに時間がかかった理由でもあります」

　そこかしこからざわめきが起きたが、事の深刻さを痛感しているためか、声を荒らげる者はいなかった。代わりに、ひとりの老人が不承不承言った。

「つまりは、人類全体を自分たちの宿主にしようとしているわけではないと」

　ブリーフィングしていた女が言い返した。

「彼らからすれば、強いてわれわれを宿主にする理由がありません」

「どういうことです？」

女が冷淡な口調で答えた。

「われわれを宿主にしなくても、地球はすでに何百年も前から氾濫体の星でしたから」

重たい沈黙と嘆息が会議室を埋めた。

「やれやれ、境界地域だと？　そんなもの、つくったところでどうやって管理するんです？　そもそも、これまでだれも成功しなかった氾濫体との対話をだれに任せるっていうんです？　すべて想像上のつくり話だとしたら？」

「メッセンジャー役を務めてくれる人がいるそうです」

「というのは？」

「チョン・テリンです」

会議室の空気がさっと冷ややかになった。みなが沈黙のなかで、めいめいの考えに浸っているようだった。言いたいことがあっても言い出せない様子の者もいた。ひとりの女がため息をつくように口を開いた。

「なんだかおかしな話になっていませんか。ほかでもないあの子を氾濫体と人間の仲介役にしようだなんて。あの子が派遣者として事故を起こしてなかったら、こんな事態にもなってなかったはずでしょう？　なにより、あの子はファロディンを死に至らせた。自分をいちばんかわいがり、溺愛してくれた人を、その手で殺したんです」

重たい空気のなかで、人々の視線がひとところに向かった。会議室の真ん中、イゼフ・ファロディンの席は空いていた。ネームプレートはまだそのままだ。その名を見つめていた人々は、タブーにでも触れたかのように慌てて顔をそむけた。

「しかし、だれよりもつらいのはテリン本人だろうよ」

ひとりの老人が沈んだ声で言った。会議室に立ちこめていたテリンへの反感とは打って変わって、
そこには同情と憐憫がにじんでいた。

みなは押し黙るばかりで、反論する者はいなかった。

7

湿った風が吹き寄せた。氾濫サンゴが赤い芽胞を振り落とす。空気には甘いハチミツのようなにおいが混ざっている。午前中は静けさに包まれていた沼から、ドボンという音が聞こえてきた。三人の子どもたちが沼で泳いでいた。岩に座ってなにかを記録していたテリンは、遠くでかすかに動いて自分を呼ぶ、地盤近くの気流に顔を上げた。沼に入っていた子どもがテリンを呼んでいるのだった。

そちらへ歩いていくと、子どもが声を出した。少し距離があるためよく聞こえなかった。もう少し近づくと、子どもが耳元で囁くように言った。

「沼が言いたいことがあるって」

「きみが聞いて、わたしに伝えてくれないかな」

テリンの提案に、子どもはぶんぶん首を振った。水が撥ねた。

「聞いてみたけど、わからなかった。難しすぎる」

横からふたりも加勢した。

「そうそう。沼はいっぺんにたくさん話すから」

「違うよ、みんながいっぺんに話すからだよ」

子どもたちはさもおもしろそうにキャッキャッと笑いながら向こう岸へ泳いでいった。その背中は青い氾濫体で覆われている。

テリンは沼の端っこに立った。今日は入るつもりじゃなかったのに。しょっちゅう入っていても、この感じが好きになれなかった。生まれたときから湿ったねっとりしたものに囲まれて育った沼の子どもたちに比べると、テリンはいまだに、半分は乾いた大地に暮らしていた。腐敗していくものと絶えず接していても、本能的な抵抗感はぬぐえなかった。それでも仕方ない、言いたいことがあるというのだから。テリンは深呼吸をしてから、服を脱ぎ捨てて下着だけになると、沼へ入っていった。

「うー、冷たい」

ソールが頭のなかで反応した。テリンのぼやきに、くすくす笑うようにとげとげのイメージをつくった。テリンは聞いた。交代する？　ソールがからかうように言った。なんで、沼が呼んでるのはテリンじゃん。テリンはつっけんどんに返した。

「おんなじことでしょ。区別する意味がない」

――ふむ、まあね。オッケー、じゃあ……

視界が泡立つようにして散り散りになった。べとべとした不快な感触、腐敗していくものたちのにおいが、別の感覚に取って代わった。好きだとか嫌いだとかいう感情は消え、触覚と嗅覚の風景で満ちていく。そして、肌を取り囲む水と空気、物質と波動の移動は言語となる。遠くまで伸びる連結網のなか、ところどころでめいめいの声がつくられはじめる。首まで沼に浸かると、全身に触れている氾濫体たちの声があふれだす。

〈遅いよ〉〈遅い遅い〉〈今回はなんでこんなに遅いの？〉〈子どもは面倒〉〈仕方ない〉〈そう、子どもだから〉〈面倒だな〉〈仕方ない〉〈でもやっぱり面倒〉

「みんな、ちょっと静かに」

うんざりしながら言ったが、テリンの声は周囲の氾濫体にわずかな振動を残しただけで埋もれてしまった。

ソールが代わりに体を動かし、沼に波動を起こしてから尋ねた。

〈いいから、言いたいことってなに？　なにかあった？〉

すると今度は、氾濫体の言語でどっと言葉が押し寄せた。テリンは目を閉じ、若干の不自由さを感じながらもそれを聞いた。氾濫体は人間の言葉を理解できるが、人間はまだ、氾濫体の言葉を完全に理解することはできない。頭のなかに独立して棲みついているソールのような存在が、氾濫体の思考言語を通訳してくれるのだった。沼の表面の氾濫連結網がこきざみに震えていた。

——伝えたいことはふたつ。

少したってからソールが言った。

——まずひとつめは、北エリアを拡張できそうだって。

ソールの言葉に、テリンはぱっと目を開いた。境界地域にはますます多くの人々が集まってきていた。この場所が活気づくと同時に、沼の近くに集まって暮らすことで衝突も生まれていた。もともと森の離れた場所に暮らしていた人たちを、できるだけ連結網から遠ざからないように呼び寄せたためだ。

氾濫連結網を織りなす沼は、人間と非破壊的に結合できる氾濫体が棲んでいるという点で重要だった。沼近くの氾濫体は、人間の自我が壊れないようにゆっくりと入りこむすべを学ぶ。だが、沼から遠くて連結網が途切れている場所ではそのスピードが速すぎ、すると彼らは互いに馴染んでいく機会を失ってしまう。

テリンは境界地域の人口を慎重に管理していた。氾濫体に触れてしまった都市の人々はおおかた受け入れるとしても、地上での新たな命の誕生については規則に従うようにさせた。いまのように大勢の人々を氾濫連結網というシステムで結ぶなどということは、地下でも地上でも一度も試されたことがない。だからテリンは、変化のスピードを調節したかった。とはいえ、この数年で多くの子どもたちが生まれてより広い居住地が必要となり、どうすべきか苦心していたところだった。

「当分は難しいって話だったのに、どうしたんだろう」

——順に説明していったらしいよ。北へ連結網を伸ばして、さらに広げて。あっちには流れる水しかないけど、頑張ればここの沼やクレーター湖みたいなのもつくれそうだって。そしたら、新しい連結網の中心になるだろうね。ここはまた別の村になるかもしれないし。

「順に説明していったなんて、ありがたい」

テリンはこきざみに振動している沼に向かって〈ありがとう〉と示した。

「ふたつめは？」

——これはまだ確かじゃないんだけど、ヌタンダラ大陸の向こうの大きな島に……そこにも地下都市があるかもしれないって。

「本当？　どうしてわかったの？」

——知ってのとおり、海にも少量の氾濫体が分布してるよね。そこでかすかな信号、気流がとらえられたって。ひょっとすると、海底の地盤を伝ってきた振動かもしれないし。

「もっと具体的な情報はないの？」

——うーん、ちょっと待って。こいつら浮かれすぎてて、うるさいったら……

テリンはくすりと笑い、ソールが対話を終えるのを待った。沼の氾濫体たちは話したいことがずいぶんあるのか、長い対話が続いた。ほかにも都市が存在するだろうとはラブバワにいたころから考えていたものの、本当に存在するかもしれないとなると複雑な思いだった。そこに住む人たちも氾濫体を敵視しているだろうか。そこでも、氾濫体と結合した人たちは閉じこめられ、死に追いやられているのだろうか。だとしたら、彼らにもメッセージを送るべきだろうか。難しい問題だが、今回は自分ひとりで悩むべきではない。連結網全体に一緒に考えようと伝える必要がありそうだ。

テリンは、まだうっすらとした雲のように感じられる氾濫体の言語をとらえようと努めた。と、ようやくソールがこう言うのを聞いた。

——オッケー。終わったよ。続きは沼を出てから話してあげる。

*

この七年間、テリンは境界地域のメッセンジャーとして生きてきた。半分は地上、残り半分は地下に属するというつらい生活。人間と氾濫体の境界地域をつくるというプランは、しょっぱなから激しい反発に遭った。だが、ラブバワ市民の抗議によって発現者たちを隔離収容する研究所と治療所がすべて閉鎖されたせいで、都市の発現者を送りこむ場所はなくなった。そのことに気づいたとき、当局はほとんどなすりつけるようにしてテリンを担当者にした。

境界地域において、氾濫体は人間の自我を侵害しないすべを習得し、人間は氾濫化した状態で生きていく。新しい生き方を受け入れた者たちは、みずからを「転移者」と称した。体の変化に伴って物質代謝システムも変化し、以前より動きが遅くなる代わりにエネルギー消費も減った。地上の一部では非氾濫化植物も栽培されていたものの、氾濫化した植物を食べても問題はなかった。非氾濫化植物は主に都市との取引に使われた。なかには以前の文明に倣って家を建てて暮らす者もいたが、巨大な氾濫サンゴのなかに空間をつくって暮らす者のほうが多かった。氾濫サンゴは氾濫体に分解されることがないため、維持が容易だった。

沼人たちに境界地域の建設を手伝ってもらう一方で、改めるべき点も出てきた。沼人たちはこれまで個々に散らばり、共同体というにはゆるすぎる連結網のなかで生きてきた。だが、すでに数千を超える人々が、そしていつか数万を超えるかもしれない人々が地上でぶつかり合うことなく生きていくには、秩序が必要だった。地上の人々は氾濫体と混ざり合った存在だが、ある程度はやはり人間だったため、中心も位階もない氾濫体のあり方をそっくり真似るわけにはいかなかった。

それでも、都市とは違った。境界地域は氾濫体からなる塊、部分部分に似ていた。小規模のコミュニティ、位階差の少ない小さな塊が集まって全体を成していた。塊同士は互いに離れて暮らすことが多かった。テリンは塊間の調節、そして氾濫体と転移者間の調節を担った。生まれたときから氾濫体とともに暮らしている子どもたちは、なんとなく氾濫体の言葉を操れた。二重の世界を通訳する子どもたちが生まれた。のみならず、大人たちも氾濫体との暮らしに慣れていくにつれ、しだいに彼らと会話できるようになった。それでもまだ、テリンに残された仕事はたくさんあった。

地下都市ラブバワは相変わらず、氾濫体と敵対すべきだという立場と、彼らとの共存を受け入れるべきだという立場に分かれていた。いまのところは前者のほうが優勢だが、後者に同調する人たちも増加していた。当初は境界地域について口にするだけでタブーを犯したかのように扱われた。だが都市の発現者がみな境界地域へ移動すると、その家族もまた地上へ出ていき、さらにはこれといった繋がりがなくてもみずから転移者になることを選ぶ者も出てきたことで、タブー視されることも徐々になくなりつつあった。家族、友人、知人など、なんらかのかたちで境界地域に暮らす人たちと直接、または間接的に繋がっていたからだ。

転移者たちは氾濫体の連結網に流入することで、惑星全体を非常にゆっくりと、だが繋がり合った状態で感じ取ることができた。氾濫体はこの星全体に広がっていた。人間が個体中心的な存在でしかなかったとき、彼らは個人、または小さな集団しか考えず、惑星全体を考慮することはなかった。しかし氾濫体と結合した人間は連結網のなかで思考し、そのため、自分が惑星全体の一部であるという点を直感的に受け入れた。地上の一部を人間の生活拠点としながらも、沼と繋がったいまの彼らにはむやみに拡がっていきたいという欲望がなかった。連結網を通じて考えるということは、意識せずとも全体に繋がる思考システムから絶えず影響を受け、自己の考えを振り返ることにほかならない。部分的な衝突があり、その部分が全体に影響を及ぼしはしても、全体と無関係に存在する部分はなかった。氾濫体と結合した人間になるとはそういう意味だった。

このころ、地下で生きることを望まない、以前とは異なる生き方になっても地上で暮らしたがる人が増加した。つい数年前までは想像もできなかったことだ。だが、境界地域で新たな生き方をする転移者たちの姿を見るや、都市の人々の考え方も変わった。それもひとつの生き方であると、かたちが違うだけだということをその目で確認したからだ。

もちろん、境界地域は完全とはいえなかった。氾濫体と人間の違いは明らかで、境界地域の外ではいまだに氾濫体が人間を破壊していた。だが、人々はもっと遠くへ、さらに遠くへ行きたがった。この先もその均衡がいまのように保たれるという保障はなかった。それならば、この不均衡で不完全な生き方はどうしたら保たれるのだろう。テリンは境界地域に育つ子どもたちにその答えを見つけてほしいと思っていたが、子どもたちも確かな答えには行き着かないかもしれない。できるのは、不均衡と不完全が生の原理だと受け止めること、それでも絶えず動きながら変化すること、止まることなく前進しつづけることだけなのかもしれない。いずれにせよ、それが次の世代へと引き継がれる問いだと考えた。

ソノとスーベンは境界地域で子どもたちの先生になってくれた。新しい世界で以前の知識はほとんど役に立たなかったものの、今後も残したいと思う知識はあった。テリンもまた、地下で学んだ不完全な知識のかけらを集めて地上を夢見たのだから。氾濫体で埋めつくされたクレーターは一種の学校となった。そこで氾濫体たちは人間の知識を吸収する一方で、人々に氾濫体について教えてくれた。遠くまで伸ばした枝から伝わる、以前の地球とは異なる生態系の様子も。かつて人間が知っていた局地も砂漠も、いまは様変わりしていた。行ったことのない、新しくも見慣れない風景を、氾濫体を通して思い描くことができた。子どもたちはクレーターに張り巡らされた氾濫網の上で遊び、ときおり地面に耳を当てて氾濫体の言葉を聞いた。

地上での生活に興味はあっても、不安が勝って境界地域で暮らすことをためらう人々もいた。彼らはハラパン通りのジャスワンの食堂へ赴いた。そこでジャスワンがガイドをしてくれるからだ。ジャスワンは氾濫体を受け入れることは望まなかったが、境界地域のガイドをして人々をサポートした。店の裏口を開けると、地下都市から境界地域へ続く、じつに長いけれど安全な通路が現れた。境界地域を見学した人のなかには、嫌悪感でいっぱいの表情を浮かべて帰っていく人もいる。反対に、目を輝かせ、少ししてからジャスワンにおそるおそる訊いてくる人もいる。地上で生きていくために特別な条件はあるのかと。するとジャスワンは、ほほ笑みながら答える。

「大事なのはね、自分が自分だけで成り立ってるって幻想を捨てること。そしたら、可能性は無限だよ」

＊

テリンは北へ向かっていた。沼の氾濫体が北へ枝を伸ばして連結網を広げ、その一帯に広がる氾濫体の性質を変えたというが、本当に居住地にしていいものかどうかは自分の目で確かめたかった。森を覆いつくす氾濫柱の大きな傘のせいで、調査用ドローンを送っても意味がなかった。

平坦な道はウンピョウに移動を任せることもできたが、徒歩でしか進めない道も多かった。派遣者たちでさえ一度も探査したことのない地域というのは本当らしい。ずいぶん歩いた先で、テリンは川と巡り合った。北方へ来たせいか、空気が冷たい。さざ波が日差しを反射してきらめき、近くには氾濫化の程度の低い木々が並んでいる。流れが速いために、氾濫体があまり増殖しないらしい。華やかな油絵を思わせる沼地の風景に比べて、ここは数百年前、氾濫体がやって来る前の地球の風景にもう少し近いようだ。青葉の上で砕ける太陽の光を見ながら、テリンはつぶやいた。

「氾濫体がそこまで多くなかったから、説得しやすかったようね」

――でも、人間が住めばすぐに増えるよ。

テリンは川にそっと手を入れてみた。ひやりと冷たい。指先から広がる冷気で頭が澄みわたるようだった。

岩や地面、小ぶりの氾濫サンゴに耳を当てて、ここの氾濫体たちの考えを聞いてみた。沼地のように広範囲の連結網からなる密集地域がないため、彼らの考えはばらばらで、主に氾濫サンゴを中心に小さな塊をつくっていた。だが彼らも好奇心いっぱいで、もうすぐここに氾濫化した人間がやって来るという言葉にはかなり楽しげな反応を示した。氾濫体たちと話していたソールがテリンに伝えた。

——じゃあ自分たちも人間を調査できるのかって訊いてるけど？

「うん、できるよ。その代わり、完全にのみこまないこと」

ソールがくすくす笑った。

テリンは納屋や小屋を建てられそうな場所を下調べし、人が住めそうな大きさの氾濫サンゴを確認してから、調査データを手首のデバイスに保存した。ドローンに搭載して先に沼へ送ろうかとも思ったが、北エリアへの拡張は至急の用件ではないので急ぐ必要はなかった。

川付近の調査を終えたテリンは、羅針盤を確認して北西へ向かいはじめた。ソールが不思議そうに訊いた。

——まだ行くの？　ここから先の氾濫体たちとはまだ話し合ってないらしいよ。

「行ってみたいところがあるの」

道がいっそう険しくなった。急な坂をいくつも越えなければならず、ようやく目的地に着いたときには日が沈みかけていた。

そこは北方の海。茜色の夕日が空いっぱいに広がっていた。緑色の波が白く砕けた。息を吸いこむたびに冷たい空気が肺を凍てつかせる。地下都市の空気は事故でシステムが故障したときを除いてつねに生温かく、停滞していた。こんなふうに冷たい風をじかに浴びるのは初めてだった。

「こんなに寒いところにも人が住んでたなんて」

——もっちろん。ここより寒いところにだって住んでたよ。

「人間みたいなこと言うじゃない。そのとき生きてたみたいに」

テリンは笑ってそう返すと、リュックを砂利の上に置いた。なかからなにか取り出したテリンに、ソールが訊いた。

——なにそれ？

「ここに来たかった理由」

真鍮色の地球儀と、イゼフのネックレスだった。

少し前に学術院のスタッフから連絡を受け、テリンはイゼフの遺品を取りに行った。すでに整理は終わったものと思っていたのに、倉庫を移転する際にイゼフの私物が出てきたというのだった。スタッフはテリンに、箱をふたつ渡した。ひとつにはイゼフが所蔵していた本、もうひとつには私物が入っていると言われた。

テリンは本を学術院に寄贈し、もうひとつの箱だけを持ち帰った。なかにはイゼフの記録が入ったデバイスとノート、小さな袋などが入っていた。擦り切れた巾着袋を開けると、古びた銀のネックレスが出てきた。その瞬間、過去のある日が思い出された。

テリンとイゼフが一緒に暮らしていたころ、ベヌアのある骨董品店に入ったことがあった。テリンはこのネックレスを自分で選び、イゼフにプレゼントした。テリンの目に、イゼフの赤い髪と白く輝く銀のネックレスはとてもよく似合いそうだった。あのときイゼフはどんな表情だった？　喜んでいたのか、変化がなかったのか。思い出せるのは、きれいな長い指だけ。ネックレスはとても細く、古くて切れてしまいそうだと思ったのか、イゼフはそれを首にかけてみることはしなかった。大切なものを包みこむように、そっと握りしめるばかりだった。

遺品を持ち帰ったテリンはその日、イゼフの遺した個人記録を読んだ。デバイスにある重要な記録はロックがかかっていて、テリンもそれを解こうとは思わなかった。でも、自筆のノートがあった。混乱と苦悩の渦のなかでバランスを失うまいと奮闘するイゼフの筆跡が、紙の上にそっくり残っていた。

テリンはいまでもイゼフのことを考えた。憎しみも変わらなかった。それでいて、変わらず愛していた。イゼフは取り返しのつかない過ちを犯したのだったが、それでもテリンは、イゼフとの最後の瞬間をしきりに思い返した。あの選択しかなかったのか。撃つしかなかったのか。イゼフの手をそっと握ったことにどんな意味があったのか考えた。ごめんなさい、その言葉をイゼフは聞いただろうか。大丈夫、そう言ってくれようとしただろうか。それとも、わたしを恨んだだろうか。少なくとも、イゼフが握り返してくれたあの手には、たしかに温もりがこもっていた……。ひとり考えながらも、それは自分による合理化、イゼフの死の合理化ではないかと疑った。どう受け止めるべきか答えてくれる人はもうおらず、テリンは流れゆく時のなかで、その苦しみを一つひとつ振り返った。刺すような胸の苦しみは水勢に揉まれ、いまは海辺の小石のように丸く削られていた。

地球儀とネックレスを胸に抱いて海へ向かった。地球儀はどこに行くにも一緒だった、イゼフからの贈り物。ネックレスはイゼフが大切にしてきた、テリンからの贈り物だった。

テリンに世界を見せたがったイゼフのように、テリンもイゼフを遠くへ連れてきたかった。そしてこれほど遠くまで来て初めて、テリンは知った。憎しみの対象が、初めから分かつことのできない自身の一部だと受け入れれば、さらに遠くへ行けるのだと。イゼフもそれを知っていたならと。

冷たい海風がまた頬を撫でていった。氾濫体の増殖によって緑色に輝いていた海は、果てが知れないほど広かった。

「海へ流そうかと思ったけど、それよりも……」

テリンは足元を見回し、緑色の氾濫網に覆われた砂の上にしゃがんだ。

「このほうがいいよね」

地球儀と銀のネックレスが氾濫網の上に置かれた。しばらく静かだと思っていたら、やがてあちこちから糸のような枝が伸びてきてそれらを覆いはじめた。ほどなく、地球儀もネックレスもすっかり氾濫体に覆われてしまった。イゼフとテリンを繋いでいたものは分子単位に分解され、しばらくは氾濫体として、のちにはまた別の物質へと移り変わりながら、この星の最期まで残るだろう。

テリンは腰を上げた。太陽は最後の輝きを手向けている。空が赤黒く染まっていき、緑色だった海も黒く沈んでいく。そうしてテリンの目前に広がる風景は、いまや暗がりのなかで静まり返っていた。けれどテリンは、それがすべてではないと知っている。頭のなかで波のように動くソールに訊いた。

「ソールの目には、どんな風景に映る?」

そう訊きながら、テリンは目を閉じた。

視界が一変した。海はあまたの音と、動きと、熱気と、声で満ちていた。波とともに粒子が舞い散っては再び出会い、その表面で空気の流れが変わった。気流が無数の円を描いた。円と円がくっつき、歪み、また離れる。柔らかさも鋭さも、冷たさも温かさもすべてそのなかにあった。夜の海はたくさんの色を抱いていた。全身で感覚する、光のかけらたちを。

——見てのとおり。

その世界はいまも、届くようで届かない、けれど果てしなく美しかった。

エピローグ

沼がぽこぽこと泡立った。しばらく静かだったところへ、とつぜん新しい物質が繋がったせいだった。それらの物質は以前からこの沼に沈んでいたが、平凡なやり方で沼の氾濫体と結びつくのは嫌だと拒み、吸収までに長い時間がかかった。〈本当に頑固なんだから〉沼の氾濫体の一部が、まるで人間を相手にするように言った。〈だよね。頑固〉おかしなことでもなかった。いましがた新しく繋がった塊、それらの物質はかつて人間を成していたものだから。だがいま、それらは沼の一部として、氾濫体がつくった巨大な連結網の一部として存在しようとしていた。沼の氾濫体たちは愉快そうに、新しい塊を探索しはじめた。目新しく、興味深く、おもしろい話をたくさん抱えた塊だった。

だが氾濫体のある一部は、その塊をすでに知っていた。それが抱えるたくさんの話も。オーウェンは新しい塊の存在を悟ると、あたかも人間だったときのように笑って言った。

〈うん。本当に時間がかかった〉

彼らはいまや人間の姿をしていなかった。それは魂とも呼べないなにか。べとべとしていて、どこまでも繋がっている、本来の形など影も形もないなにか。美しくも、神秘的でもない姿。けれど、彼らはここで再び会い、いまは繋がっている。ときにはそれだけでじゅうぶんだった。

風に乗って一枚のメモが沼に落ちた。

おやすみ、マイラ。

汎濫体たちが糸のような手を伸ばし、メモは沼へと沈んでいった。それは汎濫体たちによってたちどころに分解されはじめた。泡がぷくぷくと湧き、水面にのぼってパチンと弾けた。

どこからかかすかに、ころころと笑い声が聞こえてきた。

著者あとがき

この小説の種となったのは、数年前にある美術展のために書いた短い物語だ。人間が物質から成っているという、だから人間は外界と物質的に絡み合っていて、その事実はわたしたちの細胞とタンパク質、分子一つひとつに刻まれているという発想からスタートした。そのうえ、人間の体内には数多くの「外部から来た存在」が同居していて、ある程度はわたしたちを構成する一部になっている。人間が「われわれ」と言うとき、それは必ずしも人間のみから成っているとは言えないのだ。

その短い物語は、氾濫体のモチーフとなった菌類、黴に関する本と出会うことで拡がっていった。ひとつの個体がどこに始まりどこで終わるのか、そう問いかけることさえ戸惑われるような不思議な存在が、この星でともに暮らしているとは。すると次なる問いが浮かんだ。「氾濫体になるとはどういうことだろう?」個体に属さない存在、人間とは異なる感覚で世界を感じる存在を想像するために、人間以外の地球生物の感覚世界を調査した本を開いた。それを想像するのに、人間の感覚的資源がいかに不十分かを思い知らされたものの、その作業は、一度は挑戦する価値があると思われた。

人間が地球外へ出るのではなく、地球を見知らぬ星に変えてみようというアイデアから生まれたこの小説には、わたしがいつだって心を尽くさざるをえない人物たちが登場する。彼らの好奇心、前進する力、自身に直面する勇気を見つめ、長い冒険をともにすることができて幸せだった。

氾濫体も人間も、ひとつの個体がどこに始まりどこで終わるのか線引きできない存在であるように、この小説も独立して存在するものではない。初稿からさまざまな意見を下さり、長旅の大切な同伴者となってくれた編集者のファン・イェインさん、デビュー直後からいまに至るまで応援し待ちつづけてくれた、また、出版までの道のりを誠心誠意支えてくれたパク・ソニョン代表に特別な感謝を捧げたい。本書の制作と広報に尽力いただいた多くの方々にも感謝を伝えたい。物語の構想段階でサブプロットについて夜通し意見を出し合ってくれたワンソンさんのおかげで、初稿執筆をより楽しめた。

いつも次のページをめくってくださる読者のみなさまへ。きっと今後のわたしたちの思考の一部は、氾濫体のようにゆるやかながらも不思議に結びついているはず。ほんの少しでも、それがあなたにとって悦ばしいことでありますように。

二〇二三年秋

キム・チョヨプ

＊本書執筆にあたり、以下の書籍を主要参考書とした。

マーリン・シェルドレイク『Entangled Life: How Fungi Make Our Worlds, Change Our Minds & Shape Our Futures』、キム・ウニョン訳、アナログ、二〇二一（『菌類が世界を救う キノコ・カビ・酵母たちの驚異の能力』鍛原多恵子・訳　二〇二二年　河出書房新社）

アニル・セス『なぜ私は私であるのか』、チャン・ヘイン訳、フルム出版、二〇二二（『なぜ私は私であるのか　神経科学が解き明かした意識の謎』二〇二二年　青土社）

スティーブン・シャヴィロ『Discognition』、アン・ホソン訳、カルムリ、二〇二一

エド・ヨン『An Immense World: How Animal Senses Reveal the Hidden Realms Around Us』、アン・ビョンチャン訳、アクロス、二〇二三

解説／すでに繋がっている他者たちと共に

翻訳家
ユン・ジヨン

ちゃんと考えてみて。きみが本当にひとつの存在なのか……。（『派遣者たち』）

想像してみてほしい。ある日、あなたの頭のなかに見知らぬ声が響き渡る。その「声」は、あなたがご飯を食べているときや、ものを考えているとき、思わぬタイミングであなたに話しかける。友だちとおしゃべりしたり、恋人と共に時間を過ごしているとき、いつでもそこにいて、ふと存在感を露(あら)わにする。もしもその得体のしれない存在が、地球の外からやって来たものだと知ったら、あなたはどんな気持ちになるだろう？　それが黴の一種だと知ったなら？　あなたは心を開いて、その存在を受け入れられるだろうか？　あなたと分かちがたく結びついた存在の一部として。一見、突拍子もない話に聞こえるかもしれないが、キム・チョヨプの二作目の長篇『파견자들（派遣者たち）』（二〇二三、パブリオン刊）は、まさにそうした問いから構想を膨らませた小説なのだ。そしてその物語は、人間存在をめぐる根源的な問いの深みへとわたしたち読者を導く。

浦項（ポハン）工科大学化学科を卒業し、同大学大学院で生化学修士号を取得したキム・チョヨプは、在学中の二〇一七年、第二回韓国科学文学賞の中短編部門にて「館内紛失」で大賞を、「わたしたちが光の速さで進めないなら」で佳作を同時受賞し、作家デビューを果たした。二〇一九年に上梓された初の短篇集『わたしたちが光の速さで進めないなら』（早川書房刊）は韓国にてSFとして異例の三五万部を売り上げ、SFブームの到来を告げたと評される。以後、長篇『地球の果ての温室で』（早川書房刊）、中篇『ムレモサ』（未邦訳）、短篇集『この世界からは出ていくけれど』（早川書房刊）、掌篇集『惑星語書店』（未邦訳）、長篇『派遣者たち』を立て続けに発表し、『最後のライオニ 韓国パンデミックSF小説集』をはじめ数多くのアンソロジーに参加するなど、旺盛な執筆活動を続けている。これまでに第四三回今日の作家賞（二〇一九）と第一一回若い作家賞（二〇二〇）を受賞したほか、キム・ウォニョンとの共著であるノンフィクション『サイボーグになる』は韓国出版文化賞を受けた。

韓国国内に厚いファンダムを保持するキム・チョヨプだが、その作品が続々と邦訳されている日本を筆頭に、海外での認知度も高まりつつある。二〇二三年十月には、中国成都で開催されたワールドコン（The World Science Fiction Convention）に韓国を代表するSF作家として招待され、中国の権威あるSF賞である銀河賞（The Galaxy Award）の最優秀外国作家賞を受けた。同年五月の中国星雲賞（The Chinese Nebula Award）翻訳作品部門の金賞受賞と合わせて、非中華圏出身の作家としては初めて、中国の二大SF賞を受けた作家となった。英米圏での翻訳出版もすでに決まっているという。名実ともに、韓国ＳＦシーンを第一線で牽引する作家と言えるだろう。

近年韓国ＳＦ界は活況を呈しているが、その顕著な特徴は、ＳＦを思考実験の場として現実を転覆する想像力を様々に模索しているところにあると言われる。キム・チョヨプの作品もこうした傾向と無縁ではなく、その物語はどこか遠くの世界や未来を描きながらも、現在わたしたちが身を置く足元の現実を照らし出すものが多い。特に、デビュー以来その作品世界に一貫して底流するのは、他者理解と共生のテーマである。キム・チョヨプの描く世界では、伝統的なＳＦで多く活躍する偉大な科学者や軍人たちは遠景に退く。代わって主人公役を担うのは、社会の周縁にいる等身大の人物たちだ。物語は、彼女らが世界の矛盾に直面し、葛藤を抱えながらも不可能に立ち向かう姿にスポットを当て、いかに不完全であろうとも他者を理解しようとすることを諦めない心に繊細に寄り添う。人間誰しもが持つ弱さと力強さを優しく見つめるその温かな眼差しこそが読む者の心を揺さぶり、これまでＳＦジャンルに親しんでこなかった読者をも引きこむ独特の魅力を発揮する。

キム・チョヨプのこれまでの作品は、女性やマイノリティ、多様な身体性を持つ人物たちを登場させ、異質な他者たちの間の共生の可能性を模索してきた。そんな著者が二つの長篇小説で中心的なテーマに据えるのは、人間と非人間の共存である。長篇第一作の『地球の果ての温室で』が、人間が発展させた技術の産物として放出された汚染物質「ダスト」が増殖し、絶滅の危機に瀕した人類と、ダストへの耐性を持つ蔓草「モスバナ」との共存を描いてみせたなら、二作目の長篇となる『派遣者たち』において舞台となるのは、宇宙から飛来した外来種である「氾濫体」に覆われた地球である。

氾濫体が地球を覆い尽くしたディストピア的世界。人類は氾濫体に触れると錯乱症を発現するため、これを恐れて地下へ潜って生活している。暗くジメジメした地下都市に暮らす人間たちは、いつか再び美しい地球を自分たちの手に奪還すべく、地上の探査を続けている。その危険な任務を担うのが、派遣者と呼ばれる一握りの選び抜かれた人たちだ。物語は、派遣者になることを夢見る主人公のテリンを中心に展開する。

著者が散文集『本と偶然』（未邦訳）ほかで語ったところによれば、同小説の原型となったのは、アルコ美術館のプロジェクトとして開催された芸術フェスティバル〈横断する物質の世界〉（二〇二一年九月一七日～一二月一二日）の展示のために書かれた三つの掌篇（「沼地の少年」「汚染区域」「最果ての向こうに」、いずれも『惑星語書店』収録）であるようだ。展示会の趣旨は、著名な生態文化理論家であるステイシー・アライモが唱えた「超身体性（transcorporeality）」という概念から出発して、人間・技術・環境の関係性に目を向け、人間の身体と心、物質と科学技術などが絡みあいながら相互に浸透する有り様を探究するというもの。人間は外部の環境とはっきり区分される身体や自我を持っていると思われがちだが、人間の体を構成する物質はすべて外部の環境からやって来たものであり、実際にわたしたちの体は自然との間で絶えず物質をやりとりしながら再構成されている。人間が作り出した毒性物質は、土壌や生物を貫通して人間自身の身体に影響を及ぼし、わたしたちを取り巻く地球環境や気候をも大きく変える。一方、わたしたちの体内には、細胞の数よりも多くの数の微生物が棲んでいる。このような人間と非人間の相互の繋がり、人間とその外部との間の境界のなさを中心に置いて掌篇「沼地の少年」を書き、さらに人間とその外側との境界をより大胆に崩してみたいと考えたことが、『派遣者たち』の執筆に繋がったという。

地質学者たちによれば、わたしたちはいま、人類の経済活動や核実験が地球の環境を激変させた「人新世（じんしんせい）」の時代を生きている。新型コロナ・ウィルスのパンデミックと急激な気候変動による災害の日常化は、人間中心主義を掲げ、人間が自然を統制できるという考えがいかに傲慢であるかを振り返る切っ掛けとなった。脱人間中心主義を掲げ、人間と非人間存在が共存するために求められる新たな関係性や倫理に注目するポストヒューマニズムの思想が近年ますます注目を集めるゆえんであり、キム・チョヨプの文学もまた、こうした方面から様々に読み解かれている。

ところで、わたしたちはどのようにして人間が人間であるゆえに持つ限界を超えて、異なる認知世界を持つ他者を感知できるのであろうか。キム・チョヨプは、ＳＦこそは非人間の存在感を浮き彫りにするのに適した最良のジャンルとなり得ると語る。ＳＦの世界では、非人間存在――自然、動物、植物、宇宙、惑星、地球、テクノロジー、ＡＩ、サイボーグ、地球外生物――は人間に劣らず重要な行為者（アクター）であるからだ。小説『派遣者たち』には、黴や菌類をモデルに構想されたという「氾濫体」が登場する。人間が一人ひとり個別の身体と固有の自我を持った存在であるのに対して、「氾濫体」は菌糸体のようなネットワークを形成し、集団知性を持つ。固体性や自我を持たず、惑星規模で思考し感覚する氾濫体の描写は、本作品の読みどころの一つであろう。人間の認知体系の外へ一歩出てみることは、人間中心主義を揺るがす体験に繋がるかもしれない。著者は本作を通じて、人間や自我を構成するものやその境界をめぐる混乱を感じてみてほしいと読者に語りかける。

この小説がテリンの視点から語られていることは重要だ。頭のなかに響く「声」の存在に気づいた彼女は、はじめは記憶を補強するツールとして脳内に埋め込んだニューロブリックのエラーがひき起こした現象だと考える。だが、ついに派遣者となり地上探査の任務に出掛けたとき、汎濫体と結合して生き延びる沼人（ぬまびと）たちに遭遇したテリンは、やがて自分のなかに「汎濫体」が宿っていることを知る。汎濫体と結合した沼人をいかに受け入れるかが、物語展開の重要な対立軸となる。

テリンの憧れの人である有能な派遣者イゼフは、汎濫体は人類の敵であり、汎濫体と人間とは共存できないと考える人物である。彼女は、次の世代であるテリンたちの手に夕焼けと星のきらめきのある美しい星を取り戻してあげたいと願う。しかし、このヒューマニスティックな願いは、同じ惑星に生きる多様な生物を視野から消し去るばかりか、ある者たちを「ヒューマン」から排除する。汎濫体との接触によって錯乱症を発現し、実験室に閉じ込められて生態兵器として利用される危機に瀕している人たちにとっては、「おまえたちは狂っていて、すでに死んでいるも同然の存在であり、だから死んで当然なのだ」と言う者たちのいない「汎濫体の星」こそ、「孤独だから自由な場所」になり得る。テリンはソノと手を結び彼らを救い出し、汎濫体と人間の共存区域である沼へと向かう。人間と汎濫体が互いに浸透し変異しながら共生する沼地。そこに生きる新しい人間の有り様を受け入れ、汎濫体と人間との間を媒介する「メッセンジャー」として生きることをテリンが選択する小説の結末には、共存と共生を願う著者の力強いメッセージが込められているだろう。

著者は同小説についてのインタビューで、次のように語っている。

この小説を書いていて、人間と非人間との共生についても考えましたが、人間と人間の共生についてもたくさん考えさせられました。いまの暫定的な考えは、共生はとても難しく、相互に浸透していくもので、お互いに汚染され、絡みあい、本来の姿を失っていくものですが、それでも変化と困難を引き受けなければならないのだろうという気がします。本来の自分を全く失うことなく、清潔さを保ったままの共生というのは、実はないのではないか、そんなことを考えました。

（ウェブサイト「チャンネル24」キム・チョヨプ新作長篇小説『派遣者たち』刊行ビハインド：長篇小説『派遣者たち』の作家キム・チョヨプ書面インタビュー　より）

この言葉は、わたしたちが日々目の当たりにしている戦争と紛争、移民排斥や障害者差別など、分断と対立がはびこる今日の現実を直ちに引き寄せる。キム・チョヨプとの共著『サイボーグになる』のなかでキム・ウォニョンが、「他人というのはそもそも、各種ウィルスや細菌、偏見、異なる思想、同意しがたい理念の『運び屋』であるとしつつ、しかし他者との予測不可能な出会いに自分をさらすとき、「わたしたちはその危険や不一致の中でしか得られない友情や歓待、愛、連帯と出会うことができる」と述べていることは、共生を考える上で示唆的だ。

もちろん、異質な他者との共存は生易しいことではない。他者との接触が自身の存在の根幹を成すアイデンティティを脅かし、ときに死に至らしめる致命的なダメージをもたらす危険性を伴うことを、わたしたちはパンデミックを通じて身近に経験している。しかしテリンは、ソールが自分を傷つけることも、破壊することも、狂わせることもできる危険な存在だと知りながらも、混乱と葛藤の末にソールを信じ、受け入れる。ならば、人間が抱く本能的な恐怖を超えて、どのようにすればその一歩を踏み出すことができるのであろうか。小説のなかのジャスワンの言葉は、そのためのコツをわたしたちに伝える。

「大事なのはね、自分が自分だけで成り立ってるって幻想を捨てること。そしたら、可能性は無限だよ」

地球上のいかなる生き物も単独では生きられず、生存のために他の存在と関係を結ばねばならない。人間、動物、植物、菌、物質。人間がこの異質な他者たちから成る巨大なネットワークの一部であり、わたしたちの内にはすでに他者が宿っていることに気づくこと。それは、多様な種の共生の出発点になるだろう。それは予測不可能な旅路となるはずだが、しかしわたしたちがすでに繋がっていると気づくとき、あるいは人間が抱く根源的な寂しさも、少しはまぎれるのではないか。

氾濫体の沼から地盤を揺るがし伝わってくる振動は、わたしたち人間が思い描く一つの完結した世界像に亀裂を走らせる音だ。この本を閉じて、その振動にそっと耳をすませてほしい。わたしたちがすでに異質な他者たちと繋がりあって存在していることに気づくために。

二〇二四年十月

訳者略歴　翻訳家・翻訳講師　訳書『地球の果ての温室で』キム・チョヨプ，『千個の青』チョン・ソンラン，『夜間旅行者』ユン・ゴウン，共訳書『わたしたちが光の速さで進めないなら』『この世界からは出ていくけれど』キム・チョヨプ（以上早川書房刊），他に『カクテル、ラブ、ゾンビ』チョ・イェウン，『長い長い夜』ルリ，『夏のヴィラ』ペク・スリン，『ホール』ピョン・ヘヨン，『氷の木の森』ハ・ジウン等

派遣者たち

2024年11月10日　初版印刷
2024年11月15日　初版発行

著者　キム・チョヨプ

訳者　カン・バンファ

発行者　早川　浩

発行所　株式会社早川書房
東京都千代田区神田多町2－2
電話　03－3252－3111
振替　00160－3－47799
https://www.hayakawa-online.co.jp

印刷所　三松堂株式会社
製本所　三松堂株式会社

Printed and bound in Japan

ISBN978-4-15-210375-8　C0097

乱丁・落丁本は小社制作部宛お送り下さい。
送料小社負担にてお取りかえいたします。